İPEK ONGUN

Nerde Kalmıştık

BİR GENÇ KIZIN
GİZLİ DEFTERİ
12

ROMAN

ARTEMİS YAYINLARI, İSTANBUL

ARTEMİS

ABG/241
AB/512
AÇ/555
A/55

NERDE KALMIŞTIK
BİR GENÇ KIZIN GİZLİ DEFTERİ 12
İpek Ongun

Genel Yayın Yönetmeni: Ilgın Sönmez Toydemir
Editör: Yeliz Üslü
Yaratıcı Yönetim: photoRepublic
Grafik: Mebruke Bayram

1. Basım: Eylül 2015
ISBN: 978 - 605 - 142 - 798 - 0
Sertifika No: 10905

ARTEMİS YAYINLARI
Ticarethane Sokak No: 53 Cağaloğlu / İstanbul
Tel: (212) 513 34 20-21 Faks: (212) 512 33 76
e-posta: editor@artemisyayinlari.com
www.artemisyayinlari.com

Baskı ve Cilt: Melisa Matbaacılık
Çiftehavuzlar Yolu Acar Sitesi No: 4 Bayrampaşa / İstanbul
Tel: (212) 674 97 23 Faks: (212) 674 97 29 Sertifika No: 12088

Genel Dağıtım: Alfa Basım Yayım Dağıtım Ltd. Şti.
Tel: (212) 511 53 03 Faks: (212) 519 33 00

Artemis Yayınları, Alfa Yayın Grubu'nun tescilli markasıdır.

İPEK ONGUN

Nerde Kalmıştık

BİR GENÇ KIZIN
GİZLİ DEFTERİ
12

ROMAN

ARTEMİS YAYINLARI, İSTANBUL

Yüreğini SEVGİ
Kafasını ise BİLGİ'yle
Donatmış kuşakların
Gençlerine
Ve
O gençlerden üçüne;
Sevgili torunlarım
Başak, Derya ve Maya'ya...

Heyooo...

İşte yine buradayım!

Çeşme'de... Çeşme'de...

Hem de yaz sonuna dek...

İnanılır gibi değil.

Hâlâ şaşkınım.

Sadece ben mi, Sude'yle Ava'nın bile ağzı açık kaldı.

Ve –gerçekten mutlu oldular.

Eh, ben de buna sevindim doğrusu.

"Öfff, yine mi o?" gibisinden bir tavır içine girebilirlerdi pekâlâ. Ama çığlık attılar...

İkisi de resmen çığlık attı, beni karşılarında görünce.

Birbirimize sarılıp zıpladık durduk.

Bunca sevincin ve şaşkınlığın bir nedeni de gelişimin sürpriz olmasıymış meğer. Sırma teyzem, havaalanına beni almaya gittiğini, sırf kızlara sürpriz olsun diye söylememiş.

Yaaa...

Bak, annem gelsin de görsün, millet nasıl sevindi. Pekâlâ da İstanbul'a hiç gitmeyip yaz sonuna kadar burada kalabilirdim. Ama annem sağ olsun, günümüzü kararlaştırdık, artık gitmemiz gerek, buyurdu. Sonra sıraladı, yok evi kiraladığımız süre bu kadar, yok bu saatten sonra nasıl yeni bir yer bulalım, yok benim de artık işimin başına dönmem gerek...

Oysa ben... Hepimiz, hep birlikte kalalım demiyorum ki, bi kere. Ben bi tek kişiyim yaaa, bi kişicik. Ve de izin veriyorum, onlar, yani annemle babam hemen İstanbul'a dönebilirler! Eğer sorun kalacak yerse, nenem gitmiş olduğundan Sırma teyzemlerde bir oda zaten boş. Bu durumda ben de memnuniyetle o odaya geçebilirim. Değil mi ama...

Bak, ne kadar mantıklı! (Annem bu kelimeyi kullanmayı pek sever de...)

Ama hayır!

İlle beni de sürükleyecekler İstanbul'a.

"Anlat, anlat," deyip duruyordu Ava. "Nasıl oldu da Serra teyzem seni göndermeye karar verdi?"

"Ay, bırakın kız bir nefes alsın," dedi anneannem.

"Yok, yok, hemen anlatsın!" diye bağrıştılar.

Sırma teyzem de gelip yanıma oturdu.

"Ben de merak ediyorum Selinciğim. Nasıl oldu da annen kararından vazgeçip seni yolladı?" Sonra anneanneme dönerek "O kadar da, bırak Selin yaz sonuna kadar kalsın bizimle, dedim. Yok! Hanımefendi bir laf etti ya, ölür dönmez," dedi.

Anneannem, annemle teyzem arasında kaldığı zamanlarda hep yaptığı gibi, *canım... işte... n'apacaksın...* gibi tarafsız, dolayısıyla birtakım anlamsız sözler mırıldandı.

Teyzem bana döndü. "Evet canım," dedi, haklı olmanın verdiği gurur ve de duruma hâkim bir kumandan edasıyla, "anlat, seni dinliyoruz."

"İstanbul'a gidince tabii ki annemle babam işlerine daldılar. Ben de evde yapayalnız kaldım."

Bu sözler üzerine anneannemin gözlerinde, *vah yavrum* dercesine bir bakış belirdi. Açıkçası ilgi odağı olmanın tadını çıkarmıyordum dersem, yalan olur.

"Bütün arkadaşlarım ya yazlıklarında, ya tatilde ya da yaz kurslarındaydılar."

"Sen de kurslara katılabilirdin," dedi Ava.

"Başvurular çok önceden yapılıyor, onun için istesen de yer bulamıyorsun."

Anneannem başını salladı. "Artık anneler de çalıştığı için hem yaz, hem kış tatillerinde çocuklar evde sıkılmasın, aynı zamanda da yararlı uğraşlarla vakitlerini değerlendirsinler diye bu kurslara ilgi büyük. Benim arkadaşlarımın torunları da çeşit çeşit kurslara gidiyor. Müzelerde sanatla ilgili olanlar var, spor ağırlıklı olanlar... Dedim ya, çeşit çeşit. Onun için böyle Selin gibi yaz ortasında baş vurursan uygun bir kurs bulmak zor."

"Eee, sonra?" diyerek asıl konuya döndü teyzem.

"İşte ben aynen böyle anneannemin anlattığı gibi hiçbir yere katılamadığım için resmen evde kaldım. Hani kar fırtınasında mahsur kalınır ya, aynen öyle."

"Yazık yaaa..." dedi Ava.

"Evde otur. Kitap oku. Bilgisayara bak. Günler böyle geçiyordu. Tabii annem eve gelince, ne yaptın bugün canım, diye soruyordu tatlı tatlı. Ben de, hiçbir şey, diyordum acı acı."

Kahkahalar yükseldi.

"Arkadaşlarını aradın mı, diyordu. Kimse yok ki, diye yanıtlıyordum. Sana kursların telefon numaralarını bırakmıştım, aradın mı, diye soruyordu. Aradım, bu ay kimi etkinlik yapmıyormuş, kimi de doluymuş, üzgünlermiş, yeni birini alamazlarmış, diyordum."

"Tabii annen bu cevaplar üstüne mahvoluyordu," dedi Sude.

"Önceleri pek mahvolmuyordu, dur bir de ben arayayım, diyordu."

"Peki, sonra ne oldu?"

"Ne olacak, aynı cevapları aldı."

"Ooo..." sesleri yükseldi bu kez.

"Allah bilir sen de duygularını belirtiyordun bu arada," dedi yine Ava, yüzünde muzip bir ifadeyle.

"E, herhâlde yani. Sonsuz mutsuzdum ve mutsuzluğumu da saklayacak değildim."

"O kadar söyledik ona..." diye mırıldandı Sırma teyzem. Anneannemse çaresiz bakışlarla beni dinliyordu. Bana acıyordu ama kızına da atıp tutamıyordu.

"Derkeeen..." dedim ve durdum.

"Eee?"

"N'oldu, n'oldu?!" diye Sude'yle Ava aynı anda bağrıştılar.

"Bir akşam annem eve geldi. Elinde bir kâğıt."

"Sonra... Sonra..."

"Bil bakalım bu ne, dedi."

Susmuş, gözlerini bana dikmiş, ne diyeceğim diye bekliyordu sevgili kuzinlerim.

"Nerden bileyim diye omzumu silktim."

Bu arada teyzem gülümsemeye başlamıştı bile.

"Bu bir bilet, dedi annem, İzmir'e uçak bileti."

"Oleyyy!" diye bağrıştı Sude'yle Ava.

Ve Sırma teyzem lafa girdi. "İşin o noktasında ben de vardım."

"Öyle mi?" dedi anneannem, "Zaten benim neden haberim oluyor ki..."

"Canım teyzoşum," diyerek hemen anneanneme sarıldı Sırma teyzem. "Sana da güzel bir sürpriz olsun istedik. Sevgili torununu karşısında görüverse nasıl da sevinir, diye düşündük."

"Hadi... Hadi..."

Bayağı alınmıştı anneannem.

"Valla da söylediklerim doğru, billa da..." dedi teyzem.

Sude, "Peki sen ne yaptın?" diye sordu.

"Nasıl annemin boynuna atıldım, bilemezsiniz. Nasıl sevindim, nasıl sevindim. Tabii annem de beni bu kadar sevinçli görünce mutlu oldu. Sırma teyzemle konuşup benim yaz sonuna kadar Çeşme'de kalmama karar verdiklerini, babamın da bu kararı onayladığını anlattı."

"Çok güzel yaaa..." dedi Ava içini çekerek.

"Desene buradan hep birlikte ayrılacağız."

"Aynen!"

"Oh, ne güzel, önümüzde epeyce gün var."

Sonra teyzeme döndüm. "Teyzeciğim, çok ama çok teşekkür ederim. Sen beni davet etmesen ben hâlâ İstanbul'da pencerenin önünde pinekliyordum."

"Ne demek, canım benim. Annen senin çok sıkıldığını ve koşulları anlatınca hemen gönder onu buraya, dedim çünkü annen de senin için üzülüyordu. Böylece şimdi hepimiz mutluyuz, değil mi kızlar?"

"Hem de nasıl!" diye bağrıştık bir ağızdan.

"İyi o zaman, haydi sen önce bir odana yerleş," lafı üzerine Sude ve Ava'yla odama yöneldik.

Onlar yatağın üzerine oturdu, ben de eşyalarımı yerleştirmeye başladım. Çantamdan en önce G. A.'nın -ahhh, G. A.- fotoğrafını çıkarıp özenle baş ucumdaki sehpaya koydum. Bunlar hemen kıkırdaştı tabii.

"Ne var? İnsan sevgilisinin fotoğrafını baş ucuna koyamaz mı?"

"O senin sevgilin filan değil, bi kere," dedi Ava.

"Bal gibi de sevgilim."

"Yapma Selin."

"Ben onu sevdiğim sürece, o benim sevgilim," dedim ve bu kez de takvimimi çıkarıp masanın üzerine yerleştirdim sonra da kırmızı kalemimle bugünün üstüne kocaman bir çarpı işareti koydum.

"Bu da neyin nesiydi şimdi?" diye bu kez de Sude konuştu.

Döndüm, sabırlı olmaya çalışarak "Bu da ondan ayrı geçen her günün işaretlenmesidir ki, bir başka deyişle, ona kavuşmam için bir yirmi dört saat daha eksilmiş oluyor, anlamına geliyor. Bilmem anlatabildim mi," dedim annemi taklit ederek. (Öyle mööö gibi, anladın mı denmezmiş. Anlatabildim mi demek çok daha kibar bir yaklaşımmış.)

Ava gülmekten sırtüstü yatağa düştü. Sude'yse başını iki yana salladı. "Hâlâ Selim'i düşünmene inanamıyorum."

"Yani şu birkaç gün içinde onu unuttuğumu mu düşünüyordunuz?"

"Hadi unutmamanı anlayabiliyorum ama fotoğrafını baş ucuna koymalar, takvimde her geçen günü işaretlemeler..."

"Eee, ne sakıncası varmış?"

"Sakıncası şu ki, böyle yaparak onu aklından çıkaramıyorsun."

"Çıkarmak isteyen kim?"

"Kızım sen deli misin, bu işin sonu yok. Hazır o da gitmişken, en akıllıcası onu unutmaya çalışmak."

"Ben onunla evleneceğim bi kere..."

"Haydaaa..."

Ava yeni doğrulduğu yatağa bir kez daha düştü, gülmekten iki büklüm olmuştu.

"Ay, iyi ki geldin Selin," diyordu bir yandan da, "bak neşemizi bulduk."

"Bunları siz gülesiniz diye söylemiyoruz herhâlde. Çok ciddiyim."

Şunlara bak, ben duygularımı açıklıyorum, onlar gülüp duruyor. E, insan alınıyor ama...

"Yeter bu kadar saçmalık," dedi Sude. "Ben aşağı iniyorum. Siz de işiniz bitince gelirsiniz."

Giysilerimi Ava'yla birlikte çabucak yerleştirdik. Tabii kendimizce... Tişörtleri, çamaşırları filan katlamadan öylesine çekmecelere dolduruverdik anlayacağın arkadaşım.

"Bizim anneler görse hiç de beğenmezlerdi," diye kıkırdadı Ava.

"Bence pekâlâ da idare eder."

"Değil mi ama kanka!"

Ve çak bir tane yapıp aşağıya indik.

"Hadi bir boy yürüyelim Ava."

"Yürüyelim."

"Önce Rüyam Cafe'ye gidelim."

"O-hooo, nostaljik mi takılacağız yani!"

"N'olur, n'olur."

"İyi, peki."

Ah, ah, sevgili dostum, o sokakları geçerken hep G. A.'yı düşünüyordum.

Ve işte Rüyam Cafe.

İçim öyle fena oldu ki.

Sanki G. A. ölmüş gibi.

"Ne o," dedi Ava, "gözlerin doldu, ağlayacak mısın bir de başıma?"

Kendimi toparlamaya çalıştım, zar zor yutkundum.

"Yok canım, ne diye ağlayayım. Ama işte... İnsan fena oluyor. Sanki o ölmüş gibi..."

"Saçmalama! Selim şimdi Berlin'de gününü gün ediyordur."

"Öyle söyleme be Ava."

"Ne o? Kıskandın mı hemen?"

"Neyse ne," dedim ve Rüyam Cafe'den içeri girdik.

Barda biri vardı.

Arkası dönük.

Boyu bosu benim G. A.'nın aynısı.

Yüreğim nasıl da hop etti.

Yoksa... Yoksa...

Sakın bu da bana bir sürpriz olmasın.

Yok canım, dedim kendi kendime.

Ama rüyada gibi ağır adımlarla bara doğru yaklaşıyordum.

Olabilirdi.

Çok benziyordu.

Ava'ysa hemen arkamdan hiç ses çıkarmadan geliyordu.

Galiba gerçekten de oydu.

İçimi bir sevinç dalgası sardı, bir alev göğsümden yüzüme doğru yükseliyordu sanki.

Ve –döndü!

Evet –oydu!

Müthiş bir sevinç yaşadım, müthiş.

Tam ağzımı açmış, sevincimi haykıracaktım ki, G. A.'nın yüzü bulanıklaştı. Bu kez karşımda bambaşka biri vardı bana bakan.

Hem de şaşkın şaşkın bakan.

Ne diyeceğimi bilemedim.

Dilim tutulmuşlu.

İlk gördüğüm yüzün Selim olduğuna yemin edebilirdim.

Ava kolumdan çekti, genç adama da, "Kusura bakmayın, sizi birine benzettik de," dedi. Sonra bana dönüp ekledi, "İstersen oturup soğuk bir şeyler içelim."

"Yok Ava, sağ ol ama gidelim," dedim. Böylece Rüyam Cafe'den apar topar ayrıldık.

"Bir an karşımda Selim duruyor zannettim, yemin ederim."

"Ben anladım zaten," dedi Ava. "Kendini öyle şartlamışsın ki, karşına kim çıksa Selim sanacaksın."

Eve varana kadar konuşmadan yürüdük.

İşte ilk günüm böyle geçti arkadaşım.

Ben yokken buralarda neler olup bittiğini soramadım bile.

Neyse, yarın öğreniriz artık.

Sabah denize inerken kızlar benden heyecanlıydı.

Çünkü...

Bu kez onlar arkadaşlarına sürpriz yapma peşindeydiler.

"Aman sanki çok da umurlarındaydı," dediğimde, Ava anında, "Kayra'nın gerçekten sevineceği kesin," dedi.

Yani, ne demek şimdi bu?

Yoksa, G. A., Kayra için söylediklerinde haklı mıydı?

Yok yaaa...

Biz iyi arkadaşlarız, hepsi bu.

Sude'yse parmaklarıyla sayıyordu.

"Hem Müjdeee, hem Besteee, hem de Öykü seni görünce çığlık atacak."

Ne yalan söyleyeyim, bu sözler çoook hoşuma gitti.

Veee...

Plajdaki yerimize yöneldik.

Sude bir an durdu. "Şunlara bak."

Müjde güneş yağı bulaşmasın diye o güzelim saçlarını toplamıştı. Sırtı bize dönüktü.

Öykü yağlanmakla meşguldü.

Beste'yse bir yandan bikinisinin bağcıklarıyla uğraşıyor, bir yandan da Müjde'ye bir şeyler anlatıyordu.

Bayağı sevinç yaptım.

Özlemişim kokoşları.

Öne doğru atıldım. Sude kolumdan tutup beni yavaşlattı. Böylece ağır adımlarla ilerledik.

İyice yaklaşmıştık ki...

Beste başını kaldırıp bize doğru baktı. Sude'yle Ava'ya doğru bakıyordu ki... gözü bana takıldı.

Bir an boş boş baktı.

Sonra bir çığlık.

"Selin! Selin! İnanmıyorum!"

Aynı anda Müjde'yle Öykü döndü ve onlar da, "Aaa, Selin gelmiş!" diye bağrışmaya başladı.

Üçü birden kalkıp bana doğru koştu.

Kucaklaştık! Öpüştük!

Doğrusu hiç de böyle bir karşılama beklemiyordum.

"Nerden çıktın kızım sen?"

"İstanbul'da, Çeşme'yi ve özellikle de Çeşme'deki arkadaşlarımı çok özlüyorum diye anneme öylesine ağlak yaptım ki, o da beni buraya yollamak zorunda kaldı," şeklinde Müjde'yi cevapladım ve bir ağızdan, "Oleyyy!" diye bağrışıp çak bir tane yaptık.

"Hadi gel, otur," dedi Beste.

Böylece herkes yerini aldı.

Ben de yaşadıklarımı ballandırarak bu kez Çeşme arkadaşlarıma anlattım. Onlar da hem gülüyor, hem de her lafıma bir laf yetiştiriyorlardı.

"Vay, vay, vay, kimler gelmiş," diye bir ses ve karşımda –Kayra.

Uzanıp sarıldı bana. Öylesine doğal bir sevinç içindeydi ki, ben de tüm içtenliğimle ona sarıldım.

"Hop," dedi Beste, "aile var o'luum, ne bu samimiyet!"

Ay, yani...

Kayra'ysa soruları peş peşe sıralamakla meşguldü. "Geleceğini hiç bilmiyorduk. Ne zaman geldin? Nasıl oldu bu?"

Alnına düşen saçlarının arasından gözleri pırıl pırıldı. Resmen sevinç pırıltılarıydı bunlar.

"Biz bile bilmiyorduk," dedi Sude. "Annelerimiz süper bir sürpriz yaptı bize."

"Sude'yle Ava da bize," dedi Müjde.

"Çok iyi yaaa..." dedi Kayra, ağzı kulaklarında. Ve gelip yanıma oturdu. "Eee, anlat bakalım nerden çıktı buraya dönme fikri. Yoksa beni mi özledin?"

Bu söz üzerine kahkahalar koptu.

"Bayılıyorum şu kankamın özgüvenine," dedi Ava ve anında Kayra'nın sırtına bir şaplak indirdi.

Onlar bu sözlere pek bi güldü. Bense hiçbir yorum getirmeyip sesiz kaldım. Neme lazım. Ve genel istek üzerine öykümü bir kez daha anlattım. Ortam öyle neşeli, öyle şamataydı ki, onlar dinlerken, ben de anlatırken çok eğlendik, çok.

Sonra Ava'yla Kayra, ötekilerin bağrışlarına aldırmadan beni çeke çeke voleybol sahasına götürdü. Meğer o sabah bir maç varmış. Ava beni yine Kayra'nın yanına yerleştirdi. Elimden geldiğince iyi oynamaya çalıştım. Kayra'ysa, her kurtarışımı ya da pasımı, *çok güzel*, *süper* gibi sözcüklerle övüyordu.

Bana moral veriyordu anlayacağın.

Ve de maçı kazanmaz mıyız!

Kayra, "Selin'in ayağı uğurlu geldi," deyip duruyordu.

"Abartsaydın bari," dedim.

Gülüştük.

Sonra ver elini büfe.

Tabii ben hemen kumru ısmarladım. Özlemişim Çeşme'nin kumrusunu.

Kayra, "Akşama pizzacıda buluşalım mı?" diye sorunca, Ava, "İyi olur," dedi ve ekledi, "Biz de bu akşam pizzacıya gidecektik zaten."

"Ooo, anlaşılan enişte bey burada."

"Görüyor musun Selin," dedi Ava, "bu paparazzilerden hiçbir şey kaçmıyor."

"Sahi, Sude'yle Kıvanç nasıllar?"

"İyidir, bir sıkıntı yok," diyerek konuyu kısa kesti Ava ve ekledi, "Şimdi artık gidip biraz da o süslülerle vakit geçirmezsen benim başım derde girer. Selin'i alıp götürdün diye artık dillerinden kurtulamam."

"Tamam, hemen gidelim."

Kayra, "O zaman ben de ufak ufak uzayayım," dedi.

"Ne o," dedi Ava, "kız kalabalığı korkuttu mu seni?"

"Ayıpsın Ava, akşama görüşürüz," dedi ve bana ayrıca el sallayıp koşarak uzaklaştı.

"Hımmm, benim bu kanka sana özel muamele çekiyor gibi geldi bana."

"Nerden çıkarıyorsun böyle şeyleri, hem bence tam tersi, benimle dalgasını geçip eğleniyor."

"Valla bilmem artık."

Sude ve ekibini plajın kafesinde bulduk. "Ne yiyorsunuz bakalım," diye uzanıp baktı Ava.

Beste'yle Öykü'nün önünde karpuzla beyaz peynir tabağı, Sude'yle Müjde'ninse salata vardı.

"Ya, bir gün de adam gibi bir şey yediğinizi görsem..."

"Yani, bol mayonezli, bol ketçaplı ekmeklerden söz ediyorsun. Oysa biz sağlıklı besleniyoruz sevgili kardeşim."

"Sevsinler! Ne sağlıklı beslenmesi, kilo almamak için böyle otla kökle idare ediyorsunuz."

"Bir itirazın mı var?"

"Yooo... Afiyet şeker olsun."

Anlaşılan arkadaşım, ben gideli bir değişiklik olmamış, atışmalar aynen devam.

Derken Kıvanç Bey göründü ufukta.

Geçten geç...

Sude hemen hareketlendi, saçını düzeltmeler filan. Kıvanç gelip onun yanına oturdu. Sude hemen, "Bak Kıvanç, Selin geldi İstanbul'dan, hem de bize sürpriz yaparak..." dedi.

"Yaaa... Hoş geldin Selin."

Biliyor musun arkadaşım, bazı insanların yanında rahat oluyorum, bazılarının yanındaysa huzursuz.

Al işte, mesela bu Kıvanç.

Kız arkadaşı dedi diye lütfen konuşuyor. Yoksa sen orada ha varsın, ha yok. Bu tipler insanları kutulara yerleştiriyor sanki.

Dostluk etmeye değer.

Dostluk etmeye değmez.

Kendilerince böylesi beğeni çizgileri var.

Oraya uydun, uydun! Uymadın, yoksun!

Öte yandan Kayra gibileri de var.

Onlar da herkese insanca yaklaşıyor.

Sen de onların yanında kendini rahat hissediyorsun.

Gülmeleri doğal.

Konuşmaları doğal.

Müjde'nin Berk'i henüz yok ortalarda. O da biraz Kıvanç'a benziyor ama çok daha sevecen bi tip. Benzemesi, onun da çok havalı giyiniyor olması. Cool yani. Ama o kadar. Yoksa hatır sorması, gülüp konuşması çok tatlı.

Akşamüstü annemle konuştum, babam daha eve gelmemişti. Anneme burada ne kadar mutlu olduğumu, teyzemle anneannemin beni şımarttıklarını, bu akşam pizzacıya gideceğimizi, daha sonra da Sırma teyzemin bizi Alaçatı'ya götüreceğini, bir gün de Boncuk Göz'ü görmeye gideceğimi anlattım. Memnun oldu tabii.

Şimdi odamda bunları yazıyorum. Biraz flüt çalışacağım. Annem, flütünü ihmal etme ve lütfen her gün biraz çal, diye sıkı sıkı tembih etti.

Etmeseydi şaşardım zaten.

Okuyacağım kitapları da yerleştirdim. Malum bu yaz Latin ülke yazarlarının eserlerini okuyorum.

G. A.'ya bunu söylediğimde nasıl da etkilenmişti.
Hey gidi günler, hey.
Hiç aklımdan çıkmıyor ki.
Bir de unutmaya çalış diyorlar.
Ben onu sonsuza dek seveceğim.
Sonsuza dek.
Evet, Ava beni çağırıyor.
Hadi ben gittim.

Az önce canım kızımla konuştum.

Ne kadar mutlu.

Ve ben.

Bazen ne kadar aptal olabiliyorum!

Selin'in Çeşme'de kalma meselesinden söz ediyorum, sevgili sırdaşım.

Benim biricik, kıymetli kızım Çeşme'de kalmak istiyordu.

Çünkü...

Orada yeni arkadaşlar edinmişti.

Çünkü...

Kuzinleriyle bayağı kaynaşmıştı.

Çünkü...

Mevsim yazdı ve orada yüzüyor, arkadaşlarla akşam gezintisi yapıyor, plajda voleybol oynuyordu. Daha sayayım mı?

Ve çünkü...

Orada ilk aşkını ve ilk ayrılığını yaşamıştı.

Biraz daha orada kalıp bu duygularını içselleştirmeye çalışıyordu.

Bilinçli olarak değil, hiç değil.

İçgüdüsel olarak, olayı düşünmek, hazmetmek istiyordu.

Peki, ben ne yaptım?

Bütün bunları DÜ-ŞÜ-NE-ME-DEN, hayır, hep beraber dönüyoruz, dedim.

Neymiş?

Karar almışız bir kere ve o karar alındığı için üçümüzün de İstanbul'a, evimize dönmemiz gerekiyormuş.

Bakar mısınız şu akıllı, eğitimli, modern anneye. Tamam! Senin ve eşinin işleriniz var, İstanbul'da olmanız gerekiyor ama kızının böyle bir zorunluluğu yok ki...

Gidin o zaman kardeşim siz, kızı da bırakın Çeşme'de.

Yok! Hayır! Karar verildi bir kere!

İlle de yapılacak!

Benim bu *sorumluluk* anlayışım işte bazen böyle duvara tosluyor. Sorumluluk duygusu nedeniyle verilen sözler, alınan kararlar o denli önemli ki, başka hiçbir alternatif düşünülemiyor bile.

Peki, ne oldu dersin.

Biz işimize gittik ve Selin'im evde, tek başına saatleri doldurmaya çalıştı.

Başta sevgili Mavi'si olmak üzere tüm arkadaşları yazlıklarında ya da başka bir yerde tatildeydiler.

Yaz kurslarına gelince, kimi çoktan başlamış, kimi yaz programını kapatmış, geri kalan da Selin'imin ilgisini çekmiyordu. Ne yapacağımı şaşırmış vaziyette sağa sola telefon ediyordum. En sonunda Melis'i aradım ve epeyce bir dert yandım.

"Aldım kızı buraya getirdim ve o sıkıntıdan patlıyor. Ah, Melis, çok pişmanım, çok."

Melis bir kahkaha attı. "Âlemsin Serra. Ne var bu kadar kendini suçlayacak, gönder Selin'i Çeşme'ye, olsun bitsin."

Kalakaldım, resmen kalakaldım.

Tabii ya…

Çözüm bu kadar basitti.

Hey benim kalın kafam, dövünüp duracağıma nasıl da bu kolay yolu görememiştim.

"Melis, şu anda kendimi ne kadar geri zekâlı hissediyorum bilemezsin. Kaç gündür kızım ayrı ben ayrı ızdırap içindeydik. Sense anında çözdün olayı. Allah senden razı olsun."

Yine o çıngıraklı kahkahası ulaştı kulağıma.

"İlahi Serra! Yardımcı olabildiysem ne mutlu bana."

"Ben senin gibi pratik olamıyorum. Köşeli düşünüyorum. Karar verildi ya, illa yapılacak. Oysa biz o karara uyup kızımıza onun mutlu olacağı bir yöntem uygularsak sonuçta hepimiz mutlu oluruz, değil mi? Ama yok, işte bunu düşünemiyorum."

Ve –pratik bir soru daha.

"Orada kalacak yeri var mı?"

"Vaaar! Üstelik Sırma o kadar ısrar etti ki. Bırak yaz sonuna kadar bizimle kalsın. Bak, kızlar ne güzel anlaşıyor, dedi."

"E, tamam o zaman. Yarından tezi yok, yolla kızını. Sen de rahat et, o da etsin."

Böylece ben nasıl bunu düşünemedim diye kendimi tekmelerken, bir yandan da Selin'in İzmir biletini hazırlatıp transferlerini ayarladım.

Akşam yemekten sonra, "Canım kızım, sana bir sürprizimiz var babanla," dedim.

Öyle baktı yüzüme.

Özgür, "Hiç mi merak etmiyorsun Selin?" diye sordu.

"Ediyorum tabii," dedi ama sesinde bir damla bile heyecan yoktu.

Ve –ben bileti ortaya çıkarıp salladım.

"İşte sürprizimiz."

"Nedir o," gözlerinde bir pırıltı, bir şüphe.

Öte yandan, *ya yanılıyorsam* anlamında gardını almış bir bakış.

"Bu bir İstanbul-İzmir uçak bileti," deyince... Aman Tanrım, o sevinci görmeliydin, sevgili sırdaşım. Nasıl oturduğu yerden fırladı, nasıl hem Özgür'ün, hem benim boynumuza atıldı.

"Teşekkür ederim, teşekkür ederim, harikasınız," deyip duruyordu.

Hay Allah, dedim içimden, yani Serra, kızını böyle mutlu etmek varken...

Sonra bir duruldu, "Peki nasıl oldu da karar değiştirildi?" diye sordu benim akıllı kızım.

Özgür eliyle beni işaret ederek sözü bana bıraktı.

"Bak Selinciğim. Dönüş tarihimizi belirlemiştik, bunu değiştiremezdik. Bu, babanla benim için gerçekten doğru bir düşünceydi, işimizin başına dönmeliydik, tatil bitmişti. Öte yandan, benim düşünemediğim, senin koşullarındı. Okulunun başlamasına daha zaman vardı ve burada yapabileceğin pek bir şey yoktu. Bu durumda, Çeşme'de tatiline pekâlâ devam edebilirdin. Annen işte bu gerçeği biraz geç kavradı, güzel kızım. Umarım beni bağışlarsın."

Hemen koşup sarıldı bana. "Önemli değil anneciğim," dedi. Nasıl da bağışlayıcıdır benim kızım.

Sonuçta onu yolcu ettik.

O şimdi hayatından çok memnun. Kuzinleriyle, arkadaşlarıyla güzel vakit geçiriyor, eğleniyor. Sırma harika bir teyze, onu Alaçatı'ya alışverişe götürüyor. Akşam çıkıp arkadaşlarıyla buluşuyorlar.

Özetle, kızım orada, onlarla çok mutlu.

Ve ben...

Söylemeye utanıyorum ama...

Bu durumları azıcık kıskanıyorum.

Hadi doğrusunu söyleyeyim.

Bal gibi kıskanıyorum!!!

Ne ayıp değil mi?

Benim veremediklerimi veriyor Sırma teyzesi. Birlikte zaman geçiriyor, geziyor, gülüyor, sohbet ediyorlar. Özellikle de sohbet ediyorlar. Karşılıklı *konuşabiliyorlar* yani. İşte bu, o kadar önemli ki.

Oysa ben... çalışıyorum.

Kışın bu durum pek fark edilmiyor çünkü ben işteyken, o da okulda oluyor ama yazın... Zaman zaman keşke çalışıyor olmasaydım da kızımla vakit geçiriyor olsaydım diye düşünmüyor değilim.

Öte yandan, o kadar emek verdim, ailem bana destek oldu, beni okuttu. Evde oturayım diye mi? Onca yıl okumaya yazık değil mi? Ayrıca, kızım benim çalışan, kendi ayakları üstünde durabilen bir kadın olmamla gurur duyuyor. Bunu, laf arasında söylediklerinden anlıyorum.

Ama –bazı şeyleri de kaçırıyor duygusu içindeyim. Örneğin, yaz ve kış tatilleri. Kızımla baş başa gezip tozabileceğimiz, bir kafede oturup bir şeyler atıştırabileceğimiz ve böylesi bir ortamda konuşabileceğimiz öyle çok şey var ki. Oysa gündelik yaşamda acayip bir koşuşturma içindeyiz, aramızda geçen sohbet değil, kısa kısa notlar sanki.

"Çantana eşofmanını koydun mu?"

"Sakın termosunu unutma."

"Anne, sen de Okul Aile Birliği toplantısını unutma."

"Ne! Bugün müydü yoksa o?"

"Flüt hocan daha çok çalışman gerektiğini söylüyor, ona göre."

Şimdi bunlara konuşma denebilir mi? Oysa eminim Çeşme'de, benim tatlı kızım, şakacı ve eğlenceli teyzesiyle kim bilir neler neler konuşuyordur. Hayat hakkında, aşk ve erkekler hakkında, giyim, makyaj hakkında kız kıza sohbetler yapıyorlardır. İşte ben bir iş kadını olarak bunları kaçırdığımı hissediyorum. Teyzemle şunu yaptık, bunu yaptık diye anlattığında ince bir sızı gelip oturuyor içime.

Mamafih, her şeyin bir çaresi var, öyle değil mi? Ben de karar aldım, bu kış hafta sonlarında mutlaka ve mutlaka bir *baş başa*'lık zamanı yaratılacak ve Selin'le onun sevdiği ya da gitmek istediği bir yerde *baş başa* yemek yenecek ya da yapmak istediği herhangi bir etkinlik *baş başa* yaşanacak.

Bu duruma bir çözüm buldum ya, şimdi kendimi daha iyi hissediyorum.

Çok daha iyi.

Ve bu kez de, Özgür'le yaşanabilecek *baş başa*'lıklara yönelik düşünmeliyim.

Düşünmezsen, planlamazsan olmuyor azizim, olmuyor. Oluruna bırakırsan, aynı evde yaşayan ama sadece işe gidip gelen, akşam da bir şeyler atıştırıp yorgun argın kendini yatağa atan kişiler olup çıkıyorsun.

O nedenle, bu hafta sonu için acil olarak, şöyle romantik, hoş bir plan yapmalı ve Özgür'ümle bir *baş başalık* yaşanmalı. Ve bütün bunları bu zavallı kadın kulunuz düşünmeli, planlamalı, karşı tarafı ikna etmeli (en zoru da bu) ve hayata geçirmeli.

Yaşasın kadınlar!

Meğer şu kısacık zamanda neler olmuş, neler. Bak anlatayım.

Akşam pizzacıda buluştuk. Herkes keyifliydi. Kayra gelip yanıma oturdu ve bana Boncuk Göz'ü anlatmaya başladı.

"Beni ona götürebilir misin Kayra?" diye sorduğumda hemen, "Tamamdır," dedi.

"Yeni sahipleri rahatsız olmaz, değil mi?"

"Yok, onlar hiç öyle insanlar değil, çok tatlı, lokum gibi bir aile. Birlikte gideriz. Boncuk Göz'ü sever, onunla hasret giderirsin. Eminim o da çok mutlu olacaktır."

"Yaşşa be Kayra!"

"Selin Hanım, biraz da bizimle ilgilenseniz, diyorum. Ot olduk şurada..." diyen bir ses, imalı, manalı.

Bak bu konuyu Ava'yla konuşmam gerek. Bazen öyle laflar ediyor ki, olmaz yani. Bir şey değil, Kayra ben de öyle düşünüyorum zannedecek.

"Aşk olsun Ava, Boncuk Göz'ün haberlerini de almayalım mı artık."

Karşımızda Sude ve Kıvanç gülüşüp konuşuyordu. Kıvanç'ın hemen dibinde de Öykü. İkide bir onların lafını bölüyor, daha doğrusu konuşmanın ortasına atlıyor.

Müjde yoktu.

Beste'yse telefonuna öyle bir dalmıştı ki, dünyamızda mıydı, uzayda mı, belli değil.

Yani... anladık! Hepimiz telefonumuza ara ara bakıyoruz ama kardeşim, şurada tüm arkadaşlar toplanmış, sohbet muhabbet gırla. Sense kafanı gömmüşsün o telefonun içine. Bir kafanı kaldır da, arada sırada da olsa, şu arkadaşlarına bak.

Yemek faslı bitince doğal olarak yollar ayrıldı. Biz Ava, Kayra, ben, deniz kenarına inelim dedik.

Beste, "Ben bir Müjde'ye uğrayacağım," dedi. Sude ve Kıvanç da kalktı. Öykü öylece kaldı. Ne Beste'ye katılıyordu, ne bize...

Ki... Beste, "İstersen sen de gel Müjde'ye," dedi ama o, "Ay yok, şimdi bunalım çekemem, hiç havamda değilim," diyerek başını çevirdi. Eh, bizi zaten hesaba almıyordu. Orada öylece durup Sude'yle Kıvanç'a bakıyordu. Onlarla gitmek istediği o kadar açıktı ki. Bir sessizlik oldu.

Sonunda Sude, "İstersen bizimle gel," dedi, ama gönülsüz.

Öykü'yse sanki ısrar edilmiş gibi, "Madem katılmamı istiyorsunuz, geleyim bari," demez mi!

Hoppala...

Bu da neyin nesiydi şimdi?

Sonra Kıvanç'a dönüp cilveli cilveli, "Sen gelmemi istiyorsun Sude ama bakalım Kıvanç beni ister mi," dedi.

Bu durumda Kıvanç ne yaptı dersen, yaramazlık yapmış şirin bir çocuğa konuşurcasına, "Öyle şey olur mu, hadi gel bizimle," dedi.

Bunları söylerken de gülümsüyordu Öykü'ye.

Yani –Öykü'nün numarasını yutmuştu.

"Sahi mi Kıvançcığım? Bak istemiyorsan, Sude'yle baş başa kalmak istiyorsan, seni anlarım. Ve –hiç darılmam."

Hadi bu kez Kıvanç ısrar etme durumunda kaldı. Korkulur bu kızdan.

"Yok canım! Hem fena mı, iki yanımda iki fıstıkla dolaşıyor olacağım Çeşme yollarında."

"Ay, harikasınnn."

Dönüp Ava'ya baktım. Neler oluyordu?

Ava'nın yüzü asıktı.

Sude'yse resmen –keyifsizdi.

Beste çoktan çekip gitmişti. Ava'yla baş başa kalmak için ölüyordum.

Bir ara dayanamadım, "Yani şu Öykü de kendini zorla davet ettirdi ya..." deyiverdim.

Benim bu sözlerim üzerine Kayra ne dese beğenirsin. "Yok, yok, o yalnız kalmayı sevmez de onun için. Hem kız, istemiyorsanız gelmem, bile dedi."

Ava'yla göz göze geldik.

Bu erkekler ger-çek-ten geri zekâlılar. Yalnız Kıvanç değil, bizim Kayra da Öykü'nün numaralarını yutmuştu.

Pes valla...

Neyse.

Saat on biri bulmadan Sude'yle buluştuk. Kayra'la sabah görüşmek üzere vedalaştık ve evin yolunu tuttuk.

Sude çok sessizdi.

Ama bu tehlikeli bir sessizlikti.

Yanılıp da konuşan fena hâlde terslenebilirdi. Bu durumda Ava da, ben de sessizliği bozmadan eve vardık.

"İyi geceler," dedi Sude ve fırlayıp odasına gitti.

Ava'ya döndüm. "Biri bana burada neler olup bittiğini söyleyebilir mi?"

"Gel, senin odana gidelim."

"Gidelim."

Böylece az sonra yatağımın üstünde karşılıklı bağdaş kurup oturmuş vaziyetteydik. Bir yandan Ava'nın kendi odasından kapıp getirdiği leblebileri atıştırıyor, bir yandan da konuşuyorduk. Biliyor musun arkadaşım, leblebi yiyerek çene çalmak çok daha keyifli oluyor.

"Bak şimdi," diye söze girdi Ava. "Sen gittikten bir süre sonra Kıvanç Bey geldiler."

"Damat Bey yani..."

"İlahi Selin, nereden de bulursun böyle sözcükleri."

"O kadar giyimine meraklı ki, her giydiği marka, her şeyi aşırı düzgün. Sanki damatlıklarını giymiş de dolanıyormuş ortalarda gibi. Neyse, sonra ne oldu?"

"Birkaç gün sonra Sude'nin eve saat on birde dönmesi yine sorun oldu."

"Eee, ama bu da... Kız izin alamıyor işte, hâlâ mı bunun kavgasını yapıyor."

"Bu kez başka şekilde sorun oldu."

"Nasıl yani?"

"Bir seferinde grupla dolaşıyorlarmış. Sude eve dönmüş, Müjde'yle Berk de ayrılmış ama Öykü, Kıvanç'la kalmış. Ve bunlar bir sohbet, bir sohbet, gecenin birine kadar."

"Oh, maşallah!"

"Ne demezsin! Tabii bunu öğrenince bizim Sude fena bozuldu."

"Bozulmaz mı, çok haklı bence."

"Ama bir şey de diyemiyor."

"Nedenmiş o?"

"Çünkü arkadaş havalarındalar ya. Siz gittiniz, biz biraz daha sohbet ettik, ne var bunda pozları. Ne diyebilirsin ki."

"Hay Allah."

"Ve bu durum birden fazla kez tekrar etti."

"Deme yaaa..."

"Her seferinde de Öykü ne yapıyor, ediyor, oyalanıyor, binbir türlü numara ve Kıvanç'la baş başa kalıyorlar."

"Sinir! Gıcık!"

"Hem de ne biçim ama işte sorunlarımızdan sadece biri bu."

"Başka sorunlar da mı var?"

"Evet, Müjde'yle ilgili."

"Sahi, o bu akşam yoktu. Onun nesi var?"

"Annesi iyice uçtu."

"Ah, zavallı kız."

"Geçen gün yine bir şeyleri bahane edip bağırmış, çağırmış, aynaları filan kırmış."

"Ne diyorsun!"

"Kadın resmen kaçık."

"Peki, babası bir şey yapmıyor mu?"

"Ben bu kadını çekemiyorum deyip her kavgadan sonra gidiyormuş. Böylece Müjde de o uçuk anneyle kalakalıyor. Kıza da ne hakaretler, ne laflar ediyormuş."

"Herhâlde ruh hastası olmalı bu kadın."

"Bence hiç de öyle ruh hastası filan değil, bal gibi şımarık. Tanıyanların söylediğine göre onu adam edecek biri gerekmiş. Hem kocası, hem de kızı sessiz, efendi insanlar, bu da şımardıkça şımarıyor, diyorlar."

İkimiz de sustuk bir süre. Ava içini çekti. "İşte grubumuzda bu iki sorun yaşanıyor bu günlerde."

"Sude'nin ve Müjde'nin sorunları."

"Aynen."

"Hay Allah, çok üzüldüm. Biz bir şeyler yapabilir miyiz acaba?"

"Valla bilmem ki..."

"Oysa ben giderken her şey ve herkes ne kadar iyiydi, keyifliydi."

"Gerçekten de öyle. Aslında bu durumlar şu son günlerde patlak verdi."

"Neyse, biraz iyi şeylerden konuşalım. Boncuk Göz'ü göreceğim için o kadar seviniyorum ki. Acaba beni hatırlar mı dersin?"

"Hatırlamaz olur mu. Hem senden ayrılalı çok uzun bir zaman olmadı, hem de hayvanlar onları sevenleri bilir ve unutmazlar."

Sonra durdu ve birden sordu Ava. "Peki senin İstanbul'da hiç mi arkadaşın yoktu? Mesela Mavi?"

"Mavi'nin babaannesiyle dedesinin çok güzel bir yayla evi varmış Mersin'de, oraya gitmiş. Ötekiler de yazlıklarında."

"İyi oldu be kanka, sen de buraya geldin. Hem biliyor musun senin gelişin benim için de çok iyi oldu. Baksana burası nasıl bunalım diyarına döndü, şöyle eğlenecek kimse kalmadı."

"Kayra var ya."

"Zaten o da olmasa keçileri kaçırmamak elde değildi. Laf aramızda, o da çok sevindi senin geldiğine," dedi ve hemen kaşlarını indirip kaldırmaya başladı. Muzur şey, n'olucak.

"Ayıp, ayıp."

"N'aptım ki," diyerek eğildi, fırlattığım yastık isabet etmesin diye.

İşte böyle arkadaşım.

Meğer cennet Çeşme, şu aralar, o kadar da cennet değilmiş.

Bugün Kayra harika bir haberle geldi.

Sabah plajda, "Seeelin!" diye avaz avaz bir ses. Sadece ben değil tüm kızlar dönüp baktı.

Kayra, saçları rüzgârda uçuşa uçuşa koşuyordu bize doğru. Bir yandan da "Randevu aldım, Boncuk Göz'ü görmeye gidebiliriz!" diye bağırıyordu.

"Ne randevusu, neler saçmalıyor bu?" dedi Beste.

Bense ayağa fırlamıştım bile.

Böyle bir haberi oturarak dinleyemezdim herhâlde.

Yanımıza ulaştığında nefes nefeseydi.

"Ne zaman? Ne zaman?"

"İstersen hemen gidebiliriz."

"Sahi mi? Harikasın Kayra."

"Valla kıskandım seni Selin," dedi Beste Hanımefendi Hazretleri.

"Nedenmiş o?"

"Baksana kızım, filmlerdeki, kraliçelerine sonsuz sadık şövalyeler gibi senin her dediğine koşuyor bizim Kayra."

Tut kendini Selin, dedim kendi kendime. Buraya geleli kaç gün oldu, daha ilk günden takışmayalım.

Kayra'ysa hiç oralı değildi. O randevuyu ayarlamıştı, beni Boncuk Göz'le buluşturacaktı. Önemli olan buydu onun için.

Ama çenesi düşük Beste susmadı ki. "Ha, bu arada bu sadık şövalyeler, kraliçelerine gizli bir aşkla bağlı olurmuş."

Artık dayanamadım. "Sen neler saçmalıyorsun?" dedim.

"Aaa, şuna bakın, nasıl da ciddiye aldı. Şaka yapıyoruz kızım, şaka. Bu ne sinir..."

Kayra kolumdan tutup çekti beni. "Hadi Selin, bir an önce Boncuk Göz'ü görmeye gidelim."

Ve birlikte koşmaya başladık.

Bir yandan koşuyor, bir yandan söyleniyordum. "Bu sizin arkadaşlar var ya... Kafayı üşütmüşler, resmen kafayı üşütmüşler. Şu laflara bakar mısın."

Hem koşup hem söylenmek olmuyor arkadaşım. Nefes nefese kalmıştım.

Kayra durdu. "Amma da sinir yaptın. Bir dur, nefesini toparla, öyle devam ederiz."

"Sağ ol," dedim, kasığıma da bir ağrı girmişti ki.

"Görevimiz kraliçem," dedi yerlere kadar eğilerek.

"Bak Kayra!"

"Ama sen böyle yaparsan daha çok üstüne gelirler, bilmiş ol."

"Ne yapacaktım yani o abuk sabuk sözler karşısında?"

"Aldırmayacaksın biiir... Daha da iyisi, evet, o benim şövalyemdir, ondan çok da memnunum gibi laflar edeceksin ki, onları, özellikle de Beste'yi geri püskürtebilesin."

"Hiç de öyle benim şövalyem bilmem ne lafları edemem."

"Aaa... Ama olmaz ki..."

"Ne olmaz ki?"

"Ama sen benim kalbimi kırıyorsun."

"Haydaaa... Bu da nerden çıktı şimdi?"

"Az önce demedin mi?"

"Ne demişim az önce?"

"Öyle benim şövalyem bilmem ne diyemem, diyerek beni aşağıladın."

"Oğlum siz hepiniz kafayı mı yediniz?"

Bu sözlerim üstüne Kayra bir gülmeye başladı, eh, bu kadar olur. Nasıl gülüyor, gözleri yaşarmış, iki büklüm olmuş vaziyette.

Onu bu hâlde görünce beni de alsın mı bir gülme. Karşılıklı gül Allah, gül. Sonunda öylece yere oturduk, bir yandan da gülmekten yaşaran gözlerimizi siliyorduk.

"Selin, yüzünün o kızgın hâlini bir görebilseydin," dedi ve hemen ekledi, "Ama var ya, kızınca bir başka güzel oluyorsun."

"Kızınca çok komik oluyorsun, diyemiyorsun ya korkudan..."

"Tamam, tamam," dedi yeni bir atışmayı önlemek istercesine.

Neyse, biraz sakinleştik. Sonra Kayra kalktı, "Haydi gidelim," diyerek elini bana uzattı, "şövalyeniz emrinizde."

"Bana bak!"

"Sustum! Sustum!"

Ve işte böylece yeniden yola koyulduk. Epeyce bir yürüdükten sonra Boncuk Göz'ün evine vardık. Kalbim nasıl çarpıyordu anlatamam.

Şimdi –bazıları bu tür duyguları anlamıyor. Alt tarafı bir köpek, diyorlar. Böyle diyenlere ifrit oluyorum. O bir canlı. O bir dost. Onun da duyguları var. Hem de çok asil. Pek çok insandan daha asil. Boncuk Göz'e gelince, bizim onunla yoğun bir geçmişimiz var. Neler neler yaşadık, değil mi ama. Ben heyecanlanmayayım da kim heyecanlansın.

Kapıyı çaldı şövalyem. (Ayyy, bak ne kaçtı ağzımdan. Bu sözcüğü asla ama asla dile getirmemeliyim yoksa karizma ne biçim çizilir.)

Bir koşuşma, gülüşmeler, parmak arası terliklerin taşlar üstünde şıpıdık şıpıdık sesi ve –kapı açıldı.

Boncuk Göz ve Serra. Belli ki kapıya koşmuşlar, arkalarında da Zeynep Hanım, nefes nefese. Belli ki o da onları kovalamış.

Çok tatlı görünüyorlardı yaaa...

Ve –Boncuk Göz.

Beni görünce...

Bir an olduğu yerde kalakaldı, gözleri bende.

Dili bir karış dışarıda.

Sonra bir koşu kopardı.

Ben de eğilmiş onu bekliyordum.

Öyle bir atladı ki üstüme.

Peş peşe yere yıkıldık.

Nasıl beni yalıyor, yanaklarımı, alnımı.

Arada bir kesik kesik havlıyor, nerelerdeydin, dercesine. Ötekilerse yüzlerinde şaşkın bir gülümsemeyle bize bakıyordu. Sonunda toparlandık, ayağa kalkıp üstümü başımı düzelttim.

Zeynep Hanım, "Selinciğim, seni ne kadar özlemiş Boncuk Göz," dedi.

Başını okşadım dostumun. "Onunla az serüven yaşamadık."

"Hadi çocuklar, içeri geçelim, oturalım."

Böylece hep birlikte arka tarafa geçtik. Zeynep Hanım bize limonata ve kurabiye ikram etti. Boncuk Göz dibimden ayrılmıyordu. Serra kendini kötü hissetmesin diye, "Beni özlemiş ama gözü hep sende Serracığım. Siz çok iyi iki arkadaş olmuşsunuz," dedim.

Serra başını salladı, sonra gelip o da Boncuk Göz'ü okşamaya başladı. Benim akıllı köpeğim hemen dönüp onun da elini yalayıvermez mi... Aferin sana, dedim içimden, ikimizin de gönlünü almasını biliyorsun.

Oradan buradan konuşurken Zeynep Hanım, Boncuk Göz'ün Serra'yla benim aramda mutlu mutlu oturuşuna bakıp içini çekti.

"Boncuk Göz çok şanslı," dedi, "sizlerin sayesinde bizleri buldu. Elbette biz de şanslıyız, böyle bir köpeği arasan, kolay kolay bulamazsın."

"Ama o daha şanslı," dedim, "barınakların hâlini gördük, ki buradaki yine pek çok yere göre daha iyiymiş."

"Çeşme barınağının da pek çok eksiği var aslında," dedi *şövalyem*. (Aaa, n'oluyor bana! Bu *şövalyem* lafını acilen unutmak gerek. Bir ağzımdan kaçırırsam...)

"İbrahim abi, dayıma dert yanıyordu. Biraz daha paramız olsa, deyip duruyordu. Barınak için yardım isteyince, herkes önce bir, vah, vah filan diyormuş ama kimse elini cebine atmıyormuş. Azıcık ısrar edince de, o kadar fakir insan varken, ne diye hayvanlara vereyim, diyorlarmış."

Kayra bunları anlatırken biz de sessizce onu dinliyorduk.

"Hollanda'da güvercinlerin çoğalmasını önlemek için nasıl bir yöntem uyguluyorlarmış biliyor musunuz?" diye sordu Zeynep Hanım.

"Güvercinler de ne biçim çoğalır," dedi Kayra.

"Evet," deyip sözlerini sürdürdü Zeynep Hanım. "Yemlerin içine doğum kontrol haplarını karıştırıp öyle serpiyorlarmış. Böylece, hiçbir kuşun canı yanmadan, çoğalma önlenebiliyormuş."

"O-hooo," dedi Kayra, "biz oraya gelene kadar."

"Ama işte," dedi Zeynep Hanım, "fark burada. Hayvanlara değer veren insanlar ve toplumlar oturup çareler düşünüyor, dolayısıyla çözüm yollarını da buluyor."

Çok doğru ya... Çok doğru.

Konuşmalar güzeldi, vaktin nasıl geçtiğini anlayamamıştım ama abartmamak gerek diye düşünüp "Biz artık gitsek," dedim.

Zeynep Hanım bizi yemeğe alıkoymaya çalıştı ama biz *efendi gençler* olarak (selam anneanneciğim) teşekkür edip ayrıldık.

Dışarı çıkınca, "Sağ ol Kayra," dedim, "değdi bu."

Bana bakıp tatlı tatlı gülümsedi.

Şu saçlarını biraz kısaltsa, bayağı yakışıklı çocuk aslında.

Bir süre sessizce yürüdük.

Güneş tepemizde.

Birden Kayra, "Selin yaaa," dedi.

"Evet?"

"Şimdi ille de Sude ve kızların yanına gitmemiz şart mı?"

"Yooo... Ama niye öyle dedin ki?"

"Yani, diyorum ki, az ileride çok güzel bir koy var. Koy değil de koycuk desem daha doğru olur, oraya gitsek de rahat rahat yüzsek. Plajın şamatasından, kızların dırdırından uzak."

Benim durup şöyle bir düşündüğümü görünce, "Hem oradaki büfede muhteşem kumru yapıyorlar. Abi, parmaklarını yersin," diye ekledi.

"Ne duruyoruz öyleyse..."

"Aslansın be Selin," dedi, çak bir tane yaptık ve ver elini *koycuk*.

Gerçekten de küçük, kuytu, hoş bir yerdi. Havlularımızı serdik, önce bir yüzdük doya doya.

Oh, mis...

Etrafta ağlayan bebek yok.

Sürekli etrafı denetleyen dedikoducu tipler yok.

Avaz avaz ve durmadan çocuklarına seslenen, göbeklenmiş, bol selülitli anneler yok.

Yanından geçmeye korktuğun, aksi yüzlü amcalar yok.

Oh, mis...

Yüzme sonrası kumrulara yumuluş...

Hem de en süperinden. İçinde yok yok. Üstelik Kayra'nın ikramı.

"Bendensin bugün," dedi saçlarını itiştirerek.

"Sen de şu saçlarını kestirsene azıcık. Neredeyse bastığın yeri göremeyeceksin yakında."

"Olur anneciğim."

Aaa... Gerçekten de annem gibi konuşmuş, ona da kendi annesini hatırlatmıştım.

Ayıpsın Selin!

"Tamam arkadaşım," dedim hemen, "sözlerimi geri alıyorum. Ne de olsa evde annesi tarafından beyni yıkanan bir vatandaş olduğumdan, arada bir dil sürçmelerim olabiliyor."

"Boş ver," dedi elini sallayarak.

Bak, Ava ne kadar haklı.

Erkekler işi uzatmıyor, terso bir durum olduğunda, tüm dedikleri, *salla,* yani *boş ver* ve olay bitiyor.

Ama kızlar olunca... yandın, yandın.

Alınmalar, kırılmalar, daha da kötüsü laf sokmalar.

Sahi...

Acaba ben nasıl davranıyorum?

Sabahki tepkim düşünülünce –vaziyet vahim. Beste'yi ciddiye alıp bayağı terslendim. Oysa çok daha başka davranabilirdim.

Kayra, "Ne düşünüyorsun öyle?" diye sorunca, "Kendimi sorguluyordum," diye yanıtladım onu. Garip bir şey söylemişim gibi bakıyordu bana. "Bu yıl sınıfta bunu tartışmıştık. Sorgulayarak düşünebilmek. Sorgulayarak düşünen bir kafaya sahip olmak. Ve bu bağlamda kendini tanıyabilmek için kendini sorgulamak. Ben nasıl bir insanım filan gibi..."

"Yani şimdi sen kendini tanımaya mı çalışıyordun?"

"Evet! Bu sabah Beste'ye aşırı tepki verdiğimi düşünüyordum. Alınganlık yaptım, oysa o şaka yapıyordu. Demek ki alıngan bir tarafım var, bunu toparlamam gerek."

Kayra başını kaşıdı, "İlginç," demekle yetindi.

"Bir de..." dedim.

Şimdi ne yumurtlayacak dercesine baktı bana.

"Şu barınak meselesi."

"Ya, evet, benim de çok canımı sıkıyor o konu."

Bir süre sessiz kaldık, barınak konusu ikimizi de üzüyordu, bu açık.

Daha sonra okullarımızı, okulda yaptıklarımızı, okul arkadaşlarımızı, hafta sonlarını filan konuştuk. Vaktin nasıl geçtiğini anlamadım. Sıkı sohbetti anlayacağın.

"Eh, artık yavaş yavaş evin yolunu tutsak," dedim.

"Tamamdır," dedi ve böylece sokakların gölgeli taraflarını seçerek mahallemize ulaştık.

"Hadi görüşürüz," dedim sonra seslendim arkasından.

"Kayra!"

"Efendim."

"Çok teşekkürler. Hem Boncuk Göz, hem de sonrası için."

"Ne zaman istersen yine yapabiliriz."

"Sağ ol."

Oh, şöyle sakin ortamda, sakin bir sohbet iyi geldi.

Yaşlanıyor muyum ne.

Yok, yok, olgunlaşıyorum desene şuna.

Yok, ama olmaz ki... Bu kadarına da el insaf yani.

Kimden söz ediyorum, bildin mi arkadaşım? Tabii ki Öykü'den.

Ki... Öyle imalı, manalı sözlere kafam basmaz benim. Ama ben bile anladım, o kadar yani.

Bak şimdi, neler oldu.

Sabah herkes plajda otururken, bu ortalarda yok. Nedeeen sonra ufukta göründü. Salına salına geldi ve göstere göstere esneyerek oturdu.

"Uykusuz kalmış gibiyiz?" dedi Beste.

"Dün gece geç yattım, sonra da uyku tutmadı, sabaha karşı dalmışım."

Göz ucuyla Sude'ye baktım, Öykü'yü duymamışçasına, tüm dikkatini bacaklarına güneş kremi sürmeye vermişti.

"Hadi hep birlikte yüzelim," dedim, Öykü'nün daha fazla konuşmasını engellemek için. Aslında bunu neden yaptığımı da bilmiyordum, sadece bir içgüdü, diyelim. Ama meraklı Beste, ille de her şeyi dibine kadar öğrenecek!

"Neden geç yattın ki?"

"Hiiiç, duvar üstü sohbetleri diyelim. Öylesine takıldık işte. Aaa, bir de baktım, saat olmuş bir."

Yine Sude'ye baktım çaktırmadan, yanakları kıpkırmızıydı. Birden ayaklandı, "Ben çok sıcakladım, bir yüzüp geleceğim," dedi ve koşup denize atladı.

Beste, "Duvar üstü sohbetlerini kimlerle yaptın, anlat da bilelim," dedi.

"Aman sen de... İlle de her şeyi bilecek," diyerek saçlarını arkaya doğru savurdu Öykü.

"Kızım sen aslında bu soruları sormam için ölüp bitiyorsun."

"A-aa, o da nerden çıktı şimdi?"

"E, öyle bir geliyor, öyle bir esniyor, öyle gizemli laflar ediyorsun ki, bu çok açık, hadi merak edin, hadi soru sorun, demek oluyor," dedi ve ekledi, "bilmem anlatabildim mi."

"Hiçbir şey anlamadım."

"O zaman daha açık söyleyeyim. Yemezler! Yemezler kızım yemezler. Onun için anlat şunu da, sen de rahat et, ben de."

Müjde bir kahkaha attı.

"Âlemsiniz valla."

"Hadi," diye ısrar etti Beste, "söyle, duvar üstü muhabbetlerini kiminle yaptın?"

"Aman canım, seni duyan da gizli saklı bir şey var zannedecek."

"İyi ya, madem gizli saklı değil, ben duymak istiyorum," dedi. Sonra dönüp Öykü'nün gözlerinin içine baktı. "Yoksa Sude'nin gelmesini mi bekliyorsun anlatmak için."

"Ay, o ne alaka şimdi."

Öykü bayağı bozulmuştu. Beste'yse sıkıştırdıkça sıkıştırıyordu. Müjde, şaşkın, bir ona bakıyordu, bir öbürüne, neler oluyor, dercesine.

"Amaaan, Kıvanç'la takıldık işte..."

"Başka kimler vardı?"

"Kimse yoktu."

"Aferin sana," dedi Beste, şöyle bir durdu. Sonra tekrarladı. "Aferin sana Öykü."

"Ne yaptım ki? Neden öyle konuşuyorsun?"

Öykü'nün paniklediği o kadar açıktı ki.

"Kızım sen ne yapmaya çalışıyorsun?"

"Ne yapıyormuşum ki?"

Beste iyice öfkelenmişti. "Bak ben sana söyleyeyim ne yapmaya çalıştığını. Sude gittikten sonra onun erkek arkadaşının dibinden ayrılmayıp tam iki saat onunla oturuyor, çene çalıyorsun, ne alakaysa... Yetmezmiş gibi ertesi sabah esneme numaralarıyla bunu Sude'nin gözüne sokmaya çalışıyorsun. Arkadaşlığa sığar mı bu yaptıkların?"

Öykü'nün yüzü bembeyaz olmuştu. "Hiç de senin anlattığın gibi değil. Bana haksızlık ediyorsun. Sonuçta hep birlikte takılıyorduk, Sude gittikten sonra da biz biraz daha oturduk, hepsi bu. Bizler hepimiz arkadaşız, asıl sen kötü niyetlisin," dedi. Gözleri dolmuştu, havlusunu kaptığı gibi fırladı gitti.

Bir sessizlik.

Sonra Müjde, "Ya Beste, acaba fazla mı yüklendin kıza?" dedi yavaşça.

"Yok Müjde, Kıvanç geldiğinden beri, onların dibinden ayrılmıyor. Zaten Kıvanç'la Sude'nin arasında şu meşhur gece on birde dönme konusunda tatsızlık yaşanıyor. Bu da yaraya tuz basarcasına, sohbetler bilmem ne..."

Bir ara durdu, nefes nefese kalmıştı.

"Ben ille de aralarında bir şey var demiyorum, sadece Öykü'nün onların peşini bırakmamasını, nasıl diyeyim," doğru sözcüğü ararcasına durdu, sonra ekledi, "en azından yakışıksız bulduğumu belirtiyorum." Ve hemen ekledi, "Kendini Sude'nin yerine koy ve düşün."

"Haklısın," diyerek başını salladı Müjde, "Sude'nin yerinde olsam, benim de hoşuma gitmezdi bu durum."

"Gördün mü, işte benim de anlatmak istediğim buydu. Yoksa aralarında bir şey var demiyorum ki..."

Bir an durdu. "Ya gerçekten hiçbir şey yok, sadece düşüncesizlik var," dedi, sonra kendi kendine konuşurcasına mırıldandı, "ya da bir şeyler oluşmak üzere."

Evde, bir ara Ava'yı kenara çekip sabah olup bitenleri anlattım.

"Tevekkeli değil, Sude'nin sohbetine doyum olmuyor. Yemeğini yiyip hemen odasına kapanıyor," dedi Ava. "Pek keyifsiz. Yanına da yaklaşılmıyor, hemen tersleniyor."

"Bence Beste haklı. Ve Sude tam da bu konu nedeniyle keyifsiz."

"İyi de," dedi Ava, "ya gerçekten aralarında bir şey yoksa, ya öylesine takılıyorlarsa?"

Sustuk. Düşünüyorduk.

"Bunu öğrenmenin bir tek yolu var," deyiverdim. Sözcükler daha ben doğru dürüst ne diyeceğime karar vermeden ağzımdan çıkmıştı.

"Neymiş o?"

"Gidip ne konuşuyorlar, bakmak."

Ava kahkahayı bastı, "Âlemsin. Ne yani, şimdi gidip yanlarına mı dikileceğiz?"

"Yok canım! Olur mu."

"Eee?"

"Onları..."

"Evvet?"

"Gizlice dinleyeceğiz!"

"İlahi Selin, sen gerçekten âlemsin," deyince beni bir hüzün bassın, bir hüzün bassın.

"Şimdi ne oldu? Bir saniye önce heyecandan gözlerin pırıl pırıldı, şimdiyse dokunsam ağlayacaksın."

"Sen," dedim Ava'ya "bana âlemsin Selin, dedin ya."

"Evet."

"Ah, ah, benim G. A. da bana, işte bu tür fikirler ya da eylemlerim hakkında, Selin sen bir âlemsin, derdi de, o geldi aklıma."

"Ay, sen hâlâ orda mısın?"

"Nerde olacaktım ki. Büyük aşklar kolay unutulmuyor," diyerek içimi çektim.

"İşimiz var seninle."

"Tabii ya, ne sandın."

Ava muzur muzur gülümsedi bana bakarak.

"Ne var yine?"

"Ama geçen gün Kayra'yla çok güzel vakit geçirmişsiniz."

"Evet, n'olmuş?"

"N'olmuşu var mı," dedi yine kaşlarını bir aşağı bir yukarı oynatarak.

"Öyle baş başaaa... Özel koylardaaa..."

"Aman!" diye susturdum bu saçma Ava'yı. "Biz onunla arkadaşız bi kere. Sen gitmiştin. Plajdaysa kızlar takımı vardı. İkimizin de, hele de Boncuk Göz'le buluşma sonrasında, o süslüleri çekecek hâlimiz yoktu. Gittik, sessiz bir köşede kafa dinledik."

"Artık bilmem," dedi dudaklarını büzerek.

"Sadece bana değil, Kayra'ya da ayıp ediyorsun, bilmem farkında mısın."

"Belki sana oluyordur ama Kayra'ya kesinlikle ayıp olmuyor," dedi sonra üstüne bastırarak, "canım," diye tamamladı sözlerini.

"Ne demek oluyor bu şimdi, yoksa o sana bir şey mi söyledi?"

"Yooo, ne söylesin çocuk. Sadece ne güzel bir gün geçirdiğini anlattı."

"İyi ya işte. Sen de kendi kendine gelin güvey olma."

"Aman Selin yani."

"Ne yani'si."

"Üfff... Anlasana."

"Neyi anlayacakmışım kardeşim, neyi?"

"Ya, sana o kadar ilgi gösteriyor, kör müsün, görmüyor musun?"

"Bak benim sinirimi oynatma. O, yardımsever bir çocuk. Senin de her şeyine koşuyor. Ben hemen, Avaaa, diye karşına dikilip kaşlarımı oynatıyor muyum? Hem sen böyle yapınca, ben onun yanında doğal olamıyorum. Oysa Kayra'nın arkadaşlığından çok hoşlanıyorum. Adam gibi adam dedik ya, aynen öyle."

Ava ayağını yere vurarak "Ama siz birbirinize çok yakışıyorsunuz! Ayrıca sadece adam gibi adam değil, yakışıklı da, daha ne istiyorsun," dedi ve ekledi, "Hem ikiniz de benim can arkadaşlarımsınız."

"İyi valla," dedim, "seni mutlu etmek için sevgili olalım, öyle mi? Başka bir arzunuz var mı Ava Hanımefendi?"

"Ama o seni gerçekten beğeniyor," dedi bu kez ağlamaklı.

"Sana bunu böyle açık açık söyledi mi?" diye üstüne yürüdüm. "Ha? Söyledi mi?"

"Yok, yok," diye kekeledi, "ama ben anlıyorum."

"Anlıyormuş!" dedim, sonra aynı bizim Türkçeci gibi parmağımı yüzüne yüzüne salladım. "Bir daha bu konu konuşulmayacak! Bir şey değil, benim de dengemi bozuyorsun."

"Aman! Tamam, tamam."

Aaa, şuna bak..

İyi be...

İki arkadaşını, kendi canı istiyor diye aklı sıra bir araya getirecek.

Var mı böyle bi şey!

Biz daha burada büyük aşkımızı bitirememişiz, şunun söylediklerine bak.

"Neyse, neyse, biz asıl konumuza dönelim," dedim. "Bak tekrarlıyorum, Kıvanç'la Öykü'nün arasında bir şey var mı, yok mu, bunu anlamanın tek yolu, onları gizlice dinlemek. Böylece eğer gerçekten bir şey yoksa, bunu Sude'ye anlatırız, kız da rahatlar. Ayrıca Öykü'nün de günahını almamış oluruz. Yok eğer varsa..."

"E, o zaman ne yapacağız?"

Şöyle bir düşündüm, Ava'ysa ağzı açık, pürdikkat beni dinliyordu.

"O zaman da gidip Sude'ye söyleyeceğiz."

"E, bravo sana! Ben de bir şey söyleyeceksin sandım."

"Ne o, fikrimi beğenmedin mi?"

"Kızım, o durumda da Sude'ye söyleyeceğiz, bu durumda da Sude'ye söyleyeceğiz, diyorsun."

"Ya ne dememi bekliyordun, yine Sude'ye söyleyeceğiz ki..."

"Eee?"

"Ayağını denk alsın."

"Yani?"

"Ne bileyim, artık Kıvanç'tan hesap mı sorar, Öykü'yle mi konuşur."

"Valla bilmem ki."

"Ne oldu şimdi?"

"Bizim kızın sağı solu belli olmaz. Ya bize kızarsa, ne işler karıştırdınız diye."

Haydi yine aldı mı bizi bir düşünce.

"Öte yandan, eli kolu bağlı oturmak da fena be Ava. Ya yapabileceğimiz bir şey var da yapmıyorsak..."

Haydi yine sus pus düşüncelere daldık.

Sude gibi neşeli, iyi kalpli bir kızın böylesi sessizliği, daha doğrusu mutsuzluğu beni çok üzüyor.

Bir şeyler yapmak istiyorum.

Yüzü gülsün istiyorum.

N'apayım, elimde değil.

Başak abla süper.

Taptım ona.

Onunla birkaç saat geçirdikten sonra, *işte benim rol modelim* oldum! Olamaz böyle biri ya.

Ondan söz edildiğini duyuyordum, annemler telefonda bile hep çocuklarıyla ilgili konuştuklarından, Başak ablanın da sık sık adı geçiyordu.

Annem ona "Hepimizin ilk göz ağrısı," der. Arkadaş grubunun ilk bebeğiymiş de, hepsi onu nasıl severlermiş de... İşte böyle şeyler. Bir iki kez karşılaşmışlığım vardı ama, işte o kadar. Yani, ölüp bayılacak bir durum yok. En azından benim açımdan bu böyle.

Ta ki, onu tanıyana dek.

Birkaç gün önce annem aradı ve ilk göz ağrısı Başak'ın Çeşme'ye geleceğini, onunla ilgilenilmesini teyzemden rica etti. Bana da bil-dir-di!

Yani rica filan değil.

Ya ilgilenirsin ya ilgilenirsin, durumu.

Çattık, dedim. İçimden tabii.

Çünkü en ufak bir üfleme, püfleme, arkadaşlık, dostluk, dayanışma ve benzeri konularda uzun nutuklar dinlememi gerektirirdi ki, bunu da istemeyiz, değil mi ama.

Sonuçta, Başak abla akşamüstü geldi. Aslında çok hoş bir kız. Teyzem beni Ava'nın odasına şutlamış, benim odam da Başak için hazırlanmıştı.

"Sırma teyzeciğim, çok teşekkür ederim ama ben arkadaşlarla geldim, şimdi onları bırakıp burada kalmam doğru olmaz."

Değil mi ya...

Değil mi ya...

"Zaten sadece bir gece kalıp yarın akşam döneceğiz."

Bayılırım böyle konuklara.

Gelecek! Ve geldiği gibi toparlanıp çabucak gidecek! Ve böylece bizler de bildik yaşamımıza döneceğiz. Teyzem bozuldu azıcık, "Ama olur mu, odanı bile hazırlamıştık," filan diye mırıldandı.

Hem de bana sormadan, diye geçirdim içimden. Ama sonra bir düşündüm ki, bu ev Sırma teyzemin evi, yani ben de bu evde misafirim bir yerde. Sonra aklıma sevgili anneanneciğimin bu konuda gülerek yaptığı bir açıklama geldi. (Bizim anneannemle türlü çeşitli sohbetlerimiz vardır –baş başa.) Demişti ki, misafir misafiri sevmez, ev sahibi hiçbirini sevmez, derler ama aslında ben bu özdeyişi pek beğenmem. Onun yerine, misafir bir evin mücevheridir, sözlerini tercih ederim.

Nerden nereye geldik. Konumuza dönersek...

"Yine nelerin peşindesin, anlat bakalım," dedi teyzem, Başak ablaya.

"Teyzeciğim, bilmem duydunuz mu, Turmepa ya da Deniz Temiz Derneği var."

"Evet, gazetelerde ara ara onlarla ilgili haberler çıkıyor, okuyorum."

"İşte biz o derneğin gönüllüleriyiz. Aslında gönüllü sayısı çok yüksek ama biz yirmi kişilik bir grubuz. Dernek de zaten böyle gruplardan oluşuyor."

"Peki, neler yapıyorsunuz mesela?"

"Denizlerin, kıyıların temizliği hakkında özellikle de çocukları ve gençleri bilinçlendirme çalışmaları yapıyor, bu arada çöp de topluyoruz. Pek çok ve çeşitli etkinlik var da, temel amaç olarak deniz ve kıyıların temizliği için bir farkındalık yaratmak diyelim. Mesela geçen yıllarda beş milyon öğrenciye ulaşılmış."

"Vay, vay, vay, bu muazzam bir şey."

"Şimdi yeni bir proje var, o da müthiş bir şey. Ünlü bir Japon firmasının başlattığı, Mavi Kuşak Hareketi. İstanbul Boğazı'nın korunması ve çevre kirliliğine karşı bilinçlendirme projesi kapsamında, üç yıl içinde yüz bin çocuğun eğitilmesi planlanıyor."

"Japonlar dünyanın en temiz ülkesine sahip diye duyarız hep," dedi teyzem.

"Toplantıda o firmanın temsilcisi, Japonya'nın sanayileşme döneminde önemli ölçüde çevre kirliliği yaşadığını anlattı ve kirliliğe karşı mücadelede en etkin yolun çocuklara çevre eğitimi vermek olduğunu gördük, dedi."

"Yaaa, gördün mü bak," dedi teyzem, "Her işin başı eğitim! Hem de olabildiğince erken yaştan başlayarak."

"İşte onun için biz de gönüllüler olarak, kendi çapımızda bu tür çalışmalara destek veriyor, çevre bilinci için elimizden geleni yapmaya çalışıyoruz. Yeri geliyor çöp topluyoruz, yeri geliyor köylere gidip oyunlarla, resimlerle çocukları bu konularda bilgilendirmeye çalışıyoruz."

Ava'yla birbirimize baktık.

Sude yerinden fırlar gibi olmuştu.

Aynı anda teyzem döndü. "Bakın çocuklar, Başak ablanız ve arkadaşları sizin yaptıklarınızı büyük çapta uyguluyor."

Başak ablaysa şaşırmıştı. "Sahi mi? Sakın bizim derneğin bir kolu olmasın?"

Ava bana baktı, ben Ava'ya.

Sonra Sude konuştu. "Yok, biz kendi kendimize yapıyoruz bu temizliği."

Başak ablanın ağzı açık kalmıştı. "Harikasınız," dedi ve ekledi, "Anlatsanıza."

"Aslında, Selin'den çıktı bu fikir. Bir gün gelip, plajdaki ve denizdeki kirlilikten yakınmak yerine çöpleri toplasak, daha iyi olmaz mı, dedi bana ve arkadaşlarıma. Biz de ona hak verdik ve şimdi çöpler biriktikçe, torbalarımızı alıp topluyoruz. Aşağı yukarı haftada iki kez gibi."

"Süper," deyip duruyordu Başak abla. Sonra bana döndü. "Aferin Selin."

"Aman," dedi Sırma teyzem, "bunun annesi de böyleydi. Bir durum olmasın, hemen kolları sıvar, girişir ve şaka maka mutlaka ortaya bir şeyler çıkarırdı. Annesinden almış bu huyunu."

Başak abla, "İyi ki de almışsın," diyerek, ortak bir dava için çalışan kankalarmışız gibi gülümsedi bana.

Tabii hemen şımardım ve cep telefonumu çıkarıp ona arkadaşlarımızla çöp toplarken, çöple ilgili afişleri dalgalandırırken ve deee plaj konserimizde çekilmiş fotoğrafları gösterdim.

"Harikasınız," deyip duruyordu. Özellikle de, fotoğrafları büyütüp çöple ilgili pankartları okudukça kahkahayı basıyor ve "Bunları mutlaka arkadaşlarıma göstermeliyim," deyip duruyordu.

Sonra birden durdu. "Bakın ne diyeceğim, bu akşam benim misafirim olun. Deniz kenarında ateş yakacağız, bir şeyler atıştırıp müzik yapacağız. Biz bütün gün çalışıp gece de böyle kendi kendimize eğleniyoruz. Bize katılmaya ne dersiniz?"

Tabii anında üç çift göz teyzeme odaklandı. Başak abla durumu anında kavramıştı. Teyzeme dönüp "İzin verirsin, değil mi teyzeciğim benim," dedi ve teyzemin bir şey söylemesine fırsat vermeden devam etti, "Biz büyük bir sivil toplum kuruluşunun gönüllüleriyiz. Planlı, programlı çalışıyoruz ama bu gençler tamamen kendi kendilerine böylesi bir etkinlik içine girmişler. Bence asıl gerçek gönüllü onlar. O nedenle arkadaşlarımla tanışsınlar, istiyorum."

"Peki, ne zaman dönersiniz?"

"Biraz gecikebiliriz çünkü herkes ancak toplanıyor, sonra da müzik, şamata derken, on ikiyi buluyoruz."

Teyzem huzursuz huzursuz kıpraştı oturduğu yerde. Sonra içini çekip "Pekâlâ ama kızlar sana emanet," dedi. "Ona göre."

"Hiç merak etme, kızlarınızı elimle getirip teslim edeceğim." Sonra da bize döndü. "Sakın o fotoğrafları unutmayın."

Bir süre sonra Başak ablanın peşine takılmış, hoplaya zıplaya plaja doğru gidiyorduk.

Veee –bu da Ava'nın şahane fikri. Müzik aletlerimizi de yanımıza almıştık.

"Madem müzik varmış," dedi Ava, "o zaman biz de, hani plajda çaldıklarımız vardı ya, onlardan bir tane çalar, Başak abla ve arkadaşlarını bir kez daha şaşırtırız."

Deniz kenarına indiğimizde ortalık kararmaya başlamıştı. İki delikanlı ateşi yakmakla meşguldü. Bizi görünce, "Ooo, Başak, konuklarımız mı var, yoksa yeni gönüllüler mi?" diye seslendiler.

"Öyle gönüllüler getiriyorum ki..." diye cevaplayıp hemen bizden söz etmeye başladı Başak abla. Hepsi elindeki işi bırakmış, dikkatle onu dinliyordu. Ardından, "Haydi çocuklar, gösterin şu fotoğrafları," dedi, böylece bizim cep telefonları elden ele dolaşmaya başladı.

Özellikle de afişlerdeki sözleri yüksek sesle okuyup kahkahalarla gülüyorlardı.

"Abi, şu bedduaya bakar mısın," dedi gitarlı delikanlı. "Çöp atanın evi çöple dolsun."

"Dolsun!" diye bağrıştılar.

"Ya şu... Evine çöp atıyor musun? Atmıyorsun. Öyleyse neden sokağa atıyorsun?"

Sonra döndü. "İşte budur," dedi arkadaşlarına.

"Bu gençler olayı çözmüş!" diye bağırdı bir başkası.

Çok hoş bir gruptu.

Bayağı da yakışıklı delikanlılar vardı. Gerçi hiçbiri benim G. A.'nın eline su dökemez ama yine de iyiydiler. Sakallısı, küpelisi...

Kızlar da öyle.

Upuzun saçlısı da vardı, saçını kıpkısacık kestirmişi de. Kimisinin de dövmesi vardı.

Çok neşeli, şakacı bir gruptu. Başak öykümüzü tamamladığında, sarışın, sakallı delikanlı, "Arkadaşlar, bu gençlere bir alkış," dedi ve anında coşkulu bir alkış koptu. Birden bizimle olmayanlar için üzüldüm. Sude'ye, "Keşke ötekiler de burada olsaydı," dedim.

"Keşke."

Başak abla, "Ne dediniz, ne dediniz?" diye sorunca, "Keşke öbür arkadaşlar da burada olabilselerdi, diyorduk," dedim.

"E, çağırın onları da."

"Olur mu?"

"Tabii, neden olmasın."

Bunun üzerine Ava hemen Kayra'yı, Sude de Beste'yle Müjde'yi aradı. Beste ailesiyle yemeğe çıkacakmış, Müjde'ninse (zavallım) hiç keyfi yokmuş.

"O zaman," dedi Sude, "Öykü'yü aramıyorum." Ava'yla ikimiz aynı anda, "Arama," dedik ve çak bir tane yaptık.

Az sonra nefes nefese bir Kayra vardı karşımızda. Koşup gelmişti.

Kumsaldaki ateş artık gürül gürül yanıyordu. Kimi oturmuş sucuk ve sosisleri, kimisi ise ekmekleri doğruyordu. Biri de gitarını almış, çalmaya başlamıştı bile. Bir yandan atıştırıyor, müziğe eşlik ediyor, bir yandan da o gün yaptıklarını birbirleriyle paylaşıyorlardı. Bu arada bol bol şakalaşılıyor, kahkahalar peş peşe patlıyordu. Biz de hayran hayran onları izliyorduk. Hiçbir şeyi kaçırmak istemez bir hâlimiz vardı.

Başak abla bir ara, "Bizim grup sadece çevre temizliği için değil, hayvan hakları için de elinden geldiğince çalışmalar yapıyor," dedi.

"Yaaa..." demişiz hep bir ağızdan.

"Evet," dedi, "o nedenle yarın da Çeşme barınağına gideceğiz. Onların durumu nedir, bir görelim, diye düşündük."

Sude, "Başak ablaya Boncuk Göz hikâyesini anlatsana..." dedi.

"Bir de hayvanlarla ilgili çalışmalar yapıyoruz demeyin, ölürüm artık."

"Yok, yok," dedim, "ne yazık ki böyle bir çalışmamız yok ama buradaki barınağın durumunu Kayra çok daha iyi biliyor."

Başak, Kayra'ya döndü ve "Demek ki bu barınaklarla sen ilgilisin. Bana bu konuda biraz bilgi verebilir misin?" dedi.

"Aslında," dedi Kayra, "benim orayla ilgili bütün bildiğim bir barınak çalışanının anlattıklarından ibaret. O, Çeşme Belediyesi'nin desteğiyle ayakta durduklarını ama çok sayıda bakıma muhtaç hayvan olması nedeniyle, daha çok parasal desteğe ihtiyaç olduğunu anlatıyor."

"Bilmem mi," diye içini çekti Başak abla, "öyle çok ihtiyaç ve öyle az para var ki. Neyse, yarın gidip bir bakarız sonra da oturur konuşuruz bu konuyu."

Bu güzel gece sona ererken, onlara bi de *Entarisi Ala Benziyor* türküsünü çaldık ve söyledik mi sana. Süksemiz oldu mu bin beş yüz! Nasıl alkışladılar, nasıl...

Biliyor musun arkadaşım, ben de onlar gibi olmak istiyorum. Çoook çok çalışalım, sonra da bol bol eğlenelim istiyorum.

İyi işler yapmak istiyorum. Benden küçüklere yararlı şeyler öğretmek istiyorum.

Hayvanların hayatını iyileştirmek istiyorum.

Temiz sokaklar, temiz parklar, temiz denizler istiyorum.

Tüm apartmanların balkonları çiçeklerle bezeli olsun istiyorum.

Daha sonra da –arkadaşlarımla birlikte dünyaya açılmak, yeni yeni ülkeler görmek istiyorum.

Yeni ve değişik insanlarla tanışmak, onlarla dost olmak istiyorum.

Ben onların evine gideyim, onlar benim evime gelsin, değişik uluslardan dostlarım olsun istiyorum.

İşte Başak abla ve onun gibiler bunlar için çalışıyor, bunları yaşıyor.

Onlara imreniyorum.

Hem de çok.

Ama imrenmek yeterli değil.

Bir şeyler yapmak gerek.

İmrendiklerimizi hayata geçirmek için bir yerden başlamak gerek.

Başak ablayı yolcu ettik ama bize öyle bir armağan bıraktı ki...

O armağan neydi diye soruyorsan arkadaşım, sabırlı ol ve dinle.

Sabah ilk işimiz o gruptan iki kişiyle buluşup barınaklara gitmek oldu. Kayra onları İbrahim abiyle tanıştırdı. Çeşme barınağındakiler durumlarını anlattı. Öyle çok terk edilen köpekçik varmış ki, özellikle de yaz sonlarında. Anlayacağın, tatilciler evlerine dönerken hayvancıkları bırakıp gidiyorlar.

Vicdansızlar!

Onlara, ailen seni bırakıp gitse, hoşuna gider miydi, diye haykırmak geliyor insanın içinden. Bir de engelli hayvancıklar var, kiminin bacağı yok, kiminin gözü görmüyor. Bunlar için de ayrı bir yer olsa, daha iyi olur, diyorlar. Belediye desteklemiş ama kedi köpek sayısı yüksek, bakım masraflı.

Oradan çıkınca, Altınkapı'ya gidip oturduk.

"Biz ne yapabiliriz diye hep düşünür, konuşuruz aramızda," dedi Kayra, "ama İbrahim abinin anlattıklarını dinleyince de insan umutsuzluğa kapılıyor, bayağı para lazım."

"Onun söylediği miktarı karşılamayı düşünmeyin. Bu sizi aşar, hem de ne biçim," dedi Başak abla. "Yine de siz, ama az ama çok, elinizden geleni yapın. Oraya gidecek her kuruş, işe yarayacaktır."

"Tamam da," dedi Ava, "para toplamaya çıkmıştık daha önceleri. Pek bir şey toplayamadık. İnsanlar barınaklar için para vermiyor, veren de azıcık bir şey veriyor."

"Yooo," dedi Başak abla, "öyle doğrudan istemeyeceksiniz. Bir şeyler yapıp para kazanacaksınız ve o kazandığınız parayla barınağa destek olacaksınız."

Önce kendimi tutamayıp "Harika fikir!" diye bağırdım ama sonra Sude, "Ne yapıp da para kazanacağız?" deyince balon gibi söndüm.

Başak abla düşünüyordu. Yanındaki de, "Ne olabilir?" diye mırıldanıyor, parmaklarıyla masanın üstünde trampet çalar gibi yapıyordu.

"Otellerde iş bulamazlar mı?" diye sordu uzun saçlı kız. Adı, Dilara'ydı.

"Hiç sanmam," dedi Başak abla. "Oteller tam kadro çalışıyordur. En civcivli mevsimdeyiz. Ayrıca stajyerler de var."

"Öyle ya," dedi Dilara.

Adı Tan olan delikanlı, "Ticari yerler mevsim nedeniyle pek yeni eleman aramazlar. İşe alacaklarını çoktan almışlardır. Başka şeyler düşünmeliyiz," dedi.

"Aileler mesela," dedi Dilara.

"Nasıl yani?"

Başak abla atıldı. "Bak bence bu çok iyi fikir Dilara." Sonra bize döndü. "Burada mahalle kültürü devam ettiğine göre komşularınızın gereksinimlerinden haberdarsınızdır."

"Valla biz pek ilgilenmiyoruz ama," diye kekeledi Sude, "annelerimiz komşularla ilgili her şeyi bilir."

"İşte, tam da bu," dedi Başak abla. "Şimdi sizler annelere, teyzelere soracaksınız. Ailelerin neye ihtiyacı var. Örneğin, genç bir annenin bir yere gitmesi gerektiğinde, bebeğini bekleyecek biri var mı? Ya da birisi bir süre için bir yere gidecekse, köpeğine bakacak birini arıyor mu? Diyelim evinde parti verecek, bir yardımcım olsa ne iyi olurdu, diyor mu. Yani bu çizgide düşünecek ve bu noktada devreye gireceksiniz çocuklar. Ve bu emeğinizin karşılığını alıp barınağa bağışlayacaksınız."

"Hah," dedi Sude, "ben de şimdi tam bunu söyleyecektim. Sizin şu saydıklarınızın neredeyse tümünü biz birbirimize zaten yapıyoruz, komşuluk dayanışması adına. Ama – karşılığında para almıyoruz elbette."

"İşte," dedi Başak abla eliyle masaya vurarak, "barınak için, bu hizmetler karşılığı artık para alacaksınız."

"Bilmem ki..." diye mırıldandı Sude.

"Siz ona bakmayın," dedi Ava, "ben söylerim. Biz bunu barınak için istiyoruz, derim. Ve onlar da verir çünkü sonuçta düz para istemek başka, bir hizmet sunup karşılığını istemek başka."

"Aslansın," dedi Başak abla, "gerçekten de durum aynen budur işte."

Tam o sırada telefon çaldı, "Evet Sırma teyzeciğim, biz de şimdi size geliyorduk," dedi ve bizlere bir göz kırparak sözlerine devam etti, "Sizi görmeden gider miyim hiç!"

Teyzem harika bir çay sofrası hazırlamıştı. Neler vardı neler. Brownie'ler mi istersin, minik sandviçler ve limonlu kek mi.

"Ne zahmet ettin Sırma teyzem," derken, teyzem susturdu onu.

"Hiç zahmet etmedim, hepsi pastaneden," dedikten sonra, "Eee, anlatın bakalım neler yaptınız?" diye sordu.

Başak abla durumu özetledi. Sonra sordu, "Sırma teyze, sizin buralarda hanımların ihtiyaç duydukları durumlar var mı? Bu çocuklar çalışmaya hazır."

"Bak seeen..." dedi Sırma teyzem bizlere dönerek. "O kadar meraklıysanız şu evin mutfağına girip çalışabilirsiniz pekâlâ. Hiç hayır demem valla... Hatta hatta," dedi bu kez Ava'ya bakarak, "hayvanları ve doğayı kurtarmadan önce, şu odanızdaki dağıntıyı toplamanız bile pek makbule geçer, pek."

"Aman anneee," diye bağrıştılar Sude'yle Ava. Kahkahalar karşı koymalara karıştı, tam bir curcuna yaşanırken teyzem birden ellerini havaya kaldırdı.

"Buldum! Buldum!"

Hepimiz merak içindeydik.

"Bakın şimdi," dedi

Koltuğuna iyice yerleşerek. "Buradaki en büyük sıkıntı..."

Nasıl da dinliyorduk onu, hepimiz kulak kesilmiş.

"Küçük çocuklar. Küçük çocuklar dediysem bebek değil, ilkokul yaşındakiler."

"Nasıl bir sıkıntı oluyor bu?" diye sordu Dilara.

"Şöyle; okul yok, çocuklar evdeler ve sıkılıyorlar! Evet, hem de feci sıkılıyorlar. Annelerse ne yapacaklarını şaşırmış vaziyette. Tamam, sabah denize gidiliyor ama o kadar. Bir koca öğleden sonra var ve anneler bu sıkılan ve kendi başlarına çıkıp gezemeyecek yaştaki çocuklarını nasıl oyalayacaklarını bilemiyor. Zaten kimisi de çalışıyor. Ve hepsinin ağzında, ah, şu tatil bir bitse de şu çocuklar okula başlasa."

Sustu.

Bize baktı.

"İşte en büyük sorun bu. Dolayısıyla en büyük ihtiyaç bu çocukları oyalayacak birilerinin bulunması."

"Harikasın Sırma teyze," dedi Başak. Sonra bizlere döndü.

"İşte sizlere şahane fırsat. Hem sadece siz dördünüz değil, yardımcı olmak isteyen arkadaşlarınızı da aranıza alırsanız, bayağı iyi para kazanabilirsiniz."

Bizlerse şaşkındık, şaşkın.

"İyi de," dedi Sude, "ben anlamadım, yani biz nasıl bakacağız bu çocuklara?"

"Hem o çocukları nasıl bulacağız?" diye Sude'yi destekledi Ava.

Kayra'ysa kafasını kaşıyarak "Oyun mu oynatacağız yani..." diye mırıldanıyordu.

"Valla," dedim, ben de sevgili dostlarıma katılarak, "bu iş bizi aşar."

"Şunlara bak, nasıl da çabucak pes ettiler," dedi Başak abla gülerek. İşin kötüsü ötekiler de kıs kıs gülüyordu hâlimize.

İyi valla...

Atın bizi bir bilinmezin içine, sonra da geçin karşımıza gülün bakalım.

Kızdığımızı anlamışlardı. Eşek değiller ya, hemen durumu toparlamaya giriştiler.

"Hiç merak etmeyin, biz size yardımcı olacağız," dedi Tan. Öyle de rahat konuşuyor ki, sanki çocuk oyuncağı.

İçimden, sen önce o küpeni bi düzelt demek geldi. Küpesi yamuk duruyordu bi kere ve o bunun farkında bile değildi.

N'aberrr...

Dilara sakin sakin anlatmaya başladı.

"Önce mahallenizi dolaşıp bu tür gereksinimi olanları saptamalısınız."

"Önce bir broşür hazırlasalar, daha yararlı olmaz mı," dedi Tan.

"Tan haklı," dedi Başak abla, o da artık ciddileşmişti.

Hah şöyle...

Ciddi iş konuşuyoruz burada.

"Bir yazı kaleme alın. Hangi saatlerde çalışabileceğiniz belirttikten sonra, ki bu daha çok öğleden sonra olacak gibi görünüyor, bakabileceğiniz yaşlara da açıklık getirin, yuva ya da ilkokul çağındakilerle ilgilenebiliriz, gibi."

O ana dek sessiz, bizleri dinleyen Sırma teyze, "Bakın ne diyeceğim," dedi. O da artık ciddileşmiş, bizimle dalga geçmeyi bırakmıştı.

"Bence önce bir mekân bulmalısınız. Kapı kapı gezip çocuk eğleyecek hâliniz yok herhâlde. Bir yer, bir ev belirlenir, çocuklar oraya getirilir, siz de orada onlara göz kulak olursunuz."

"Sırma teyze haklı," dedi Başak abla. "Bence de önce bir ev saptamalı ve orada buluşulmalı."

Bu kez hepimiz dönüp Sırma teyzeme bakmaya başlamışız. Valla kasıtlı değil, hani ev filan deyince...

Ama yanıt anında geldi.

"Yooo! Sakın bana bakmayın, bu evde yeterince insan bakıyorum ben. Aklınızdan bile geçirmeyin!"

Öyle bir şiddetle karşı koymuştu ki, hepimiz gülmeye başladık.

"Aaa... Şunlara bakın hele. Yardımcı olmam yetmezmiş gibi, bir de evim elimden gidecek," dedi ama hemen ekledi, "Ama size yardımcı olurum. Eşimi, dostumu arar, sizin bu çabanızı anlatır, ihtiyacı olan varsa beni aramasını söylerim."

"İşte bu çok mu çok iyi olur," dedi Başak abla, "çünkü bu gibi işlerde duyuru gerçekten önemli."

"Peki, kimin evi olabilir ya da nerede yapılabilir bütün bunlar?"

Yine bir sessizlik.

"Bir ev olmalı," diye ısrar etti Sırma teyze, "insanlar çocuklarını emanet edecekler, şaka değil bu. Ve bakın bu çok önemli, o evde mutlaka ama mutlaka bir büyük olmalı. Ya bir anne, ya baba, ya büyükanne. Acil bir durum olduğunda, hemen olaya el koyacak biri olmalı. Öyle değil mi?"

Ne diyebilirdik. Haklıydı.

Bu kez de içinde sorumluluk alacak bir büyüğü olan evi düşünmeye başladık.

"Kim kabul eder ki bizleri," dedi, Ava, "özellikle de bir dolu çocuk barındırmak için."

Gerçekten de durum pek parlak görünmüyordu.

"Hemen umutsuzluğa kapılmayın," dedi Başak abla. "Düşünün, iyice düşünün. Komşulardan bu tür gönüllü çalışmalara kim açık olabilir. Her gün olmasa bile, kim evini birkaç gün açabilir."

Durdu bir an, sonra devam etti, "Şöyle hayvansever birileri..."

Der demez bende ampul yandı!

"Buldum!" diye bağırmışım.

"Kim? Kim?" sesleri yükseldi.

"Yani garanti değil tabii... Ama olabilir de..."

"Eveleyip geveleme de söyle şunu." Sırma teyzem herkesten meraklıydı.

"Zeynep Hanım."

"O da kim?"

"Bizim Boncuk Göz'ü alan aile var ya, işte o ailenin annesi. Bence o bize yardımcı olur."

"Valla mı?"

"Tabii daha konuşmadık bile Sude, ama çok tatlı bir kadın. Ayrıca hayvanları çok seviyor, o Boncuk Göz'e nasıl bakıyorlar, bir görseniz. Değil mi Kayra, söylesene."

Kayra bana destek çıkınca, Başak abla, "O zaman," dedi, "sizler hemen bir taslak hazırlayıp her şeyden önce Zeynep Hanım'ın kapısını çalacaksınız. Ona durumu güzelce anlatacak, okuyup üstünde düşünülmesi için taslağı ona vereceksiniz. Sonra da oturup onun cevabını bekleyeceksiniz."

"Bence kabul edecek," dedim.

Teyzemse, "Selinciğim, çok heveslenmesen iyi edersin. Hayvanları sevmek, çocuğu için bir köpek almak başka bir şey, evini bir dolu çoluk çocuğa açmak daha başka bir şey," dedi.

"Ay teyze, yani..."

"Canım benim, düş kırıklığına uğramayın diye sizi uyarmak istiyorum, hepsi bu. Umarım kabul eder, siz de bir güzel düşüncenizi gerçekleştirebilirsiniz."

"Peki," dedi Sude, "diyelim kabul etti. Sonrasında ne yapmamız gerekiyor?"

"Helal sana," dedi Başak abla, "işte ayakları yere basan bir soru."

"Ne yani," diye bağrıştık Ava'yla, "bizim ayaklarımız yere basmıyor mu?"

"Canım, o kadar da alıngan olmayın. Hepiniz çok güzel fikirler öne sürdünüz, el ele verip bir proje oluşturdunuz. Sude'yse bir adım daha ileri giderek, bundan sonra ne yapılması gerektiğini soruyor."

"İyi! Sorsun bakalım," dedi Ava.

Sude'ye döndü Başak abla. "Zeynep Hanım kabul ettiği takdirde, ilk soracağınız, sizleri evinde haftada kaç gün kabul edebileceğidir. Aslında bu, bir aydan kısa bir süre için geçerli çünkü okul hazırlığı başlayınca herkes yazlıklarından ayrılacak."

"Ah, ah..."

"Okulu düşünmek bile istemiyorum."

"Ne ayıp!"

Şeklindeki lafların sona ermesini bekledi Başak abla ve devam etti, "Zeynep Hanım'dan aldığınız bilgiler ışığında broşürünüzü hazırlayıp dağıtacaksınız. Sırma teyzem de arkadaşlarını arayacak ve böylece alan araştırmasını yapmış olacaksınız."

"Alan araştırması! Vay be, ne havalı," deyiverdi Kayra.

"Sonra da oturup programınızı yapacaksınız. Yalnız o aşamada dikkat etmeniz gereken, bakabileceğiniz kadar kişi kabul etmeniz. Çok kalabalık olursa baş edemeyebilirsiniz."

"Bizim için kuyruk olacaklar, kuyruk," dedi Ava. Gülmekten kırılıyordu.

"Sen öyle gül bakalım ama hiç belli olmaz, bakarsın gerçekten çok istek olabilir."

"O zaman biz de çok para kazanırız," diye bağırdı bu kez.

"Yüzünüze, gözünüze bulaştırmayın da."

"Aşk olsun anacığım, kızlarına ve de yeğenine ve de benim has arkadaşıma güvenin bu kadar mı?"

"Ooo," dedi Başak abla, saatine bakarak. "Bizim artık gitmemiz gerek."

"Buradan nereye gidiyorsunuz?"

"Önce Urla, sonra daha aşağı kıyılara," diyerek cevapladıktan sonra, "Sağ ol Sırma teyzeciğim, her şey için çok teşekkürler," dedi ve sarıldı teyzeme. Sonra bize döndü. "Göreyim sizi, kotarın şu işi. Sonra da bana fotoğraflı olarak yaptıklarınızı bildirin."

"Tamam," dedik bir ağızdan.

Hepimizi teker teker öptü. "Başaracağınıza inanıyorum, size güveniyorum," diye bir de gaz verdi bize.

Böylece onları yolcu ettik.

Dedim ya süper biri Başak abla.

Hani daha geçen gün yazdıklarım var ya.

Onlar gibi olmak istiyorum.

Onlara imreniyorum.

Ama imrenmek yeterli değil.

Bir şeyler yapmak gerek.

Böyle yazmıştım ya...

İşte şimdi, bu projeyle, sanki bir yerden başlıyor gibi hissediyorum kendimi.

Güzel şeyler yapmaya başlıyor gibi...

İyi şeyler yapmaya başlıyor gibi...

Arnavutköy'de yeni açılmış çok şirin, çok tatlı bir restorandaydık.

Hem de tam takım.

Melisçiğim, sağ olsun, bizleri topladı, bir bir telefonla günleri ayarladı. Biliyor musun sevgili sırdaşım, güya aynı şehirde oturuyoruz, dışarıdan bakan da, ne güzel bu arkadaşlar sık sık buluşuyorlardır, diye düşünür. Üstelik hepimiz Avrupa yakasındayız, öyle bir diğerine uzak yerlerde de oturmuyoruz.

Oysa nerde…

Hepimiz öyle bir koşuşturma içindeyiz ki, bir buluşma ayarlayabilmek için kaç kere telefonlaşmamız gerekiyor. Ve bu işi de zavallı Melis üstlenmiş durumda. Dilek'in, benim, Toprak'ın, Esin'in ve kendi programını denkleştirmek için çabalıyor da çabalıyor.

Evet, ne diyordum, Melis hem bizleri toparlıyor, hem de araştırıp soruşturup yeni yerler bakıyor. Onun sayesinde biz de yeni ve hoş yerler hakkında fikir sahibi oluyor, havamızı atabiliyoruz. Bu kez de Arnavutköy'de Any adında bir restoranda öğle yemeği için buluştuk.

Hava da bir güzeldi ki... Aslında Arnavutköy'ü çok seviyorum, Yeniköy'ü de. Bunlar, yılların İstanbul'unun o eski ve asil ruhunu sergileyen semtlerden. Dev binaların işgali altında değiller henüz.

"Ne o kızım," diye bana seslendi Melis, "dalıp gittin."

"Nasıl dalmam, güzel İstanbul'u düşünüyordum."

"Güzelliği kaldı mı ki," dedi Dilek.

"İşte ben de o nedenle Arnavutköy gibi semtlerin bulunduğu eski İstanbul'u özlüyorum da, ondan dalıp gitmişim."

"Hadi, hadi, bırakın gamlı baykuşluğu. Şurada toplanmışız..."

"Sayende," dedi yine Dilek.

"Hava güzel..." diye devam etti Melis, "Hep birlikteyiz çok şükür." Sonra da kollarını açtı tüm restoranı kucaklamak istercesine. "Hoş bir yere gelmişiz, bunun tadını çıkaralım."

"Çıkaralım! Çıkaralım!" sesleri yükseldi.

Zaten benim sevgili arkadaşlarım gülüp eğlenmeye o kadar hazır ki.

"Eee," dedi yine Melis, "anlatın bakalım, neler oluyor bu hayatta."

"Orkestra şefi gibisin valla," dedi Esin.

"O zaman değneğimi sallıyor ve ilk sözü alıyorum." Sonra bana dönüp "Önce sevgili arkadaşım, sana ve Çeşme'deki tüm ailene teşekkür etmek istiyorum. Benim çılgın kızım çok hoş anılarla döndü ve sizinkileri anlata anlata bitiremiyor."

"Benim Selin'im de Başak ablasına âşık olmuş, âdeta, âşık."

"Deme..."

"Nasıl anlatıyor, bir duysan. O benim rol modelim, diyor. Hayran olmuş Başak'a."

"Eyvaaah!" diye çığlık attı Melis, "Bizim Başak'ı rol modeli olarak aldıysa, yandın sen kızım, yandın."

"Niye öyle söylüyorsun Melis," dedi Esin. "Başak gerçek anlamda sorumlu bir birey gibi davranıyor. Çevreye, canlılara, doğaya sahip çıkıyor. Keşke her genç onun gibi olsa."

Melis hem mutluydu bu sözleri duymaktan, hem de sanki, ne desem, mutsuz demeyeyim de -tedirgin- gibiydi.

"Ne o," dedi Dilek, "yoksa eve kapanıp televizyonun karşısında çekirdek çitlemesini mi yeğlerdin?"

Toprak araya girdi. "Ben onun ne düşündüğünü gayet iyi biliyorum," dedi bir bakış atarak.

Ben, işte şimdi damarına bastın, diye düşünürken, Melis şöyle bir diklendi. "Ne düşünüyormuşum, söyle de ben de bileyim."

"Sen onun birlikte çalıştığı kişilerden hoşlanmıyorsun," dedi Toprak ve parmaklarıyla sayar gibi yaparak "çünkü onlar salaş tipler, çünkü erkekler uzun saçlı, küpeli çünkü kızlar sana göre garip giyimli, bakımsız. Çünkü dövmeleri var. Ayrıca, senin gözünde bu tür işlerle uğraşanlar maceraperest, güvenilmez kişiler," diye ekledi.

"Nerden biliyorsun böyle düşündüğümü?"

"Çünkü Melisçiğim, seninle arkadaşlığımız boyunca yani bunca yıldır, sen hep benim arkadaşlarımla beni, giyim kuşamımıza bakarak yargıladın, hep eleştirdin. Sanki bu tür işlere tayyör ve topuklu pabuçla gidilirmiş gibi, sanki herkesin dilediği gibi giyinmeye hakkı yokmuş gibi."

"Aman!" dedi Melis, "Yalan mı, hepiniz pek salaştınız."

"O zaman gençtik, canımız öyle istiyordu, ayrıca yaptığımız çalışmalar nedeniyle rahat olmak zorundaydık. O arkadaşların hepsi şimdi mesleklerinde başarılı kişiler oldular. Kılık kıyafetleri de meslekleri ve yaşamlarına göre. Demek ki neymiş, böyle şeylere takılmamak, biraz hoşgörü sahibi olmak lazımmış."

"Aman! İyi, iyi. Dostlarının aşama kaydetmiş olmalarına sevindim," dedi Melis, başını geriye atarak.

Dilek, "Gerçi daha önce de söyledim ama Derya da mutlu olmuş Çeşme'de. Ve ayrıca," dedi gülerek, "bak buna sizler de güleceksiniz, bizim kıza Sude'nin arkadaşları çok yardımcı olmuşlar."

"Nasıl yani," dedim. Benim böyle bir yardımdan haberim yoktu. Acaba yine ne yumurtlamışlardı bizim küçük hanımlar.

"Kızımın sınıfında onu mutsuz eden tipler var, hani şu malum tipler. Popüler kızlar ve onların çevresindekiler."

"Ah, onlar! Nasıl da üzerler insanı," dedi Esin.

"Hele de o yaşlarda," diye ekledi Melis.

"Nasıl da kuralları vardır, yok kotun şu marka, yok spor ayakkabın bu marka, yok falancalarla takılabiliyorsun, yok bilmem ne."

"İşte ben, hep bu düşünce tarzına karşı oldum."

"Toprakçığım, sen hep öyleydin - doğru! Ama işte o yaşlarda bu olgunluk olmuyor. O kurallar sanki Tanrı buyruğu. Ve varlığın o kurallara uygunlukla belirleniyor âdeta. Hepimiz derece derece yaşadık bunları ya da tanık olduk."

"Sonra?"

"İşte bizim kız anlaşılan sizinkilere dert yanmış. Onlar da, bu tiplere bir ders vermek için süslenip püslenip Çeşme'nin en popüler yerlerinde fotoğraflar çekip Facebook'a, Instagram'a filan yüklemişler. Altına da, *has arkadaşlarımla ne biçim eğlendik bu yaz*, gibi bir şeyler yazmışlar."

"Eee," dedi Melis. Çok eğlenir bir hâli vardı. "Sonra ne olmuş?"

"Ve bunlar anında bizim Derya'yı aramışlar. Facebook'ta, Instragram'da resimlerini gördük, diye. Bizimki de gayet cool, evet, demiş, Çeşme'de çok eğlendik."

Herkes kahkahaları bastı.

"Ama çocuklar," dedi Dilek, "inanın, Derya'dan çok ben sevindim, ohhh, dedim."

"O kadar yani..." dedi Esin.

"Evet, o kadar! Kızımı öyle üzdüler ki. Kızıma, ezik dediler ya, ezik."

"Hemen okula gidip şikâyette bulunsaydın."

"Gittim! Gitmesine gittim ama rehberlik hocası, bu sorunla Derya'nın kendisinin baş etmesinin daha yararlı olacağını söyledi. Hatta sırf bu olaylarla baş edebilmesi için onu psikologa bile götürdüm."

"Vah yavrum..."

"Çocuklar da bazen ne kadar acımasız olabiliyor."

"Üstelik bunlar çocuk da değil, kazık kadar kızlar," dedi Dilek ve devam etti, "Bir ara, anne al beni bu okuldan diye tutturdu ama tam da yıl ortası. Ayrıca iyi bir okul, öğretmenler iyi. Bütün mesele, böyle bir kız grubuna çatması oldu. Büyük bir şanssızlık anlayacağınız," diyerek derin derin içini çekti. Belli ki kızı için çok üzülüyordu Dilek.

"Olaya bir de şöyle bak," dedi Esin, "Bunlar onu hayata hazırlayan türde sorunlar. Bugün, hâlâ, şu yaşımızda karşımıza bu tür insanlar çıkmıyor mu? Çıkıyor! İşte Derya da şu gencecik yaşında bu gençlerle baş etmeyi öğreniyor. Acı çekmiyor mu? Elbette çekiyor ama ne yazık ki, hayat derslerinin bazıları acı çekmeden öğrenilmiyor."

"Rehberlik hocası da aynen böyle dedi zaten. Aslında Derya aldırmamaya başladı bile. Bir de şu Çeşme olayı büyük moral oldu ona. Anne, şunlara bak, birkaç fotoğraf görünce hemen beni aradılar. Ne kadar boş şeylere takılıyorlar, ben bunlarla zaten arkadaş olamazmışım, dedi."

"İşte budur," dedi Toprak, "Aferin ona. Doğru sonuca varmış."

"Şimdi dua edelim de, bari bu yıl kendi kafasına göre bir arkadaş bulsun."

"Bulur canım, neden bulmasın," dedi Melis, "Bak biz nasıl bulduk birbirimizi. Ama laf aramızda, biz çok şanslıydık, çocuklar. Kaç kişiye nasip olur böylesi arkadaşlık. Kaç yıldır birlikteyiz, hiç kopmadık, birlikte neler neler yaşadık." Sonra Toprak'a döndü. "İyi ki birbirimizi bulmuşuz, değil mi Toprak?" Ama bunları söylerken yüzünü görecektin.

Güldü Toprak. "Haklısın," dedi, "Aslında sen de hiç fena değilsin. İdare edersin."

"Bakın arkadaşlar, ben ona ne söylüyorum, o bana ne diyor."

Kahkahalar yükseldi. Bu arada yemeklerimiz gelmişti.

Dilek yemeğinden bir lokma aldıktan sonra devam etti, "Gerçi bir arkadaşı var."

"Yaaa..."

"İyi ya işte."

"Ama erkek."

Tabii anında şamata.

"İyi ya kızım işte."

"Bak sen şu Derya'ya."

"İşte budur azizim, ne yapacan kız arkadaşı."

"Ama siz, yanlış anladınız," diye çırpındı sevgili arkadaşım, "Bu öyle değil, gerçekten arkadaş arkadaş." Bir an durdu, sonra devam etti, "En azından Derya öyle diyor. Geçenlerde arkadaşının bize gelebilmesi için izin istemişti. Ben de, hemen, anlayalım filan deyince, pek bir kızdı. Anne, o benim sadece arkadaşım. Yazın onun da boş vakti var, benim de. Onun için birlikte vakit geçirelim diye gelmek istiyor, dedi. Pek bir kesin konuştu. Ama... artık bilmem."

"Yemezler," dedi Melis.

"Zaten Ulaş da öyle söylüyor."

"Bak, gördün mü."

"Ama Derya benden böyle bir şeyi saklamaz, diye düşünüyorum. Sonuçta, izin verdim. Bütün derdim, Derya iyi vakit geçirsin."

"Peki, ne oldu sonra?"

"Geldi."

"Nasıl biri? Nasıl biri?" Melis hemen konuya el atmıştı.

Toprak başını iki yana salladı, sen de adam olmazsın, gibilerden.

"Valla işte, aynı sınıftalar, on dört on beş yaşlarında bir delikanlı."

"Hayır, yani şöyle temiz yüzlü, efendi görünüşlü mü yoksa o saçları dimdik, kirpi gibi jöleli olanlardan mı?"

Toprak gözlerini devirdi bu kez.

"Yok, yok," dedi Dilek, "temiz yüzlü, tam yaşının çocuğu."

"İyi," dedi Melis ve rahatlamışçasına yemeğini yemeye devam etti.

"Ama..."

"Ne ama'sı?"

"Ulaş çocuktan gıcık kapıyor."

"Neden şaşırmadım acaba," dedi Esin gülerek ve ekledi, "Bir de bizim babaları düşünsenize. Ne demek erkek arkadaş eve gelecek, oturup sohbet edecekler. Zavallı çocuklar, bizim babaları gördüler mi, toz olurlardı toz. Öyle değil mi?"

"Hem de ne biçim," dedi Dilek ve anlatmayı sürdürdü. "Tabii ben Ulaş'a katılmıyorum. O, ne arıyor bu oğlan burada, diye huysuzlandığında, onca yıl kızlı erkekli birlikte ders çalıştılar, sesin çıkmadı da, şimdi ne oluyor, diyorum."

"Peki, o ne diyor?"

"Şimdi yaz vakti, ders çalışma filan yok, ne diye damlıyor buraya ikide bir bu tıfıl, diyor. Ben de, kışın birlikte çalışabilirsiniz ama yazın görüşmek yok mu diyeceğiz, diyorum. Ama o ne dese beğenirsiniz."

"Ne dedi, ne dedi," diye bağrıştık. Âlemdir Ulaş.

"Bak Dilek, dedi. Hiçbir delikanlı, şehrin bir ucundan öbür ucuna, tırnak içinde, arkadaşlık için gelmez. Kesin bizim kızda gözü var bunun."

Nasıl gülüyorduk.

"Peki, sonunda ne oldu?"

"Şimdilik durum belirsiz," dedi Dilek sonra içini çekti. "Biliyor musunuz, meğer ergen annesi olmak ne zor işmiş."

"Ne demezsin," diye hepimiz öyle içten katıldık ki bu sözlere, bu kez dönüp kendi hâlimize güldük.

"Hele de şu izin işi yok mu," dedim, "Bakın mesela Çeşme'de gece izni bayağı sorun oluyor. Bizimkilere gece on bire kadar izin var. Ayrıca Çeşme'de kendi mahallelerinden dışarı çıkmıyorlar, yani bildik tanıdık bölgedeler, herkes herkesi tanıyor. Bazı arkadaşları on ikiye kadar kalıyor, bazılarıysa diskolara gidip sabah ikilere üçlere kadar kalıyormuş. Şimdi böyle bir durum olunca, akranları bu izinleri alabilince, sorunlar başlıyor. Bütün arkadaşlar gidiyor, bize niye izin yok, diyorlar."

"O diskoya gidebilenlerin hepsi için demiyorum ama benim tanıdıklarımda şöyle bir durum var. Ya ağabey ya da erkek kuzenler oluyor ailede, onlarla birlikte gidiyorlar."

"Öyle bir durum olunca iş değişir tabii. Yanlarında güvenebileceğin aile bireyleri var. Bir de, bizimkiler daha kaç yaşındalar, belli bir saatte evde olmalılar, diye düşünüyoruz."

"Ohooo," diye elini salladı Melis, "daha ne izinler istenecek, ne izinler."

"Versen bir türlü, vermesen bir türlü."

"Kızıma da, arkadaşlarına da güveniyorum," dedim, "akıllı çocuklar. Ama ortam o kadar berbat ki, bunlara biri bulaşsa, ne yaparlar diye düşündükçe aklımı oynatacak gibi oluyorum."

"Hatırlayın, ailelerimiz bizlere ne derlerdi."

"Ne derlerdi?"

Melis annesini taklit ederek konuştu. "Yavrucuğum, sana güveniyorum ama ortam kötü. Ben de o böyle söylediğinde ifrit olurdum oysa şimdi ben de aynen öyle hissediyorum."

"Senin Başak'ın beğendiği biri var mı?" diye damdan düşer gibi sordu Dilek.

"Şu aralar yok sanırım. Çevre çalışmalarında birlikte olduklarından hep dostça söz ediyor," dedi ve gözlerini devirerek, "şükürler olsun," diye ekledi.

Melis'in kurallarını bildiğimizden gülmekten kırıldık.

"Kusura bakma Toprakçığım," demeyi de ihmal etmedi bu arada. Sonra bir kahkaha attı. "Ama bizim Çiçek'in hayatı pek renkli, üstelik yaş altı."

"Anlatsana. Anlatsana."

"Okuldan bir gün geliyor, anne galiba ben Kaan'ı seviyorum, diyor."

"Deme. Bak sen şu bacaksıza."

Melis devam etti.

"Aradan bir hafta kadar geçiyor, bizimkinde surat bir karış. Neyin var, okulda bir şey mi oldu, diye soruyorum. Bu kez şöyle bir içini çekiyor sonra, meğer Kaan, Ece'yi beğeniyormuş, diyor, hafif üzgün."

"Vah canım benim," dedi Esin.

"Tam ben onu nasıl teselli edeyim diye düşünürken, bu kez o birden neşeleniyor. Ama ben şimdi Efe'yi beğeniyorum, zaten o da hep benimle top oynuyor. Eline topu alır almaz, Çiçek diye sesleniyor, diyor."

"İşte bu kadar," dedi Dilek, bir yandan da gülmekten kırılıyordu.

Melis, "Okula bir gidişimde öğretmeniyle bu konuyu konuştum," dedi. "Bizim zamanımızda böyle şeyler konuşulmazdı, bugünün çocukları ilginç, dedim. Gencecik, çok tatlı bir öğretmeni var. Aynen şöyle dedi; eminim o zamanlarda da bu duygular vardı. Aslında bunlar saf, tertemiz duygular. Sonunda bir çocuğun duyguları. Kız erkek fark etmiyor. Ama eskiden bu tür duyguları açık etmeleri hoş karşılanmazmış, o nedenle de dile getirilmezmiş. Ayıp sayılırmış.

"Oysa şimdi bizim amacımız, çocuklarımızın sevgi dolu bir toplumda yaşamaları. Kin ve nefret duygularından uzak, ayrımcı olmayan, herkese hoşgörüyle yaklaşabilen, bir diğerinin düşüncelerine, yaşam biçimine saygılı bireylerden oluşmuş bir toplum. Dikkat ederseniz, sevginin ağır bastığı toplumlarda şiddet olayları da büyük ölçüde azalıyor.

"İşte bütün bu düşünceler ışığında bizler sevgi içeren duyguların ayıplanmasını değil, doğru yönlendirilmesi gerektiğine inanıyoruz. Kendini sevsin, kız arkadaşlarını sevsin, erkek arkadaşlarını sevsin. Özetle, insanları sevsin. Kendini, ailesini, arkadaşlarını severse, bu sevgi doğaya ve bütün canlılara da yönelecektir. Hiçbir canlının canını yakmak istemeyecek, çiçekleri yolmayacaktır. Ve büyüdüğünde topluma sevgi dolu bir birey olarak katılacaktır.

"Eğitimde sevginin yerini her açıdan çok önemsiyoruz; sevmeyi ve sevgi vermeyi ne kadar erken öğrenir, içselleştirirse, hayat yolunda o denli mutlu ve başarılı olacağına inanıyoruz, dedi ve ekledi, bir başka deyişle, bizler yüreği sevgi, kafasıysa bilgiyle donanmış bir kuşak yetiştirmeyi amaçlıyoruz, dedi, sevgi ve bilgi sözcüklerini vurgulayarak."

Bir an bir sessizlik oldu masamızda. Hepimiz o genç öğretmenin ne kadar önemli şeyler söylediğini düşünüyorduk.

"Helal olsun o öğretmene," dedi Dilek.

"Ayrıca," diye katıldı Toprak, "böylesi öğretmenlerin varlığından haberdar oldukça, nasıl seviniyor, geleceğe nasıl umutla bakıyorum, anlatamam. Evlat edindiğim üç çocuk var ya..."

Hepimiz kulak kesilmiştik. Toprak ilk kez bu konuyu dile getiriyordu.

"Onları alıp geldiğimde nasıllardı biliyor musunuz. Hani sürekli dövülmüş, kötü muamele görmüş köpekler vardır ya, aynen öyleydiler. Bakışları korku dolu, ürkektiler, doğru dürüst konuşamıyorlardı. Hele de Yiğit'ten öyle korkuyorlardı ki. Yiğit onlara doğru yaklaşınca, birbirlerine sokuluyorlardı. İlk günler başlarını okşamaya çalıştığımda, korkuyla kollarını kaldırıp başlarını korumaya çalıştılar."

Hepimiz dikkatle dinliyorduk.

"Tanrım," diye mırıldandı Esin, "ne facialar yaşanıyor."

"Peki, şimdi nasıllar? Ne de olsa bir süredir yanınızdalar."

Toprak'ın yüzü aydınlanıverdi. Mutluluk ışıkları denir ya, aynen öyle.

"Şimdi çok şekerler, bizden korkmamayı öğreneli beri gülmeye, evin içinde koşuşturmaya başladılar. Çocuk olduklarını hatırladılar sanki. Ve biliyor musunuz, az önce, Melis'in anlattığı, o öğretmenin dediği gibi sevgi her derdin ilacı. Bu çocuklar, şurada ne kadarcık bir zamandır sevgi görüyorlar, ama hemen ısındılar, hemen gülücükler başladı. Çiçek açtılar âdeta. Artık eve geldiğimizde, bizi sarılarak karşılıyorlar. O nedenle evde, okulda sevgi öğretiliyorsa, korkma. Yeter ki sevmeyi öğrensin, sevgi nedir bilsin, sevmeyi becerebilsin."

Yine bir sessizlik.

Sonra Melis söz aldı.

"Peki sen ve Yiğit işe gittiğinizde kim bakıyor çocuklara?"

Melis, Melis olduğundan hemen işin pratik tarafına yönelmişti.

Gülümsedi Toprak. "Çok iyi bir bakıcım var, tam bir anneanne. Ama akşamları banyolarını Yiğit'le birlikte yaptırıyoruz, akşam yemeğini, kahvaltıyı yine birlikte yapıyoruz. Onlarla birlikte yiyor, oyun oynuyor, masal okuyoruz dönüşümlü olarak."

"Yuvaya vermeyi düşünmedin mi?"

"Bu yıl evde kalıp önce bir ortama uyum sağlasınlar istedim ama gelecek yıl yuvaya gidecekler."

"Allah kolaylık versin," diyerek içini çekti Melis, sonra ekledi, "Şu yaptığın büyük sevap, bunu da teslim etmek gerek."

"Bizler mutlu insanlarız," diyerek Melis'i cevapladı Toprak. "Birileri bizi okutmuş, eğitmiş, elimize mesleğimizi vermiş. Şimdi bizler bu birikimi kendimiz için kullanırken, bizim kadar şanslı olmayanları da düşünmemiz ve onlara elimizi uzatmamız gerektiğini düşünüyorum. Ha, bu arada seni çok mutlu edecek bir haberim var Melisçiğim."

Sadece Melis değil, bizler de merakla ne diyecek diye bekledik.

"Yiğit'le ben..."

"Evet."

"Evlendik!"

"Ne!" dedi Melis. Nasıl fırladı, gitti, sarıldı Toprak'a. "Hele şükür! Hele şükür! Tebrik ederim, tebrik ederim."

"Yani," dedi Dilek, "pes yani."

"Ne varmış? Sevinmek yasak mı?"

"Şu hâline bak. Evde kalmış torununu sonunda evlendirebilmiş haminneler gibisin."

"Aman sen de," diyerek Melis, yapışkan bir sineği kovalar gibi elini salladı Dilek'e.

Bu kez sorulara geçti. "Peki nerden esti bunca yıl sonra nikâh kıymak?"

"Evlat edinebilmek için ya Yiğit'le evlenecektik ya da ayrı evlerde yaşamamız gerekecekti. Biz de kolaylık olsun diye, düzgün aile imajı nedeniyle nikâh kıydık."

Bu açıklama Melis'in beklediği bir açıklama değildi. Keyfi kaçar gibi oldu ama sonra, "Aman neyse ne, evlendiniz ya," dedi. "Hem bir sürü çocuğunuz var, tabii ki en doğrusu evlenmek. Ne derler, bilirsin, eğrisi doğrusunu buldu."

Dilek gülmekten kırılıyordu. "Ay bu Melis, insanı öldürür, valla öldürür." Sonra Melis'e döndü. "Hadi hadi, uzun etme. Yiğit sonunda bizim kızı nikâhına almış ya, sen ona bak."

Nasıl gülüyorduk, bu kadar olur.

"Evet arkadaşlar," dedi Toprak, "artık bu konuyu kapatsak diyorum."

İlgi odağı olmayı sevmeyen biri varsa, o da Toprak'tır zaten.

"Kızlar, saat kaç biliyor musunuz?"

"Kim bilir kaçtır?"

"Resmen dörde geliyor."

"Aman Allahım, bunca saat konuşmuş muyuz?"

"Eee, ne yapalım kırk yılda bir buluşur olduk, öyle olunca da laflar birikiyor," dedi Melis ve ekledi, "Yine bana dua edin, ben önünüze düşüp buluşmalarımızı ayarlamasam, sizler, o-hooo, hâlâ oturuyordunuz oturduğunuz yerde."

"Üstelik," dedi Esin, "çocuklarımızla ilgili önemli konulara değindik."

"Zaten bu hep böyle oluyor, laf dönüp dolaşıyor çocuklara geliyor," diyerek Esin'i destekledi. "Madem saat dörde geliyor, o zaman birer çay söyleyelim de servis elemanları mutlu olsun."

Böylece öğle yemeği çay saatiyle buluştu.

"Evet," dedi Melis, "şimdi de beylerle birlikte bir gece ayarlamalıyız."

"Evet, evet..."

"Galata'da yeni yerler açılıp duruyor. Denemeye var mısınız?"

"Biz varız da..."

"Yok, yoook," dedi hemen Melis, "Beylere sormak yok! Onlara sorarsanız, yine, yeniden ve her zaman olduğu gibi, bizim bildik balıkçıya gidelim derler. Onun için kararı biz vereceğiz ve sevgili eşlerimize şuraya gidiliyor diyeceğiz. Nokta!"

"Ya karşı çıkarlarsa..."

"O zaman Dilekçiğim, diyeceksin ki, yer ayırtılmış, ayrıca herkes orayı istiyormuş!"

Sonra bizlere döndü. "Herkes kararı birbirinin üstüne atacak, anlaşıldı mı? Karar verilmiş bir kere, artık değiştirmek olmaz diyeceğiz. Kapiş?"

"Çok güzel ve yerinde bir düşünce."

"Arkadaşlar, annemle babamın 50. evlilik yıl dönümü kutlaması yaklaşıyor. Nasıl bir armağan almalı onlara?

Düşünüyorum, düşünüyorum, aklıma öyle cazip ve de değişik bir hediye gelmiyor. Yardım bekliyorum sizlerden, ona göre."

"Benim bir fikrim var," dedi Esin.

"Dinliyorum cancağızım."

"Daha önce bir aile büyüğümüz için hazırlamıştık da oradan aklıma geldi. O ailenin babasının doğum günüydü. Onun torunlarıyla çekilmiş bir fotoğrafını getirdiler bana. Ben de onu yağlı boya bir tablo şeklinde canlandırdım."

"Ne yani? O beyi torunlarıyla resmettin. Tablo gibi, öyle mi?"

"Evet, sadece şu farkla ki, bu bir sürpriz olacağı için, onlar oturup modellik yapmadılar. Onun yerine bana fotoğraf verdiler, ben de o fotoğrafa bakarak çalıştım."

"Bence harika bir fikir bu."

"İstersen sana da böyle bir şey yapabilirim. Sen annenle babanın güzel bir fotoğrafını getir, gerisini ben hallederim."

"Çok yaşa sen Esin. İşte bu çok değişik, çok hoş bir seneyi devriye hediyesi olacak. Bayıldım bu fikre."

"Bence," dedi Dilek, "torunlar da olsa bu resimde."

"Doğru, doğru," dedi Melis, "bu daha da iyi olur. Hay aklınla bin yaşa."

"Haydi arkadaşlar," dedim, "bu sorunu da hallettiğimize göre artık kalksak iyi olur. Kulağıma geldiğine göre, biz kalkınca servis elemanları kurban kesecekmiş."

Bildik bir espri olmasına rağmen, yine de güldü bu laflara bizim takım. İşte bugün de böyle ballı, tatlı bir gündü.

Not: Kızımı çok özlüyorum! Ama onun beni hiç özlediği yok maşallah.

"Sen mi söylüyorsun Kayra'ya, ille de Selin'i voleybol oynamaya getir diye?" şeklinde hesap sordum Ava'dan.

"Nerden o izlenimi edindiğinizi sorabilir miyim öfkeli bayan?"

"Çünkü habire başıma dikilip Ava çağırıyor, voleybol oynanacakmış, diyor. Hem de tam kızlarla oturmuş, en son dedikoduları öğrenmeye çalışırken."

"Ooo, demek ki seni de kendilerine benzettiler sonunda."

"Hayır efendim, sadece sosyalleşmeye çalışıyoruz şurada. Ayıpsın yani."

"Valla ben şu son günlere hiç de öyle bir çağrıda bulunmadım."

"Ne yani? Kayra kafadan mı uyduruyor?"

Ava şöyle bir durdu.

Sonra kaşlarını oynatmaya başladı. Bir yandan da sırıtıp duruyordu.

"Bak Ava, sinir oluyorum, yapma öyle. Çocuk gibisin valla."

"Anlasana, anlasana," diye bir o ayağının, bir öbür ayağının üstünde zıplıyordu.

"Neyi anlamam gerekiyor?"

"Seni çağıran ben olmadığıma göreee..."

"Eee?"

"Kayra çağırıyor, geri zekâlı! Anlasana."

Ne diyeceğimi bilemedim bir an.

Tabii bu hemen atıldı.

"O kızların arasında, senin onunla ilgilenme şansın yok. Oysa benim sevgili kankam seninle olmak istiyor. Voleybol bahane, beraberlik şahane."

"Voleybolda da bir sürü insan var, ne yani."

"Amaaa," dedi bu kez, ama'yı lüzumsuz derecede uzatarak ve bence bu sırada ne diyeyim diye düşünüyordu sevgili kuzinim.

Ama –yemezler!

Sonra nedenlerini bulmuş gibi sevinerek atıldı. "Bir kere yolu baş başa yürüyerek geliyorsunuz, bu biir. Sonracığıma..."

"Yaz bakalım senaryoyu, yaz. Hani senden de iyi bir dizi senaristi olurmuş be Ava."

"Sus! Kafamı karıştırma! Sonra orada sen hep onun yanında oynuyorsun. Eh, bu da hoş bir şey tabii. Sonracığıma..."

Bekliyordum! Bakalım daha neler yumurtlayacak diye bekliyordum.

"Birlikte oyun oynamak, maç yapmak, takım ruhu doğururmuş. Birleştirici oluyor yani."

Gözlerini kısmış, ulu bir varlığı seyredermişçesine gökyüzüne bakıyordu bunları söylerken.

Abi, bu kız kaçık.

"Kızım sen neler söylüyorsun!"

"İyi!" dedi ve bütün o duygusallık filan anında uçup gitti.

Bunun üzerine, "Dünyamıza hoş geldin," dedim. "Neydi o deminki hâller. Gökyüzüne bakmalar falan."

"Kayra'nın duygularını sana aktarmaya çalışıyorum, anlasana. Çocuk kendi söyleyemiyor, bari ben söyleyeyim dedim ama anlaşılan senden hayır yok."

"Ha, şunu bileydin. Bir kere benim kalbim dolu."

"Yine şu bin yaşındaki adamdan mı söz edeceksin yoksa."

"Bin yaşında, bin yaşında diye sanki bir ayağı çukurdaymış gibi söz etme ondan. Ve evet, ben onu seviyorum. Ve ömrümün sonuna dek onu bekleyeceğim."

Ava şöyle bir elini salladı, al bir on paralık da bundan, dercesine. Bayağı da üzülmüş görünüyordu. Düş kırıklığına uğramış gibi.

Az önce onun laflarına canım sıkılmıştı. Şimdiyse onun bu üzgün hâlini görünce onu üzdüm diye canım sıkıldı. İyi mi...

"Bak Avacığım," dedim. "Bence sen bunu kafanda oluşturdun. Bu ikisi bir arada ne güzel olurdu diye düşündün."

Birden canlandı Ava.

"Aynen öyle. Kayra benim has arkadaşım, eh, sen de fena sayılmazsın."

"Sağ ol yani."

"Ben senin görümcen olurdum, ne güzel bir üçlü olurduk. Hem," dedi, yine heveslenmişti, "sen şu Selim saplantısından bir kurtulsan, var ya, bizim Kayra'ya başka gözle bakmaya başlayacaksın. Ben bundan e-mi-nim! İstediğin bahse girmeye hazırım, yeter ki..."

Tam o sırada ufukta kızlar göründü, bizim sohbet de böylece sonlanmış oldu.

Nedir bu kızın derdi yaaa!

İlle de beni Kayra'yla bir araya getirecek. Ayrıca, Kayra dediği kadar benimle ilgili mi, yoksa bütün bunlar Ava'nın hayal dünyasında mı yer alıyor. Onu da bilemiyorum tabii.

Aman, neyse ne.

Müjde bugün daha bir güler yüzlüydü sanki. Belki de Berk yanında diye.

Berk o sıcacık gülüşüyle, "O, bakıyorum kankalar da burada, nasılsınız, neler yapıyorsunuz," diye bizimle ilgilendi. Ava bir şekilde kumda voleyboldan söz edince, "Bana da haber versenize, voleybol oynamayalı öyle uzun zaman oldu ki," dedi.

İşte bu Berk'i bunun için seviyorum. Öyle candan, öyle sıcak bir tip ki. Sonra herkesle gerçekten ilgileniyor, sorular soruyor. Mesela, bizim şu çöp toplama işiyle hep ilgilenir, bizi yüreklendirir. Kıvanç gibi değil o.

Evet, dedikodu yapmayalım şimdi.

Tam ben bunları düşünürken, "Kıvanç nerde?" diye sormaz mı Berk, Sude'ye.

"Birazdan gelir," dedi bizimki.

"Çeşme günlerini uzatacakmış."

"Yaaa, öyle mi? Haberim yok."

"Sabah konuştuk da, bir hafta daha kalmayı düşünüyorum, dedi. Ben de, bizim buralara alıştın mı, kolay kolay kopamazsın oğlum, dedim. O da, haklısın dedi bana."

Berk bu son sözleri Sude'ye anlamlı bir gülücük atarak söylemişti ama–

O da ne?

Sude'nin yüzü karardı sanki.

Sevineceğine, yüzünde güller açacağına, bayağı asıldı suratı.

Tabii Berk hiçbir şeyin farkında değil, konuşup duruyordu. Ava çoktan ona bizim barınak için yardım projesini anlatmaya başlamıştı bile. O da ilgilenmiş, soru üstüne soru soruyordu.

"Vay, vay, vay," diyordu bir yandan da. "Bir ara ben de yardımcı olmak isterim," dedi ama çocuk bakma işine hiiiç yanaşmadı. Ava ne dediyse kandıramadı onu. Sonunda, "Bak, size yardım etmek istiyorum ama şu söylediklerinin hiçbirini benden isteme. Yapabileceğim nedir, biliyor musun?" dedi.

"Nedir?" dedi bizimki, pür heves.

"Ailemden barınağa maddi yardım sağlayabilirim."

Ava'nın keyfine diyecek yoktu, çak bir tane yaptılar. "Büyüksün be Berk," deyip duruyordu Ava.

"Kızım," diye fısıldadım, "daha ortada fol yok, yumurta yok, sen para toplamaya mı başladın? Ne dedi bize Başak abla?"

"Ne dedi?"

"Öyle dümdüz para istemeyin, bir şeyler yapın, para kazanın ve o parayla barınaklara destek olun."

"Ben dümdüz para istemedim ki, konu açıldı, durumu anlattım, Berk de yardımcı olmak istediğini, yardımının da bu biçimde olacağını belirtti. Ne yapsaydım? İlle de git barınağın yerlerini süpür mü deseydim. Çocuğun gönlünden kopmuş. Bir hoşsun valla."

"İyi, iyi."

Bu atışma sonucu hafif küs durumlarında bir süre konuşmadık.

Derken, Kıvanç Bey / Damat Bey ortamı şereflendirdiler. Gözler şiş şiş, belli ki yeni uyanmış.

"Ooo, beyim," dedi Berk, "bu ne uyku böyle, öğlen oldu."

Kıvanç havlusunu Sude'nin yanına sererken, Sude buz gibi bir sesle, "Bugünlerde hep geç yatıyor da," dedi.

Kıvanç, Sude'ye şöyle bir baktı.

Anlamadı tabii.

Salak ya.

"Uyuyakalmışım işte," diye homurdandı.

Sude'yse buzlar kraliçesi gibi oturuyordu.

Birden konuştu. "Tatilini bir hafta daha uzatıyormuşsun, öyle mi?"

"Evet, ne diye İstanbul'a dönmek için acele edeyim ki, diye düşündüm."

"Peki, bunu bana ne zaman söylemeyi düşünüyordun?"

Hah, işte şimdi jetonu düşmüşlü yüksek zekânın.

"Şeyyy... İşte şimdi söylüyorum ya."

"Ama ben sordum da öyle söyledin."

"Evet," dedi sonra kollarını iki yana açarak. "Ne yani, n'olmuş?"

"Hiçbir şey olduğu yok," dedi Sude ve sonra, "Üfff, çok sıcak oldu, ben yüzmeye gidiyorum," diyerek, bir hışım yanından kalkıp anında yok oldu.

"Abi, n'oldu şimdi?" dedi Kıvanç, Berk'e şaşkın şaşkın.

Tam o sırada Öykü, Beste, Müjde üçlüsü göründü, onlar da denizden çıkmışlardı. Müjde gelip Berk'in yanına geçti, Beste duşlara yöneldi. Ve Öykü –evet, bildiniz.

Hemen Kıvanç'ın yanına kamp kurdu.

Hayatta bu kadar yüzsüz bir kız olamaz.

Üç beş gece sohbet ettiler diye, Kıvanç'ın baş kankası havalarına girdi.

Ve hemen, "Biliyor musunuz, Kıvanç'ı kandırdım, bir hafta daha kalacak. Ne acele ediyorsun, dedim. Oysa, ne var İstanbul'da, bak burada ne güzel vakit geçiriyoruz, öyle değil mi," diyerek eğildi ona doğru. Neredeyse ağzına düşecek.

İçimden, iyi ki Sude burada değil, deyip duruyordum.

Ava'yla göz göze geldik. Yemin ederim benimle aynı şeyi düşünüyordu.

Şimdi öyle kötü bir durum ki, Öykü'ye bir şey söyleyemiyoruz, hemen biz arkadaşız ayaklarına yatıyor ve siz fitne fesatsınız diyor.

Damat Bey'e ise hiçbir şey söylenemez! O da altı üstü sohbet deyip çıkacak işin içinden. Adam *cool* ya.

Derken bir baktım, Sude denizden çıkmış, geliyor. Geliyor yaaa, geliyor!

Öykü, Kıvanç'ın dibinde.

"Ava," dedim, "bir şeyler yapsana. Çok kötü şeyler olacak gibi."

"Ne yapabilirim ki," diye çaresizce inildedi Ava.

Tam o sırada Beste göründü ufukta.

Sude ağır adımlarla bize doğru geliyordu.

Öykü hâlâ Kıvanç'ın dibinde park etmiş vaziyette.

Hani, ağır çekim film kareleri vardır ya.

Hani, n'olacak, n'olacak diye heyecandan tırnaklarını yiyerek beklersin, aynen öyle.

Ama aslan Beste şöyle bir bakışta durumu kavradı ve Sude yaklaşırken, "Öykü, bir bakar mısın?" diye onu yanına çağırdı.

Öykü Hanım, isteksiz isteksiz kalkıp Beste'nin yanına gitti. Sude'yse bu arada gelmiş, Kıvanç'ın yanındaki yerine uzanmıştı bile.

Valla, helal olsun sana Beste, diye bağırmak geldi içimden.

Zamanlama mükemmeldi.

Şahaneydi! Muhteşemdi!

Seni şu kumların kraliçesi ilan ediyorum!

Nasıl da keyiflenmişim, bakar mısın.

Ama benim anlamadığım ne biliyor musun; hani bunlar arkadaştı?

Hani, Sude onlar için, aslında onlar iyi kızlardır demişti?

Tamam, yardım işlerinde, Allahı var, koşturuyorlar. Çevrecilikleri de öyle.

Ama –var mı böyle arkadaşının sevgilisine sarkmak!

Hangi kitap yazıyor bunu.

Ama... O da ne?

Sude eşyalarını topluyordu bir hışım. Bu arada Kıvanç'la da tartışıyor gibi bir hâlleri vardı ama ne dedikleri duyulmuyordu. Derken Sude çantasını koluna taktı ve hepimizin duyacağı bir sesle, "Bu bir hafta uzatmayı benim için yapmadığın kesin," diyerek hızla uzaklaştı.

Hepimiz kalakalmıştık.

Birbirimizin yüzüne bakıp duruyorduk.

Dönüp Beste'yle Öykü'ye doğru baktım, onlar ne yapıyor, diye. Tabii ki, onlar da olan biteni görmüştü. Beste dönüp Öykü'ye baktı, beğendin mi yaptığını dercesine.

Öykü'yse bir ara durdu, sonra o da dönüp gitti.

Tabii Kıvanç Bey pek şaşkındı. Berk'e dönüp "Abi, n'oldu şimdi? Anlayan beri gelsin," diye yakındı.

Eh, dedim içimden, sen de bu kadar kalın kafalıysan, biz ne yapalım.

Kaderine küs!

"Biz de eve gidelim mi?" diye sordum Ava'ya.

"Yok, yok! Şimdi onun siniri tepesinde. Bırak biraz zaman geçsin, sonra..." dedi ve ekledi, "Offf, çok sıkıldım burada, hadi gidelim, belki voleybol oynuyorlardır. Biz de katılırız, havamız değişir."

Oradan sessizce ayrıldık. Zaten Müjde'yle Beste kafa kafaya vermiş, fısıldaşıyorlardı. Berk'le Kıvanç'sa denizdeydi. Anlayacağın arkadaşım, herkes kendini bir yerlere atmıştı.

Bak bugün neler oldu. Absürt bir durum.

Ama... Bir taraftan da tuhaf biçimde komik.

Kararlaştırmıştık, bugün Zeynep Hanım'a gidilecek ve şu acaba-evinizi-bize-verir misiniz sorusu sorulacaktı. Ama herkesin bir işi çıktı. Ava'nın bile annesiyle çarşıya gitmesi söz konusuydu.

İyi mi!

"Canım," dedi Ava, "sen de Kayra'yla git işte."

"Asıl sen şu çarşı işini bugün yapmasan ölür müsün?"

"Annemi ancak razı ettim, gün değiştirirsem bir daha onu hayatta o dükkâna götüremem."

Bir yerde bir fener mi görmüş ne, onun peşinde.

"E, o zaman başka bir gün gideriz."

"Hayır ya, günler geçiyor, ne zaman hazır olacağız da üç kuruş para kazanacağız. Uzatma işte, al Kayra'yı, gidin. Hem sizin onlarla daha önce tanışıklığınız da var, aaa..."

Sonuçta, Kayra'yla düştük yollara.

Bakalım Zeynep Hanım ne diyecek diye de bir heyecan yapıyordum ki. Konuşacaklarımızı kafamda evirip çeviriyordum, gözümün önünde o barınak. O hayvancıkların çaresiz bakışları. Âdeta, beni al, beni kurtar buradan, dercesine bakışları.

Nasıl da sıcak bir yuva özlemindeler. Sevmek, sevilmek istiyor bu hayvanlar. Allahtan Kayra hayvansever de bu konuları rahat rahat konuşabiliyorum onunla. Aynı duyguları paylaşıyoruz anlayacağın.

Kapıyı çaldık, yine o koşuşmalar, gülüşmeler, ayak ve pati sesleri ve kapı açıldı.

Ve karşımızda Boncuk Göz, Serra, Zeynep Hanım. "Ne kadar hararetle beklendiğinizi görüyor musunuz?" dedi Zeynep Hanım gülerek.

Sırma teyzemin direktifleriyle önceden arayıp gelmek istediğimizi bildirmiştik.

"Öyle elini kolunu sallayarak çat kapı gidilmez, ayıptır," demişti.

Ava, "Ama burada yazlıktayız, ne gerek var resmiyete," deyince de, "Saygılı davranışların yazlığı kışlığı olmaz küçük hanımlar," şeklinde ağzımızın payını almıştık bu arada.

İçeri girer girmez, bir süre Boncuk Göz'le oynadım, onu sevdim, okşadım, filan.

Ama abi, bir türlü konuya giremiyoruz. Sonunda Zeynep Hanım, "Benimle bir konu hakkında görüşmek istediğinizi söylemiştiniz," dedi.

Biliyor musun arkadaşım, bizimkilerle, hele de Başak ablayla konuşurken, olay ne kadar kolay, daha doğrusu *olabilir* görünüyordu. Oysa şimdi, şu akşamüstü saatlerinde, Zeynep Hanım'ın karşısında -nasıl söylesem- nasıl da çocuksu, nasıl da saçma üstü duruyordu.

Yani, sen kalk gel, elin kadınına, şu evini bize ver, biz burada çocuk eğleyip para kazanacağız, de. Bundan kel alaka bir durum olabilir mi!

Kaçmak istiyordum.

Resmen her şeyi, herkesi bırakıp kaçmak geliyordu içimden.

Derken...

Kayra'nın sesini duydum. Sakin sakin anlatmaya koyulmuştu. Boncuk Göz'den, onun barınaktan kurtulup onların yanında ne kadar mutlu olduğundan söze girdi ve barınak koşullarının iyileştirilmesinin ne kadar önemli olduğunu, bizim bunun için bir şeyler yapmak istediğimizden çıkarak planlarımızı, düşüncelerimizi anlattı.

Ay, bir de güzel anlatıyordu ki...

Sonunda sustu tabii. Diyecek başka bir şey kalmamıştı.

Bir an tuhaf bir sessizlik oldu.

"Peki, ben size nasıl yardımcı olabilirim," dedi tatlı kadın. Kendisinden bir şeyler isteyeceğimizi anlamıştı tabii.

Ve işte –işin en zor kısmına gelip dayanmıştık.

Ben yine susup kalınca, Kayra kahramanca devam etti, "Siz de bir hayvansever olduğunuz için, düşündük de... Şeyyy... Acaba bu tür etkinlikleri sizin evinizde yapabilir miyiz?" dedi ve çabuk çabuk cümlesini bağladı. "Tabii size uygunsa, size hangi günler ve saatler uyuyorsa..."

Ter içindeydi zavallı Kayra. Bu son sözlerden sonra gözlerimizi dikip Zeynep Hanım'ın cevabını beklemeye başladık.

Şöyle bir an şaşkın şaşkın bize baktı, sonra kocaman bir kahkaha attı.

"İlahi çocuklar," dedi. "Yani bu eve çocuklar gelecek, siz de onlarla ilgileneceksiniz, öyle mi?"

Bu kez artık ben atıldım. "Siz kaç gün isterseniz, hangi saatle, hangi günler size uyarsa..."

Düşünüyordu. Düşünürken yüzüğüyle oynayıp duruyordu, sonra başını kaldırdı.

"Bu ciddi bir sorumluluk."

"Haklısınız," dedim. "Onun için çok küçük çocukları değil, ilkokul çocuklarını düşündük. Onların okul alışkanlığı olduğu için ilgilenmemiz daha kolay olur."

"Bakın çocuklar, beni çok hazırlıksız yakaladınız. İzin verin, bir düşüneyim sonra sizi ararım, ne dersiniz?"

"Çok çok teşekkür ederiz," dedi Kayra, "Bizi dinlemeniz bile bizim için önemli. Ayrıca, kabul etmek istemezseniz de sizi anlayışla karşılarız. Sonuçta bu sizin eviniz, sizin hayatınız."

Vay be, bak şu Kayra'ya, neler de söylüyordu.

Bizim öğretmenler gibi konuşuyordu.

Dışarı çıkana kadar çok terbiyeli, çok *efendi* davrandık ama biraz ilerleyince, çak bi tane yaptık.

"Bence, evet diyecek," dedi Kayra.

"Der misin?"

"Derim! Bence günlerini filan ayarlamak için daha sonra konuşuruz, dedi."

"Diyosun."

"Bak Selin, istemeseydi, kusura bakmayın çocuklar der, marş marş çekerdi bize."

"Tıpkı Sırma teyzemin yaptığı gibi."

"Aynen! Ama bir düşüneyim dedi. Bu ne demek? Programımı ayarlayayım, demek."

"Hadi inşallah."

"Bu arada, bizim de artık projemizi duyurmamız gerek."

"Bence," dedim, "önce kesin bir cevap alalım, duyuruyu ona göre yaparız."

"Gecikiyoruz ama..."

"O zaman teyzem ön araştırmaya başlasın. Böyle böyle bir durum var, ilgilenir misiniz şeklinde."

"Bak o iyi olur."

İkimiz de umutluyduk. Bir süre konuşmadan yürüdük. Sonra Kayra birden, "Bak Selin, sana bir şey söyleyeceğim," dedi.

"Söyle."

"Ama kızmaca yok."

"Pekâlâ, kızmaca yok."

Dur bakalım, ne çıkacak bunun altından diye beklemeye başladım.

"Ava," dedi.

"Evet..."

"Ava'nın aslında bugün o feneri almaya gitmesi şart değildi çünkü zaten ayırtmıştı."

"Eee..."

"Yani... Şey."

"Söylesene şunu Kayra."

"Yani o bizimle gelmedi çünkü bizi baş başa bırakmak istiyor."

"Ne?"

Neler söylüyordu bu.

"Sen ne diyorsun öyle?"

"Bak, kızmak yok, demiştik."

"Tamam, tamam. Ama ben nereye varmak istediğini anlamış değilim."

"Geçen gün siz plaja gelirken ben arkanızdaydım."

"Evet, n'olmuş yani."

"Onun sana söylediklerini duydum. Daha doğrusu konuştuklarınızı istemeden duydum."

Birden, hani derler ya, başımdan aşağı kaynar sular döküldü diye, aynen öyle oldum.

Durup ona döndüm.

"Yoksa sen bizi mi dinliyordun?"

"Hayır, hayır," dedi Kayra bir telaş, "Ben sessizce arkanızdan gelip sizi şaşırtmak istemiştim. Ama yaklaşınca, dediğim gibi, istemeden konuştuklarınızı duydum."

"Ne diyorduk peki?"

Eğer o rezil konuşmayı, Ava'nın bana, Kayra seni çok beğeniyor, fena mı görümce oluruz, gibi abuk lafları duyduysa...

"Zaten o konuşmayı duyunca, hemen sessizce ayrıldım oradan. Yani durup da sizi dinlemiş değilim."

"Peki ne konuşuyorduk Kayra? Onu söyle artık!"

Şu vaziyete bakar mısınız!

Ava'nın gevezeliği beni ne durumlara düşürüyor.

Umarım! Umarım! O konuşmayı duymuş olmasın, diye dua ediyordum içimden.

"Şeyyy..." dedi ama öyle de bir gülümsüyordu ki.

"Hadisene..."

"Benim seni ne kadar beğendiğim anlamına gelen bir şeyler söylüyordu. Hatta, senin görümcen olurdum, ne güzel olurdu filan diyordu."

Kahretsin!

Duyduğu, o konuşmaydı.

Rezil olmuştum! Rezil!

Alacağın olsun Ava.

Bak beni ne hâllere soktun.

Kayra'ysa bu kez beni avutmaya çalışıyordu. "Bak, sıkma canını. O, bizi birbirimize yakıştırmış olabilir. İkimizi de çok sevdiğinden böyle bir şey düşünmüş olabilir. Bunda bir kötülük yok ki."

O sarı saçlarının arasından cin cin bakıyordu. Ama –gözlerini içi gülüyordu sanki.

Tam ağzımı açmıştım ki, "Ama," diye devam etti, "ne sende, ne de bende böyle bir durum var, öyle değil mi?"

Hah, şöyle.

Biri de hayal kurmasın abi, doğru dürüst konuşsun.

"Biz arkadaşız," diye devam etti Kayra. "Ne sen bana o gözle bakıyorsun," dedi, durdu, "öyle değil mi?"

"Evet, evet, kesinlikle ben sana o gözle bakmıyorum," dedim hemen, duruma açıklık getirmek amacıyla.

"Ne de ben seni o manada beğeniyorum. Ayrıca benim tipim değilsin," demez mi.

Aaa, şuna bak!

Beni beğenmiyormuş!

Tipi değilmişim!

Ben bi bozul! Bi bozul!

Sonra da, ne diye bozuldum diye –bozul!

"Yani yanlış anlama," diye devam etti Kayra. (Acaba bozulduğumu anladı mı?) "Seni arkadaşım olarak çok seviyorum, seninle iyi arkadaşız, kafa kızsın. Ama, o kadar."

Sağ olunuz yani.

Yok bir de arkadaşlığımı beğenmeyecektin!

Sen önce git de o saçlarını bi kestir.

"Şimdi bak ne diyorum," diyerek konuşmasını sürdürdü. "Şu Ava'ya bir oyun oynayalım mı?"

"Ne oyunu?"

"Bizi bir araya getirmeye çalışıyor ya..."

"Evet."

"Sanki bugün baş başa kalınca, aramızda bir şeyler olmuş gibi, artık birbirimizden hoşlanıyormuşuz gibi davranalım."

"İyi de inanmaz ki. Benim durumumu biliyor."

"Sen değil, ben seninle çok ilgileneceğim, sense sadece bundan hoşlanmış gibi davranacaksın. Daha sonra da ona oyun oynadığımızı söyleriz."

"Ve o da bizi öldürür."

"Yok yaaa... Tam tersine, gülmekten yerlerde yuvarlanacak. Gör bak. Ne dersin? Hadi bir deneyelim."

"Bilmem ki..."

"Şurada birkaç gün rol yapacağız, altı üstü. Çok eğleneceğiz be Selin. Düşün ne mavra."

O sarı kâküllerinin arasından öyle bir keyifli bakıyordu ki, dayanamayıp ben de gülmeye başladım.

"Tamamdır," dedi, "bak senin de aklın yattı. Üfff, ne eğleneceğiz. Bak şimdi, bugünün sonunda o kesin sorular soracak, bizimle özellikle gelmedi ya... Ben ona teşekkür edeceğim, harika vakit geçirdik diyerek. Sen de ona göre bir şeyler dersin artık."

Öyle böyle derken Kayra beni resmen gaza getirmişti. Onun bu keyifli hâli, gülüşü...

"Tamamdır," dedim, "Ava da bunu hak etti zaten. Öyle herkesin işine burnunu sokmamayı öğrensin bakalım."

"Ne ayıp," dedi Kayra. "İnsan görümcesi için böyle konuşur mu?"

"Ne görümcesi yaaa!"

"E, ama Selin, rolünü daha ilk andan ıskalarsan, o cin gibi kız hemen anlar ve bizim canımızı çıkarır."

"Tamam, tamam."

Eve iyice yaklaşmıştık.

Bu uzanıp elimi tuttu.

"Ne yapıyorsun Kayra?"

"Şimdi eve gelmiştir, rolümüzün inandırıcı olması gerek. Onun için el ele yürüyormuş gibi yapacağız."

Böylece, biz el ele vaziyette eve ulaştık. Kimseler yoktu ortada.

"Gece çıkacak mısınız?"

"Bilmiyorum," dedim. "Evdeki havaya bağlı."

"İyi, o zaman, hadi iyi geceler," dedi ve bu kez eğilip hafifçe yanağımdan öptü.

"Bu da neyin nesiydi şimdi?"

"Biz sevgiliyiz ya..."

"Ne de çabuk sevgili olduk," dedim ve ekledim, "hemencecik, bir günde."

"Pekâlâ, sevgili sözcüğünü geri alıyorum, birbirini beğenen iki kişi olarak, diyelim."

Kendimi tutamadım, gülmeye başladım.

Ben Ava kaçık derken, asıl kaçık Kayra çıktı.

Ama eğlenceli bir kaçık.

Yaaa, işte böyle arkadaşım.

Tuhaf biçimde komik olaylar yaşadım derken, işte bu olaydan söz ediyordum.

Ama Ava işin aslını öğrenince, var ya, acayip kızacak.

Kayra gülecek diyor ama bence kızacak.

Üfff, hem de ne biçim.

Ava'yı nasıl da işleteceğim diye eve keyifli girdim girmesine ama evde garip bir sessizlik. Derken yukarı katta bir kapı açıldı. "Selin, sen misin?" diye seslendi Ava.

"Evet, insanlar nerede? Burası perili köşke dönmüş."

"Yukarı gelsene."

"Emriniz olur," diyerek merdivenleri ikişer ikişer atlayarak Ava'nın odasına dalış yaptım.

Ki... Odada alaca karanlıkta iki kişi daha var.

Bunlar da periler olsa gerek diye düşünüp, "Kızım niye karanlıkta oturuyorsunuz, yaksanıza bir ışık," dedim.

Meğer Beste'yle Müjde'ymiş o periler.

"Sen şu gözlerine baktırsan iyi olacak, tanıyamadın mı Beste'yle Müjde'yi?"

"Dışarıdan gelince içerisi karanlık görünüyor. Onlar da odanın en dibinde oturunca bir an seçemedim. Sen de abartsaydın bari," dedikten sonra, Sude'yi sordum.

"Benim işim çabuk bitti, onunki devam ediyor," diyerek yanıtladı beni Ava.

"Tabii o feneri önceden ayırtmış olunca, işler böyle çabuk bitiyor, değil mi?"

"Sen nerden biliyorsun ayırttığımı?"

"Beeen bilirim."

"Hadi ordan," dedi sonra gözleri parladı, "Kayra söyledi değil mi?"

"Evet," dedim azıcık mahcup taze pozlarında. Tabii hemen tavrımdaki değişikliği fark etti.

"Eee, nasıl gitti, neler yaptınız?"

"Daha sonra anlatırım," dedim, sır saklayan kız pozlarında.

Onu da yuttu mu sana.

Hem de yaladı yuttu.

Hah ha... dedim içimden

"Hem siz ne yapıyorsunuz burada?"

"Biz," dedi ve önce bir içini çekti, sonra, "Sude dönmeden acil durum toplantısı yapıyorduk," dedi.

"Yaaa... İsterseniz ben çıkayım, siz rahat rahat konuşun."

Öyle ya.

Önceden ayarlanmış gibi bir durum vardı ortada. Bir ağızdan bağrıştılar.

"Yok, yoook!"

"Gitme bir yere."

"Senden saklımız yok," dedi Beste. "Zaten biz de yeni geldik. Şimdi anlatmaya başlıyordum."

Bir yastık alıp yere oturdum.

Beste anlatmaya başladı. "Biliyorsunuz Sude sinirlenip eve dönmüştü."

"Sen de Öykü'yü tam zamanında uzaklaştırmıştın Kıvanç'ın dibinden," dedi Ava.

Dayanamadım. "Ne zamanlamaydı ama, süperdin Beste, süper."

Şöyle bir gülümsedi Beste ve anlatmaya devam etti, "Ben de onun arkasından buraya eve geldim. Nedir bu sinir, dedim. Bakar mısın, dedi Sude, Kıvanç Bey tatilini bir hafta uzatmış. Ben de, ne kötülük var bunda, senin sevinmen gerekmez mi, deyince bir öfkelensin, bir öfkelensin. Ben onun neden bir hafta uzattığını çok iyi biliyorum da onun için sevinmiyorum Beste, dedi.

"O, Öykü Hanım'la gece sohbetlerinden pek memnun kalmış ki, süreyi uzatıyor, bunun benimle alakası yok. Hem bana hâlâ ne biçim çıkışıyor, bir bilsen. Hâlâ aynı laflar, ben İstanbul'dan kalkıp geliyorum, sen birkaç geceliğine olsun izin alamıyorsun, diye söylenip duruyor. Ne zaman ki Öykü bize yapıştı ve ben gittikten sonra da kalıp onunla sohbet muhabbet, artık ne dersen, başladı, beyimiz tatilini bir hafta uzatmaya karar verdi, dedi.

"Bunun üzerine ben, emin misin Sude, dedim. Öykü biz sadece arkadaşça takılıyoruz, hem orada baş başa değiliz ki, başkaları da var, diyor ısrarla.

"Sude'yse, hiç inandırıcı değil Beste, dedi. Sen olsan arkadaşının erkek arkadaşıyla, o gittikten sonra kalıp uzun saatler oturur muydun? Yetmezmiş gibi sabahları geliyor, göstere göstere esniyor, dün gece geç yattım. Bir de saate baktım bilmem şu kadar olmuş, diye bana laf çakıyor. Biri arkadaşım, öbürü erkek arkadaşım, hangisine daha çok kızacağımı bilemiyorum.

"İşte Sude'nin durumu buydu. Bunun üzerine ben de, kalkıp doğru Öykü'ye gittim."

"Vay Beste vay," dedi Ava.

"Ay, bu işler hiç bana göre değil," dedi Müjde, "dinlerken bile kalbim çarpıyor."

Devam etti Beste. "Öykü'ye, onu daha önce de uyardığımı ve şu anda Sude'nin çok mutsuz olduğunu söyledim. Ardından da dosdoğru sordum. Kıvanç'ın tatilini uzatmasında seninle yaptığı gece sohbetlerinin rolü var mı, dedim."

"Resmen böyle mi sordun?"

"Evet Müjde, artık ne varsa çıksın ortaya diye düşünüyordum."

"Peki, ne cevap verdi sana?"

"Önce bir mırın kırın etti. Ben de, Öykü, doğru dürüst cevap bekliyorum, dedim. Biz sadece arkadaşız, öylesine sohbet ediyorduk, deyince, o zaman o arkadaşça sohbetlere bir son versen iyi edersin, dedim."

"Helal sana!" diye bağırdı Ava.

"Ama çocuklar," dedi Beste, bizlere doğru eğilerek. "O ana kadar savsaklamakta olan Öykü, bir anda nasıl değişti, nasıl değişti, görmeliydiniz."

"Nasıl yani?" diye sordu Müjde.

"İki ruhlu derler ya, sanki öyle biri vardı karşımda. Savunma hâlindeki o masum kız gitmiş, yerine saldırgan biri gelmişti. Yüzü bile çirkinleşmişti," dedi. Durup derin bir nefes aldı, gördüklerinden çok etkilenmişti Beste. Anlaşılan o da böylesine bir tepkiyi hiç beklemiyordu.

Anlatmaya devam etti, "Hayır efendim, diye bağırdı bana, Sude Hanım'ın keyfi yerine gelsin diye neden akşam gezmelerine son verecekmişim. Onun derdi neyse gitsin erkek arkadaşıyla halletsin. Bir kere Kıvanç gelip benim yanıma oturuyor, sonra da benimle uzun uzun sohbet ediyor. Demek ki bu konuşmalar onun hoşuna gidiyor. Sude'ye o kadar bayılsa, o gidince Kıvanç'ın da kalkıp gitmesi gerekmez mi? Ama gitmiyor işte. Tam tersine, benim yanımda oturuyor ve biz saatlerce konuşuyoruz."

"Aman Allahım, inanamıyorum," dedi Müjde. "Peki sonra sen ne dedin?"

"Onun bu sözleri üzerine, sence dedim, burada bir yanlışlık yok mu? Hayır, diyerek çıkıştı bana, benimle olmak hoşuna gidiyorsa n'apalım yani. Ama, dedim, burada söz konusu olan kişi, senin arkadaşın, Sude. Ve –Kıvanç da onun erkek arkadaşı. Aslında bence asıl kızılacak kişi Kıvanç, zaten Sude de ona kızıyor ama yine de... O senin arkadaşının erkek arkadaşı, bu sana hiçbir şey ifade etmiyor mu, dedim. Ne dese beğenirsiniz çocuklar?" dedi Beste.

Bizden hiç ses yok!

"Kocası değil ya, dedi, omzunu silkerek. O özgür ve bekâr bir erkek, canının istediğiyle konuşur, kime ne."

Müjde, eliyle koltuğun koluna vurdu. "Pes valla, ne diyeceğimi bilemiyorum. Öykü'nün bencil bir yanı vardır, bunu hepimiz biliriz ama bu boyutlara vardıracağını kırk yıl geçse düşünemezdim."

"Ben de bu kadarını beklemiyordum ama yolda, dönerken düşündükçe düşündükçe bazı olaylar aklıma geldi. O zaman üstünde durmadığım ya da farkına varmadığım olaylar."

"Ne gibi?"

"Mesela, seni deliler gibi taklit etmesi tuhafıma gidiyordu gitmesine ama bugünkü tutumunu gördükten sonra bu taklit işinin âdeta ruh hastalığı gibi bir şey olduğunu düşünmeye başladım. Sana bu kadar imreniyor olması, giydiklerine, saç biçimine kadar... Sonra, hatırlıyor musun sizin eve ilk geldiğimizde, ille de senin odanı görmek istemişti. Bak, o zaman farkına varmamıştım ama bugün yaşadıklarımdan sonra, o günkü yüzü gözümün önüne geliyor. Yüzündeki ifade... O bakışlar... Nasıl da bakıyordu odandaki her şeye. Nasıl imrenerek bir bakıştı öyle. Aslında imrenme bile değil," dedi, durdu bir an ve ekledi, "haset dolu bir bakıştı."

Müjde titredi. "Ay, fena oldum ben."

"Peki, ne yapacağız şimdi?"

"Valla bilmem ki..." dedi Beste.

"Sen elinden geleni yapmışsın, öyle değil mi çocuklar," diyerek bize döndü Müjde. "Baksana, kocası değil ya, diyor. Artık bundan sonra ben ne diyeyim. Demek ne arkadaşlığın bir anlamı var onun için, ne başka bir değerin. Kıvanç, gel dese, her şeyi yıkıp gidecek. İnsan körkütük âşık olsa bile, arkadaşı söz konusu olduğunda özveride bulunur ya da en azından kendiyle mücadele eder. Buradaysa böyle bir durum bile yok. Akıl alır gibi değil."

"Acaba..." dedim.

Ava bir ümit bana doğru döndü. "Aklına bir şey mi geldi?"

"Acaba biz bir gece gizlice..."

"Evet?"

"Gidip onları dinlesek. Hani hep o duvarın üstüne tüneyip oturuyorlar ya."

"Peki, dinleyip de ne olacak?" dedi Müjde.

"Yani... diyorum ki, belki de konuştuklarında gerçekten sakıncalı bir şey yoktur. Öyle olunca, bunu Sude'ye böylece anlatırsak, o da Kıvanç'a kızmaktan vazgeçer. Surat asmaz, buluşmazlık etmez."

"Bir başka deyişle, ortalığı boş bırakmaz mı demek istiyorsun?"

"Aynen," dedim. "Ortalık hep Öykü'nün imalı tavırları ve konuşmalarıyla karıştı. Bakalım işin doğrusu nedir."

"Aslında," dedi Ava, "Selin haklı, bizim kızın öfkesi burnunda ya, eminim Kıvanç'a pislik muamelesi çekecek."

"Veee," dedi Beste, "bu da Öykü'nün işine yarayacak."

"Bizim kız gece sohbetlerine katılmayınca, ne olacak?"

"Meydan yine Öykü benciline kalacak," dedi Beste.

Tabii hemen ekledim, "Eh, bunu da istemeyiz, öyle değil mi?"

Beste bana bakarak "Valla, darılma ama Selin, bu önerin ilk anda bana çocukça geldi. Fakat durup düşününce, en azından, Sude'nin öfkesine yenilip olayı geri dönülmez noktaya taşımasını engellersek, bu bile kazançtır."

Hemen ekledim, "En azından, ona, biz dinledik, gerçekten havadan sudan konuşuyorlar, sen böyle yaparsan, Kıvanç'la buluşmadığınla kalırsın, Öykü de zaman içinde malı götürür, diyebiliriz."

"Afferin kız," dedi Müjde. "Bak neler de düşünürmüş."

"Peki, bunu ne zaman yapmayı planlıyorsunuz?" diye sordu Beste bana bakarak.

Ben de, bu tür konularda değişmez ortağım, kankam, Ava'ya baktım. "Bence hemen bu gece."

"Evet," dedi Ava. "Zaten fazla vaktimiz yok. Önemli olan Kıvanç dönmeden, onların birbirlerine küsmelerini önlemek veee bir biçimde Öykü'yü saf dışında bırakmak."

Ve –aşağıdan bir ses.

"Neredesiniz millet?"

"Geliyoruz," diye seslenerek hep birlikte yalancı bir neşeyle aşağıya indik.

"Ooo," dedi teyzem, "ayol kimler gelmiş böyle. Nasılsınız, güzel kızlarım benim?"

Sude'yse hem şaşırmış hem de sevinmişti.

"Biz Sude'ye bir uğrayalım demiştik, meğer alışverişteymişsiniz."

"Hem de nasıl," diye gözlerini devirdi Sırma teyze.

"Hadi artık biz gidelim."

"Ama niye gidiyorsunuz, otursanıza biraz," dedi Sude. Yüzü gülüyordu.

Ava'yı dürttüm. "Baksana, keyfi yerinde."

"Alışveriş ona her zaman iyi gelir zaten," dedi ve kıs kıs gülüştük.

Müjde, "Sudeciğim, nasıl olsa akşam buluşacağız," dedi hemen.

"Valla bilmem," dedi Sude, suratı asılıvermişti. "Pek canım istemiyor. Ben belki gelmem bu akşam."

"Aaa, olur mu öyle şey!" diye Beste'yle Müjde, ikisi iki yandan bağrıştı.

"Ne bileyim," diye mırıldandı Sude.

"Yok, yok, olmaz," dedi Müjde. "Üstelik bu gece yeni açılan pideciyi deneyeceğiz. Hep beraber gitmezsek hayatta olmaz."

Beste de Müjde'yi destekleyince, Sude, peki demek zorunda kladı. Kaldı ama, bu durumdan hiç de mutlu olmuş gibi görünmüyordu.

Olur mu ama... Bu, resmen meydanı boş bırakmak oluyor. İnsanın sevdiği için savaşması gerek. Bak bana. Umutsuz davam için bile, umudun kırıntısının olmadığı yerde bile, nasıl aslanlar gibi savaştım. Uğraştım, kafa yordum, çabaladım. Girip o kafede çalıştım bile. Gerçi o çalışma sonradan bana çok keyif verdi, o da başka.

Şimdi –biraz ortalarda görünüp teyzeme yardım moduna girmeliyiz Ava'yla. Duruma uygun davranmazsak bu alışveriş yorgunluğunun acısını bizden çıkarabilir. Hem kızların alışverişi için taban tep, üstelik bu sıcakta, hem de eve gelince en ufak bir yardım, bir destek görme.

Böyle bir durumda tepesi atıyor kadının. Oysa –özellikle de bu gece onu sinirlendirmek istemeyiz, öyle değil mi? Böylece, biz iki hamarat kızı oynayarak sofrayı kurduk, salatayı yaptık. Teyzem duşunu alıp aşağıya indiğinde, terastaki hazır sofrayı görünce... yüzünde güller açtı azizim, güller.

"Ama da aman, benim ne düşünceli, ne hamarat kızlarım varmış," diyerek geçip oturdu.

İşte budur arkadaşlar!

Böylelikle, yemek sonrası, yeniden sokağa çıkma iznini almaya yüzümüz olmuş oldu.

Yüzsüzlüğün âlemi yok arkadaşım.

Yine saçmaladım, değil mi?

Kıh, kıh, kıh.

Birazdan çıkacağız, dönüşte yine yazacağım.

Malum, bu gece için çok önemli planlarımız var.

Umarım başarırız.

Ve Sude'yle Kıvanç'ın ayrılmalarını önleriz.

Tabii bu arada yakalanmamamız gerek.

Gizli misyon anlayacağın.

Ava çağırıyor.

Hadi, baaay!

Zaten bu Çeşme'de hayatımız serüven.

Daha önce Boncuk Göz için neler yaşamıştım, bu kezse Sude için.

Evet, ne diyorduk.

Malum yerde buluşuldu. Sude keyifsiz, Öykü ise –ne desem.

Bir neşe çiçeği.

Kıpkırmızı bir elbise giymiş.

Bir neşe küpü...

Şakalar, espiriler gırla.

Kahkahalar peş peşe patlıyor.

Bu anlatıyor, herkes, özellikle de erkekler gülüyor, gülüyor.

Sude'nin yüzü gittikçe kararıyor.

Pideciye uğrandı.

Çeşitler denendi, doğrusu ben yemek üstüne başka bir şeyler yiyemiyorum. Kızlar paylaştılar ama erkekler, maşallah, ikişer üçer götürdüler resmen.

Ben hakkımı dondurmaya sakladım.

Bak, yemekten sonra dondurma iyi gidiyor ama pide?

Sonuçta, gidip malum duvara tünendi.

Haaa, bu arada Kayra, Atakan ve Murathan da pideciye gelmişlerdi, böylece kocaman bir grup olmuştuk.

Kayra yanımdan ayrılmıyor, bir yandan da kulağıma, "Ava'ya bak, Ava'ya," diye fısıldıyordu. Ben de o çok komik bir şey söylüyormuş gibi gülüp duruyordum.

Bizimkiyse güya bize çaktırmadan ara ara bakıyor.

Nasıl da mutlu.

Eminim içinden, sonunda oldu bu iş, diye seviniyor, âdeta ellerini ovuşturuyor. Tabii biz de onun o hâlini gördükçe, oyunumuzu daha da iyi oynuyoruz. Birbirimizle koyu ve neşeli bir sohbete dalmış gibi yapıyoruz. Aslını istersen, gerçekten de neşeli bir sohbet yürütüyoruz.

Şu işe bak.

Derken saat on bire yaklaştı ve bizler, bu modern zaman külkedileri, evlerimize döndük. Kırmızı giysili neşe küpünü arkamızda bırakarak. Ne acı, değil mi!

Sude yine bir hışım fırlayıp odasına gitti. Biz de kendimizi göstermek için teyzemi bulduk. Oturmuş, anneannemle karşılıklı bulmaca çözüyorlardı. Zaten bütün gazetelerin bilmeceleri bittikten sonra, bir de kitapçıkları var, ona dalış yapıyorlar.

"Biz geldiiik," dedik.

"Sude?" dedi hemen teyzem gözlüklerini üstünden bakarak.

"Odasında."

"Şuna bak! Bir, iyi geceler demek yok mu?"

"O şeref bize ait teyzeciğim," dedim ve hem onu, hem de anneannemi öptüm. Tabii beni gören Ava da, mecburiyetten onları öptü. Teyzemden anında yorum: "Hangi dağda kurt öldü?"

Biz, aaa, aşk olsun, falan gibi anlamsız laflar gevelerken, teyzem bir kahkaha attı. "Bize büyüklerimiz böyle derlerdi de, ben de bir deneyeyim dedim."

"Ve de başarılı oldun, bak bizi öptüler," dedi anneannem. "Bundan sonra da sitem etmeyelim diye öpecekler."

Öpücük muhabbetini noktalayıp odalarımıza çekildik.

Bizi görmüşlerdi, yatmaya çıkmıştık.

Şimdi...

Onların yatması bekleyecek ve arka kapıdan süzülüp, sohbetin alıp yürüdüğü yere konuşlanacaktık.

Kulağımız aşağıdaydı.

Bazı geceler uzun otururlardı, umarım bu gece işi uzatmazlar, diye düşünüp duruyordum. Bir süre sonra ışıklar söndü. Odalara çekilme sesleri. Ve kapım tık tık vuruldu, hemen açtım.

Ava, "Hadi," diye fısıldadı, "gidelim."

Parmaklarımızın ucuna basarak merdivenleri yavaş yavaş indik. Bir basamak var ki, hep gıcırdar. Ne gıcırdaması, inilder sanki. O basamağı ikimiz de atlayıp indik ve çak bi tane yaptık karanlıkta sessizce.

Sonra mutfak. Mutfak kapısının özenle açılışı ve bahçe...

Ondan sonra da yıldırım gibi bizim mesken tuttuğumuz yere doğru koşu kopardık.

"Umarım bu gece erkencilik yapmazlar," dedi Ava.

"Yapmazlar! Yapmazlar! Baksana, Öykü Hanım nasıl da formunda! Nasıl da onları eğledi gece boyu."

"Haklısın," dedi Ava. "Bizim Sude de hiçbir şey yapmadan, öylece oturdu oturduğu yerde."

"Ya ne yapsaydı, Ava? Tutup onunla yarışır gibi şakalar yapıp, peş peşe internet komikliklerini mi sıralasaydı?"

"Doğru! O da pek abuk olurdu," dedi. Sonra yüzünde kocaman bir gülücük, "Siz de Kayra'yla iyi vakit geçirmişe benziyordunuz," diye takıldı.

"Evet," dedim, "Zeynep Hanım çok tatlıydı, dönüşte de neler yapabileceğimizi konuştuk."

Bizimki belli etmemeye çalışıyor ama bi mutlu, bi mutlu.

Âlemsin Ava.

Sonunda hedefimize ulaştık. Arka sokaktan dolaşıp güzel budanmış servilerin önündeki duvarın dibine yerleştik.

Müjde, Berk, Öykü ve Kıvanç kalmışlardı, ötekiler yoktu. Yeni filmlerden söz ediyorlardı. Havada Justin Bieber, Selena Gomez, Taylor Swift isimleri uçuşuyordu. Sonra söz dizilere geçti, *Kiraz Mevsimi* hakkında epeyce konuştular.

Derken Müjde, "Benim artık gitmem gerek," dedi. Berk, "Seni evine bırakayım," deyince Müjde, "İki adımlık yer, gelmene gerek yok," dedi. Berk ise o her zamanki sevecen hâliyle, "Olur mu, böyle güzel bir kız yalnız başına gidebilir mi abi?" dedi.

Gülüşmelerini duyduk. Birbirimizi dürttük. "Bak," diye fısıldadı Ava, "bizimki duysun da öğrensin kız arkadaşa nasıl davranılır. O ancak kasıla kasıla ortalarda dolaşmayı biliyor."

Sus, diye işaret ettim.

Söylenmenin zamanı mı?

Bi yakalanırsak...

Rezillik ötesi bir durum olur bu.

Müjde, "Öykü, sen?" şeklinde anlamı açık bir soru sordu.

Ama –bu soru havada asılı kaldı.

Yok arkadaş, yok.

Kızda tık yok.

Neden sonra, "Ben biraz daha kalacağım," dediğini duyduk ve anında birbirimizi dürttük.

Ve uzaklaşan ayak sesleri.

Bizse artık iyice kulak kesilmiştik.

Kısa bir süre sessiz kaldılar, sonra Öykü, "Eee, daha daha ne var, ne yok," dedi.

Kıvanç, "İyidir, ne olsun," diye yanıtladı onu.

"Evdeki durumlar nasıl?"

Şuna bak, sanki bilmiyor, oysa Sude anlatmıştı.

"Fena değil."

"Bu konuda konuşmak istemiyorsan seni anlarım ama belki de konuşmak istersin diye düşündüm. Hangimizin anne babayla sorunu yok ki..."

Bak, bak, şuna bak. Onu oyalayıp orada tutmak için nasıl da konular buluyor. Korkulur bu kızdan, korkulur.

"Son durum," deyip durakladı Kıvanç. Sonra devam etti, "Ablam sayesinde evde barış oldu."

"Barışın koşullarını öğrenebilir miyim?" dedi Öykü, cilveli, cilveli.

Ava, Öykü'ye doğru yumruğunu sallayıp duruyordu.

"Sınavlara çalışacağım, İş İdaresi bölümünü kazanacağım. Ve –o bölümü bitirip diplomamı alacağım."

"Peki, ya senin hayallerin, tiyatro?"

"Ya, bu kız bunların hepsini biliyor, kaç kez konuşuldu," diye fısıldadı Ava.

Onun bu öfkeli hâline gülmemek için kendimi zor tutarak, sus, diye işaret ettim bir kez daha.

"Okurken tiyatro çalışmaları yapabileceğim, böylece hem sevdiğim konudan uzak kalmayacağım, hem de babamın iddia ettiği gibi tiyatro geçici bir hevesse, zaman kaybetmeyip işin başına geçeceğim."

"İşin başında olan ablan değil miydi?"

Ve Kıvanç, "Sen nerden biliyorsun ablamın işin başında olduğunu?" diye sordu.

Ava, eliyle göğsünü okşuyor, oh, oh yapıyordu. İyi ama bu aynı zamanda Sude'nin her ayrıntıyı arkadaşlarıyla paylaştığı anlamına da gelmiyor muydu?

Bu da Kıvanç'ın hoşuna gider miydi?

"Geçenlerde şöyle bir lafı geçmişti de..." dedi Öykü yılanı. "Tam hatırlamıyorum ama biri galiba senin hakkında bir soru sordu. Sude de bunları anlatmış olmalı," diyerek *güya* konuyu geçiştirmeye çalıştı!

Bana sorarsan...

Mahsus yaptı!

Evet, evet, kesin mahsus yaptı.

Erkekler onlarla konuşurken, özellikle de özel konuların, başkalarına anlatılmasından hoşlanmazlar. Aslında haklılar, bana sorarsan. Öte yandan kızlar da en yakın arkadaşlarıyla yaşadıklarını, düşündüklerini, duygularını paylaşmayı seviyorlar. Icığını cıcığını konuşup bazen teselli buluyorlar, bazen de sadece rahatlıyorlar. Eh, bu da o kadar kötü bir şey değil.

Yakın çevre dışına çıkılmadığı sürece. Ve, o yakın çevre de çenesini tuttuğu sürece.

İşte işin odak noktası bu.

Ama Öykü ne yapmıştı? En yapılmaması gerekeni yapmış, yakın çevrede neler konuşulduğunu, konunun baş kahramanına iletmişti.

Kıvanç'la Sude'nin arasını açmak için bundan harika bir yöntem olamazdı.

Nitekim, Ava da az önce oh, oh çekerken, birden duruma uyandı.

Ve bu kez yeniden yumruğunu sallamaya başladı.

Öyle komik bir görüntüsü vardı ki...

Gölgesiyle dövüşen boksörler gibiydi.

Derken Kıvanç, "Artık gitsek iyi olur," dedi.

"Ben de tam, haydi artık gidelim, diyecektim," dedi Bayan Yalaka.

O da, artık gidelim, diyecekmiş!

Sevsinler!

Veee –bak işte burası çok güzel.

Kıvanç ona, seni evine bırakayım, filan demedi. Aslında evler yakın ama aralarında bir şeyler olsa, evine bırakma ayağına, biraz daha birlikte olma bahanesini kullanırlardı. Öyle değil mi?

Böylece bunlar kalktı. "Hadi iyi geceler Öykü," dedi Kıvanç ve o yoluna, bizim kız kös kös kendi yoluna. Demek ki neymiş, Kıvanç açısından söylenecek söz yokmuş. Onların kayboluşunu bekledik ve kısa bir süre sonra da çıktık ortaya.

"Dizlerim koptu be Selin," dedi Ava. Gerçekten de, o kadar zaman çömelmek hiç de kolay değil.

"Hadi," dedim, "oyalanmadan eve gidelim. Evdekiler farkına varmadan yataklarımıza girelim."

Böylece bir koşu tutturduk. Bir yandan da, ister misin evdekiler bir sebeple birimizden birimizin odasına gelsin, diye düşünüyordum. Ama aynı anda da bu tür fikirleri kafamdan kovmaya çalışıyordum. Anneannemin söylediğine göre, bazı olayları biz kendimiz çağırırmışız, onun için hep iyi düşünmemiz gerekirmiş. Zaten, iyi düşün ki, iyi olsun, özdeyişi de bu düşünceden kaynaklanıyormuş. Bütün bunlar doğru da... İnsanın elinde olmayan bazı durumlar da var. Düşünceler gibi, korkular, kuşkular gibi.

Veee, eve vardık ki...

Aynen.

Terasın ışığı ya-nı-yor!

Veee, terasta biri oturmuş, kesin bizi bekliyor!

Her evin âdeti vardır ya, bu evin âdeti de şöyle.

Teras ışığı, birini beklerken açık bırakılır, herkes eve gelince o ışık söndürülür.

Ve teras –pırıl pırıldı!

İkimizin de adımları yavaşladı, birbirimize baktık. Çaresiz, yürümeye devam ettik. Terastaki kişi kalktı, bizi görmüştü, biz de onu.

Ohhh, şükürler olsun!

Bu, Sude'ydi.

"Nerelerdeydiniz siz?" diye keskin keskin fısıldadı.

"O-hooo," dedi Ava, elini sallayarak. "Anlatacak neler var neler."

"Ama önce odamıza gidip pijamalarımızı giyelim."

"Selin haklı, annem bizi böyle giyimli görürse durumu anlar ve sonrasını düşünmek bile istemem."

Ama ben terasta karşımıza teyzem değil de Sude çıktı diye öyle bir rahatlamıştım ki.

"Korktuğum başımıza geldi ama ucuz atlattık," demekten kendimi alamadım.

"Sen neler söyleniyorsun öyle," dedi Sude, merdivenleri sessiz olmaya çalışarak çıkarken.

"Aklıma geldi, valla aklıma geldi. İster misin şimdi biri kalkıp, bir sebepten birimizin odasına gelse ve bizim olmadığımızı görünce paniklese, polisi filan arasa. Biz gelince, böyle evin önünde ışıkları yanıp sönen polis arabaları olsa, teyzem fenalaşmış dolayısıyla ambulans çağrılmış olsa diye..."

"Ay Selin, sus," dedi Sude. "Şimdi ben fena olacağım."

"İşte onun için diyorum ya, terasta seni görünce bi rahatladım, bi rahatladım."

"Hemen pijamalarımızı giyiyor ve odama gelip neler karıştırdığınızı bir bir anlatıyorsunuz," dedi ve çıkıp gitti.

Ava'yla birbirimize baktık.

"Ne yaptığımızı, daha doğrusu kimleri dinlediğimiz söyleyecek miyiz?"

"Elbette," dedi Ava. "Kıvanç'a pislik muamelesi çekiyor kaç gündür, işin aslını öğrensin ki, Öykü'nün oyunu boşa çıksın."

"Haklısın," dedim.

Çabucak üstümüzü değişip Sude'nin odasına yollandık.

O yatağında oturuyordu. Biz de yan yana oturup sırtımızı divana dayadık. Oh, bi de rahat ki...

"Söyleyin bakalım, gece vakti neler yapıyordunuz. Umarım ikinci bir Boncuk Göz vakası yaşamıyoruz."

"Yok, yok!"

"Çok daha önemli işler peşindeydik."

"Yaaa, hadi öyleyse, dökülün."

"Ama bak, kızmaca yok," dedim tıpkı Kayra'nın bana söylediği gibi.

Sude bana dik dik baktı. "Demek kızılacak şeyler yaptınız."

"Olaya bakışına göre değişir," dedi Ava.

Bayılıyorum bu Ava'ya!

Sude bayağı meraklanmıştı.

"Tamam, kızmayacağım."

"Söz mü?"

"Aman Ava! Tamam, söz."

"Biz," dedi Ava, Sude'ye doğru eğilerek, "Kıvanç'la Öykü'yü dinlemeye gittik."

"Ne! Ne yaptınız!"

"Bak ama, söz verdin, kızmayacaktın."

"Hey Allahım, ne biçim işler yapıyorsunuz. İnsanları dinlemek... Olacak iş mi bu?"

"Neden olmasınmış efendim," diye kafa tuttu Ava. "Kıvanç'la aran kötü. Yalan mı," ve sözünün kesilmesini istemez gibi konuşmasını çabuk çabuk sürdürdü. "Ve bunun sebebi de, Öykü'nün geceleri Kıvanç'ın peşini bırakmaması.

Söyle, sen buna bozuluyor ve onun için Kıvanç'a surat asıyorsun. Öyle değil mi? Söylesene..."

"Evet," diye mırıldandı Sude. "Doğru. Onların benden sonra orada kalıp baş başa uzun saatler geçirmeleri çok sinirime dokunuyor, çok."

"İşte biz de gidip kendi kulaklarımızla ve de kendi gözlerimizle neler olup bittiğini öğrenmenin iyi bir fikir olacağını düşündük."

"Aman çocuklar, ne görüp ne duyacaksınız ki? Sözüm ona can arkadaşım sabahları gelip, gece nasıl güzel vakit geçirdiklerini ima ederek nispet veriyor. Tam da bu haberin üzerine Kıvanç tutup tatilini bir hafta uzatıyor. Hele de bu, bardağı taşıran son damla oldu. Daha neyi görüp neyi dinleyeceksiniz?"

"İşte o hiç de öyle değil hanfendi," dedi Ava. "Lütfen bi susup bizi dinler misin?"

"Tamam," dedi Sude ve kollarını göğsünün üstünde kavuşturdu.

"Gidip görmemiz ve dinlememiz çok iyi oldu çünkü durum tüm çıplaklığıyla ortaya çıktı!"

(Ava'nın bu dramatik konuşması Sude'yi etkilemişe benziyordu!)

"Şu ana kadar Öykü'nün imaları, Kıvanç'ın suskunluğu dışında elimizde yeterli delil yoktu."

(Vay be Ava, sen neymişsin dememek için kendimi zor tutuyordum. Avukat gibi konuşuyordu mübarek.)

"Öykü, aralarında bir şeyler varmış havası yaratıyordu, sen de buna sinirleniyor, Kıvanç'a surat asıyordun. Ve aranız giderek bozuluyordu. Buraya kadar tamam mıyız?"

"Aynen," diyerek başını salladı Sude.

"Oysa biz –gerçeğin peşindeydik."

(Okul piyesinde, başrol oyuncusu gibiydi bu kez de.)

"Böylece bu gece gidip gizlice onların tünediği duvarın arkasına saklandık."

Eliyle ağzını kapattı Sude. "Aman Allahım, sizi görebilirlerdi."

"Servi ağaçları öyle güzel budanmıştı ki, tıpkı çit gibiydi. Orada, hele de gecenin karanlığında kolay kolay kimse bizi göremezdi."

"Sonra?"

"Sen gittikten sonra bunlar havadan sudan konuşuyorlardı. Bir süre sonra Müjde'yle Berk de gittiler."

"Hatta," diye atıldım, "Müjde, Öykü'ye sen de gelsene gibi bir şeyler söyledi ama Öykü oralı olmadı."

"Olsaydı şaşardım," dedi Sude, öfkeli.

"Ama Sude," dedi Ava, "var ya, duymalıydın, Kıvanç'ı konuşturmak için nasıl konular açıyor, nasıl çabalıyor."

"Peki, Kıvanç ne yapıyordu?"

"Hiiiç," dedik, ikimiz aynı anda.

"Valla hiç yüz vermiyordu," dedi Ava. "Kıvanç'a bayılmadığımı bilirsin ama Allahı var, kıza, o manada hiç yüz vermiyordu. Öylesine konuşuyorlardı, yani gerçekten arkadaş arkadaş. Ama kanka gibi de değil! Öylesine işte... Sonra Kıvanç, hadi artık gidelim dedi veee, onu evine bırakmayı teklif bile etmedi. Kıvanç bir tarafa, o, öbür tarafa yollandılar. Biz de evimize dönüp sana yakalandık."

"Hıh," dedi Sude.

"Bak, saçmalama Sude. Kız sizin aranızı bozmaya çalışıyor ve sen de bu oyuna geliyorsun. Biz niye gittik oralara kadar? İşin aslını öğrenelim, diye. İşin aslı da bu. O nedenle Kıvanç'a pislik gibi davranmaktan vazgeç ve bu kızın oyununu boz."

Sude şöyle bir düşündü, sonra yüzüne yavaş yavaş bir gülücük gelip oturdu.

"Demek onunla flört etmiyordu."

"Kesinlikle etmiyordu. Sanki karşısında Berk vardı, o kadar yani."

Mutluydu Sude.

"Yalnız bir şey var," dedi Ava.

"Neymiş?"

"Sen Kıvanç'a hesap vermek durumunda kalabilirsin."

"Ne hesabı?"

"Öykü'nün marifeti. Sanki ağzından kaçırmış gibi yaparak, Kıvanç'ın kendi ailesiyle ilgili anlattıklarından söz etti. Kıvanç da sen nerden biliyorsun bunları, diye sorunca, canım, bir soru sorulmuştu da, diyerek güya durumu toparlamaya çalışır gibi yaptı. O nedenle hazırlıklı olsan, iyi olur."

"Şuna bakın," dedi Sude. Yine öfkelenmişti.

"İşte biz de, iki saattir sana bunu anlatmaya çalışıyoruz. Bu kız aranızı açmak için elinden geleni yapıyor. Bunu bil, sen de ona göre davran."

Başını iki yana salladı Sude. "Biliyor musunuz, inanamıyorum. Öykü'nün bu yaptığına gerçekten inanamıyorum. Onca yıllık arkadaşlığımız var."

"Ama zaten onda bir tuhaflık var Sude. Müjde'yi de nasıl hastalık hâlinde taklit ediyor, görmüyor musun?"

"Yok canım," diye kestirip attı Ava. "Ne hastalık ne bi şey, bal gibi kıskanç ve bencil biri o."

Sude şaşkın ama mutluydu.

Rahatlamıştı, resmen rahatlamıştı.

Birden ikimize sarıldı.

"Çok teşekkür ederim çocuklar, çok," dedi. "Benim için bu yaptıklarınızı, inanın hiç unutmayacağım."

"Eh, bize en esaslısından bir yemek ısmarlarsın artık," dedi Ava.

"Ne isterseniz."

"Bak, duyuyor musun Selin?"

"Duydum, duydum."

İşte böyle arkadaşım.

Şimdi güzel bir uyku çekeceğim.

Tam bu satırlar yazarken, birden, aman Tanrım oldum.

Unutmuştum! Unutmuştum!

Nasıl unuturdum, nasıl.

Bu işler beni nasıl şaşırtmış ki, en önemli şeyi unutmuşum.

Unutmuşum ya, unutmuşum.

Var mı böyle bi şey!

G. A.'yla ilgili takvime çarpı işaretlerini koymayı unutmuşum.

Hem de tam iki gün üst üste.

Olacak şey mi bu!

Kusura bakma G. A., bu kızlar insanda akıl mı bırakıyor.

Sen benim bir tanemsin.

Hemen o çarpılar konacak, sonra da yatağa hoplanacak.

Durduk, durduk ama birdenbire hızlandık.

Barınak çalışmalarından söz ediyorum.

Önce...

Zeynep Hanım, Kayra'yı aramış ve arkadaşlarını da al, gel, demiş.

Sonra...

Kayra beni aradı ve bu bilgileri iletti. Ben de Ava'yı bilgilendirdim ama o, "Zeynep Hanım'a yine siz ikiniz gidin işte," dedi.

"Üf, sıkıyorsun sen artık," dedim. "Nedir bu bizi baş başa bırakma gayretleri?"

"Valla ondan değil," diye tepindi. Sonuçta o gelmedi, bu durumda yine Kayra'yla ben gitmek zorunda kaldık. Bu kez Zeynep Hanım'ın eşi Ali Bey de vardı. Anlayacağın ciddi bir iş görüşmesi modundaydık.

Ve Zeynep Hanım hemen konuya girdi.

"Eşimle teklifinizi konuştuk. Gerçi, yazın sona ermesine de az bir vakit kaldı," dedikten sonra bir an durdu.

Kalbim nasıl atıyordu anlatamam. Bu saatten sonra uğraşıp da ne olacak, diyecek kesin diye düşünüyordum. Ah, çok geç kalmıştık, çok.

"Ama... yine de sizlere yardımcı olmaya karar verdik."

Demez mi!

Nasıl sevindik, nasıl...

Dilimiz tutuldu, ne diyeceğimizi bilemedik önce. Sonra dilimiz bi çözüldü, teşekkür üstüne teşekkür yağdırdık.

Zeynep Hanım'la Ali Bey'se hâlimize bakıp pek bir güldüler. Ama, laf aramızda, bunca sevinç onları da mutlu etmişti.

Gösterecen kardeşim, sevincini gösterecen ki, karşındaki yaptığı iyiliğin ödülünü alsın. Değil mi ya...

Ortam sakinleşince, Zeynep Hanım konuştu.

"Sizlere haftada üç gün, öğleden sonraları yardımcı olabileceğim. O günler benim fizyoterapistim geliyor, dolayısıyla zaten evde olmam gerek."

Kendimi tutamadım, "Harika! Bir taşla iki kuş," deyiverdim.

"Aynen öyle Selinciğim. Öğleden sonra saat üçle altı arası nasıl?"

"Çok güzel," dedik Kayra'yla.

Daha ne isteyebilirdik ki...

Zeynep Hanım bize evini açmıştı. Üstelik haftada tam üç öğleden sonra.

"Herkes denizde olduğu için, sabahı hiç düşünmedim bile."

Biz yine hararetle bu fikre de katıldığımızı belirttik. Öyle ya, kim denizden geri kalmak ister.

"Saat üçe kadar yemek ve biraz istirahat."

"Evet, evet," diye kafa salladık.

"Sonra da sizler saat üçten altıya kadar burada olup çocuklarla ilgileneceksiniz, öyle değil mi?"

"Evet," dedik yine bir ağızdan.

"Peki, size yardımcı olacak başka arkadaşlarınız var mı?"

"Var," dedim hemen. "Sude yardımcı olurum dedi. Müjde'yle Beste de ara ara katılabileceklerini söylediler. Ayrıca Ava var, o hep gelecek. Çocuk sayısı ve durumlar kesinleşince, arkadaşlarımızdan destek alacağız."

Öf be, ne biçim konuşmuştum öyle.

Böyle özgüvenli özgüvenli.

Kayra da bana hayran hayran bakıyordu, nitekim! (Bu da anneannemden apartma bir sözcük. Büyüklerle bir arada olunca kullanıyorum. Çok etkili oluyor! Hemen kaşlar havaya kalkıyor.)

İşte, Durum Bir, böyle.

Durum İki'ye gelince...

Teyzeme bu haberle ulaştığımızda, o da bir koşu telefon sehpasının çekmecesini açtı ve küçük bir defter çıkararak "Ben de ev ödevimi yaptım çocuklar," dedi.

Veee –defterin yapraklarını çevirerek okumaya başladı.

"Asya, altı yaşında. Derin, yedi yaşında. Şevval, sekiz yaşında. Sungur, sekiz yaşında. Murat, altı yaşında. Alp, yedi yaşında. İşte böyle," dedi ve ekledi, "Aslında bu liste daha kabarıktı ama sizler bu işe ilk kez katıldığınız için küçükleri sildim. Havuza mavuza düşerler, sorumluluk büyük. Daha büyükleri de listeden çıkarttım. Onlar da sizi dinlemezler ama bu yaştakiler tam size göre diye düşündüm. Hem çok da kalabalık olmasın ki, çocuklarla doğru dürüst ilgilenebilin. Evet, ne diyorsunuz bakalım?"

"Valla, harikasın teyzeciğim."

"Çok çok teşekkürler anneciğim. Bundan âlâsı..."

Hep bir ağızdan, "Şam'da kayısı!" diye bağrıştık ve kırıldık gülmekten.

Aslında neden o kadar güldük, onu da şu satırları yazarken düşünüyorum da...

Ne var yani o sözcüklerde?

Sanırım keyfimiz yerindeydi, ondan.

Aman, neyse ne.

Böylece Durum İki evresi de tamamlanmış oldu.

Durum Üç ise; yeni gelişmelerin plajda kızlara anlatılması şeklinde oldu. Tam da beklediğim gibi hepsi gönüllü oldular.

Müjde, "Benim çocuklarla aram iyidir, keşke iyice minikler de olsaydı," dedi.

Beste, "Hayvancıklara destek gidecek, ne iyi olacak. Gelecek yıl yaz başında başlayalım da, daha çok para toplayabilelim," dedi.

Öykü de katılabileceğini söyledi ama nedense pek bir keyifsizdi!!!

Sude'ye gelince... Kıvanç'a surat asmayı bırakmış, tam tersine ona şefkat-ilgi-sevgi üçlüsünü uygulamakla meşguldü. Eh, Kıvanç'ınsa ağzı kulaklarındaydı bu durumda.

Böylece Durum Üç'le ekibimiz de hazırdı.

Kayra, "Bizim eve gidelim de duyurumuzu hazırlayalım," dedi.

"Bizde de hazırlayabiliriz," dedim.

"Bende renkli ve fosforlu kalemler var. Günler ve saatleri canlı renklerle yazarsak akılda kalır. Buzdolabının üstüne de tutturdular mı, kesin kaçırmayacaklardır."

Ben yine şöyle bir düşününce, "Ne o, sevgilinle baş başa kalmaktan korkuyor musun?" dedi.

Bir yandan da gözlerinin içi gülüyordu bunları söylerken.

Ona dönüp şöyle ters ters bakınca bir kahkaha attı. Sonra kolumu tutup "Şaka, şaka yaaa... Senle benden sevgili olur mu hiç!" dedi ve bir kahkaha daha attı.

"Ne o? Çok mu komik?" deyiverdim.

Neden sonra farkına vardım ettiğim lafın!

Neyse ki, onun umurunda bile değildi.

Çok çok komik bir şey söylemiş gibi gülüp duruyordu.

Şuna bak!

Burada bizim de bir gururumuz var herhâlde.

"Valla doğrusun," dedim hemen, "hiç öyle şey olur mu?" (Kuyruğu dik tutmak gerek.)

"Tabii ya," dedi ve biz onun evini yolunu tuttuk.

Eve bir girdik ki, içerisi ıssız, sessiz. Kimseler yok.

Ohhh, dışarının sıcağından ve güneşten sonra bu serin ve loş ev pek hoşuma gitmişti.

"Kimseler yok galiba," dedim.

"Babam zaten İzmir'de, annem de herhâlde bir yere kadar gitti."

Böylece o önde, ben arkada, üst kata, odasına çıktık.

Odasındaki kitaplığı görünce dilimi yutacaktım neredeyse. Boydan boya bir kitaplık ve öyle böyle değil, resmen tıka basa kitaplarla dolu.

"Bayağı kitap kurduymuşsun be Kayra."

Önemli değil, dercesine elini salladı.

"Aman Tanrım, şunlara bak. Ne çok çizgi roman var!"

"Ben onların koleksiyonunu yapıyorum. Zaten büyük çoğunluğu babamın çocukluğundan kalma. O da çizgi roman manyağı."

"Baksana şu Dalton'lara," deyip kitapları karıştırmaya koyuldum.

"Yoksa sen de mi çizgi roman okuyorsun?"

"Yani... Gidip almıyorum ama elime geçince de okumadan edemiyorum."

"O zaman ben sana benimkileri vereyim, oku. Babamınkileri verемem çünkü evden dışarı çıkarılması yasak. Babamın kıymetlileri onlar."

"Haklı," dedim. "Onca yıl özenle saklamış, sonra tut birine ver ve o geri getirmesin."

Yan yana yere oturmuş, kitaplara dalmıştık.

Baş başa...

Sessiz, loş evde.

Biri dışarıdan baksa, pekâlâ da bizi sevgili zannedebilir, diye bir düşünce geçiverdi zihnimden.

Sonra da ayıpladım kendimi. *Bak, neler de düşünüyorsun, oysa siz iki sıkı arkadaşsınız. Kankasınız.*

Ben bunları düşünürken, Kayra birden başını kaldırıverdi ve –beni ona bakarken yakaladı.

İyi mi...

Öyle kötü yakalanmıştım ki, gözlerimi kaçıramadım bile.

O da sessizce bana baktı, baktı... Sonra yavaşça başını kitaplara doğru çevirdi.

Bu durumu düzeltecek bir davranış, edilecek söz –yoktu!

İyi de, neydi bu?

Tam o sırada aşağıdan bir ses duyuldu. "Ben geldim. Kimse yok mu?"

"Annem," dedi Kayra bana, sonra da seslendi, "Biz burada, benim odamdayız."

Ve merdivenlerde ayak sesleri. "Kim varmış bakayım yanında," diyerek annesi oda kapısında belirdi.

"Aaa, Selin, sen miydin? Nasılsın bakayım, neler yapıyorsunuz?" dedikten sonra gözü çizgi romanlara ilişti.

"Seni de bunlara alıştırmaya mı çalışıyor yoksa," diye bir kahkaha attı.

Kayra'nın annesi çok tatlı bir kadın. Kayra'ya, "Misafirine ne ikram ettin?" diye sordu. Cevap alamayınca, "İlahi Kayra, neyse ben bir şeyler hazırlayayım da aşağı gelince yersiniz," dedi.

"Yok," dedim, "çok teşekkür ederim, benim de zaten gitmem gerek."

"Olur mu öyle şey. Bak, benim limonatam gibisi yoktur. Bir bardak limonata içer, bir kurabiye yer, sonra yola düşersin," dedi ve hızlı adımlarla merdivenlere yöneldi.

Çeşme'deki bütün hanımlar limonata yapıyor ve kendilerinkinin en lezzetli olduğunu iddia ediyorlar. Bu da böyle bir gözlem.

"Annemin elinden kurtulamazsın," diye güldü Kayra.

Böylece aşağıya, mutfağa indik.

Bir yandan limonatalarımızı içtik, bir yandan da Kayra'nın annesine barınakla ilgili projemizin son durumunu anlattık.

Ve –o da bize destek olacağını söyledi.

Yaşasın! Yaşasın!

Her bir kuruşun yeri hazırdır efendim. Sonra baktım, Kayra benimle gelmeye hazırlanıyor.

"Lütfen gelme. Bak çok ciddiyim," dedim.

O ise, "Ava'yı düşün! İnandırıcı olmak zorundayız," diye fısıldadı.

İyi de... Bu Ava'yı işletme işi giderek yük olmaya başladı.

Neyse, Kayra'nın elinde hazırladığımız duyurular, yollara düştük. Eve ulaştığımızda, Ava'nın gelmiş olduğunu görünce, birbirimize, *bak işte bu iyi oldu* anlamında gülümsedik.

Zavallı Ava'nınsa böylesi bir manzara karşısında mutluluğu görülmeye değerdi.

"Kayra duyurumuzu hazırladı. Seninle ben de bunları dağıtacağız," dedim Ava'ya.

Kayra son kez bana şöyle bir bakış attıktan sonra evinin yolunu tuttu.

Ava kaşlarını bir aşağı bir yukarı oynatmaya başlamıştı bile.

"Çocuk gibisin, biliyor musun," dedim.

"Nerden geliyordunuz bakiiim, öyle başşş başa?"

"Sen de hemen bir mana çıkarma. Kayra'nın evinde el ilanlarını hazırladık."

"Ooo, işler kızışıyor," dedi Ava. "Demek onun evindeydiniz. Hem de başşş başa."

"Bana bak, susar mısın. Yoksa..."

Nasıl da gülüyordu bir yandan.

"Yoksa ne?" dedi kahkahaların arasında.

"Yoksa ben de seni ve Murathan'ı dilime dolarım."

"A-aaa," ağzı açık kalmıştı. "Kel alaka kızım."

"Voleybolda dibinden ayrılmıyor. Bizim de gözlerimiz var herhâlde."

"Sen delirdin mi?"

"Yooo, hiç de delirmedim. Ne gördümse onu söylüyorum. Hem hep sana bakıyor."

"Hadi ordan."

"Valla ve de billa."

"Bak çarpılacaksın."

Hemen çarpılmış gibi elim, kolumu, ağzımı çarpıttım.

Gülmeye başladı. Tabii ben de.

Ve biz aynen gül Allah, gül.

Yaaa, Ava Hanım, işte intikam böyle alınır.

Düşünsün bakalım.

Murathan da hoş çocuk.

Hoş çocuk da çok çapkın.

Gözleri fıldır fıldır oluyor kızları görünce.

O nedenle, aslında sevgili Ava'mın öyle bir çocukla olmasını istemem.

Ama bak, Kayra başka.

Hey! Neler oluyor! Kayra da nerden çıktı şimdi!

Saçmalamaya başladım.

Hadi, baaay.

Not: Annem duymasın. *Hadi baaay* lafına ifrit oluyor.

Sude bizim sayemizde Kıvanç konusunda büyük tehlikeyi atlatmış olduğundan bugünlerde pek mutlu. Kıvanç Bey gidecekmiş ama bir kez daha gelmesi söz konusuymuş. İşte bu iyi haber.

Yaaa, bir de bize kızarlar! Yok şöyle yaptınız, yok böyle yaptınız diye. Biz olmasaydık, bu surat asmalarla çoktan Öykü'nün ekmeğine yağlar ballar sürülmüştü.

Sude iyi de Müjde kötü.

İyice sinirleri bozulmuş zavallının, ağlayıp duruyor. Ben plaja vardığımda hararetli hararetli konuşuyorlardı.

"Sabah sabah ettiği lafları bir duysanız çocuklar," dedi gözyaşlarını silerek. "Zaten o hiçbir zaman sevecen bir anne olmadı. Yaaa, bir gün bile bana sarıldığını, benim güzel kızım filan gibi laflar edip beni öptüğünü hatırlamıyorum. Düşünebiliyor musunuz, bir gün olsun, bir gün beni öpmedi bu kadın."

Durdu, yeniden hıçkırıklara boğuldu.

"Yapma ama," dedi Sude. "Senin annen birazcık sinirli, bunu hepimiz biliyoruz. Sen de aldırma onun laflarına."

"Çok gücüme gidiyor ama Sude," dedi hıçkırıklarının arasında. "Madem beni sevmeyecekti, ne diye doğurdu o zaman? Anlamıyorum ki... Bazılarının analık içgüdüleri olmazmış diye okumuştum bir yerde, işte benim annem de böyle. Ne diye doğurursun o zaman? Bak, ağabeyim onun yüzünden çekip gitti. Şükürler olsun artık bu evden gidiyorum, bir daha asla geri dönmemek üzere gidiyorum, dedi ve çıkıp gitti. Gerçekten de ondan sonra eve adımını atmadı. Bir süre sonra da yurt dışında bir iş ayarladı kendine. Bense–" yine hıçkırdı, "o evde kaldım. Kaldım yaaa, kaldım."

Neyse ki plajın en uç kısmındaydık da, kimse bu sahneleri görmüyordu. Sude kalkıp sarıldı Müjde'ye. Beste'yse termostan su doldurup içirmeye çalıştı. "İç biraz Müjdeciğim," deyip duruyordu.

"Peki baban?"

"Babam başa çıkamıyor ki. O da kolayını çıkıp gitmekte buluyor. Sonra geliyor, bir süre ortalık sakin, ardından yine incir çekirdeğini doldurmayacak bir olay ve yine bağırtı çağırtı."

"Peki, böyle patlamaları ne tetikliyor, nelere kızıyor mesela?" diye sordu Öykü yavaşça.

"O-hooo, bahane mi ararsın. Bak mesela, bu sabahki büyük kıyamet, kahvaltı bulaşıkları nedeniyle koptu. Kahvaltı tabağıyla çay bardağını yıkamadan musluk başında bırakmışım. Aslında heyheyleri üstünde olunca mutlaka bir sebep buluyor. Oysa ben o ara yukarı kata çıkmıştım. Giyinip, saçımı tarayıp aşağı inecek ve *kahvaltı bulaşıkları* dediği o bir tabakla çay bardağını yıkayacaktım. Bulaşık dediği, bu. Hani bir duyan da, tabaklar dolusu sofrayı bırakıp çıktım sanır.

"Aşağıdan bağırmaya başladı, ben de ne oluyor diye merdivenin başına geldim. Bir de beni elimde saç fırçasıyla görünce, büsbütün çıldırdı. Vay efendim, ben senin hizmetçin miyim'le başladı. Haaa, bir de şu var, yardımcımız da neredeyse gelecek, ben yıkamasam bile yardımcımız zaten işe mutfaktan başlıyor. Anlayacağın, neresinden baksan olacak şey değil!

"Sonra sıra geldi hakaretlere. Sen istediğin kadar saçlarını tara, kim bakar sana. Otutup süsleneceğine adam olmaya bak, giyimle kuşamla adam olunmuyor ve işte buna benzer laflarla krize girmişçesine bağırdı çağırdı. O böyle bağırmaya başlayınca, beni nasıl bir titreme alıyor çocuklar, anlatamam. Bu sefer, ne orada öylece durup bel bel bakıyorsun, diye söylendi.

"Diyorum size, böyle bir anne olamaz. İşin kötüsü, babam da onun huyunu bilmesine rağmen, onu da öyle bir dolduruyor ki. Babam hem ondan yaka silkiyor, hem de onun doldurmasına gelip beni azarlıyor. Anlayacağınız, babamdan da destek alamıyorum."

Müjde konuşuyor, konuşuyor, içindekileri tümüyle dökmek istercesine konuşuyordu. Sonra sustu birden, derin bir nefes aldı, "Bakın," dedi, "ciddi ciddi evden kaçmayı düşünüyorum."

"Sakın ha," dedi Sude. "Kaçıp da nereye gideceksin?"

"Aman ne bileyim, gider parkta yatarım ya da şu plajda bir havluya sarılır, uyurum."

Bu kez Beste sarıldı ona. "Canım benim, evden kaçmak çözüm değil!"

"Peki, öyleyse ne yapmalıyım ben?" diyerek yine ağlamaya başladı.

Sude birden, "Ailede sana destek olabilecek birileri yok mu?" diye sordu.

Müjde şöyle bir düşündü. "Anneannemin benim durumuma üzüldüğünü biliyorum. Ayrıca anneannemle annem birbirine hiç benzemez. Nasıl böyle bir kadının böyle bir kızı olur, akıl alır gibi değil."

"Peki, ondan yardım isteyemez misin?"

"O, bazı olaylara şahit oldu ve beni korumak istedi. Annem de onu evden kovdu."

"Aman Allahım..." dedi Sude, ağzı açık kalmıştı.

"Onun için anneannemle de görüşmüyoruz diyebilirim."

"Oysa," dedi Beste yavaşça, "benim annem senin anneni sever, bayağı bir arkadaşlıkları var."

"Dışarıya çok iyidir. İki ruhlu gibi. Eşe dosta sor, bayılırlar ona. Ama evin içinde işte aynen böyle anlattığım gibi cehennem yaşatır."

Ava ilk kez konuştu.

"O zaman sen olduğunca ona bulaşmayacak, söyledikleri kulaklarını tıkayacaksın. Ve liseyi bitirir bitirmez, kapağı evden olabildiğince uzak bir şehre atacak, üniversiteyi orada okuyacaksın."

Bence süper bir mantıktı Ava'nınki.

Bir sessizlik. Sanırım herkes Ava'nın söylediklerini kafasında evirip çeviriyordu.

Derin derin içini çekti Müjdecik.

"Yani, daha tam üç yıl bu durumu çekmem gerek, öyle mi. Tam üç adet üç yüz altmış beş gün."

"Ah, canım," diye yine sarıldı Müjde'ye Beste.

Sude birden, "Sil gözlerini, bak Berk geliyor," dedi ve hemen Müjde'ye bir kâğıt mendil uzattı. Zavallım gözlerini kuruladı ama ağladığı o kadar belliydi ki. Kıpkırmızı gözler ve hüzünlü bakışlar.

Yazık ya bu kıza.

Berk, sabahın enerjisiyle dolu, "Bugün iyice kuytulara saklanmışsınız kızlar," dedi gülerek. Sonra birden gözleri Müjde'ye takıldı ve boynunda havlusu, öylece kalakaldı. "Ne oldu sana Müjde?"

Cevap vereceğine Müjde'nin dudakları titredi, gözleri doluverdi, konuşamadı.

Onun yerine Sude, "Evde yine tatsızlıklar olmuş," dedi, Müjde'ye yardımcı olmak istercesine.

"Hay Allah," dedi Berk ve usulca Müjde'nin yanına oturdu. Uzanıp Müjde'nin eğik başını okşadı. "Üzülme bir tanem," diye mırıldandı.

Öyle dokunaklı bir görüntüydü ki, inan arkadaşım, benim bile gözlerim doldu. Hepimiz etkilenmiştik, kimseden ses çıkmıyordu.

Berk'in o sevecen, o sevgi dolu dokunuşu, Müjde'ye bakışı hepimizi etkilemişti.

Belli ki Müjde'yi çok seviyordu Berk.

"Hadi biz bir boy yüzüp gelelim, Müjde sana olanları anlatır," dedi Sude ve anında hepimiz ayaklanıp denize doğru yollandık.

Daha sonra dayanamadım, dönüp baktım onlara. Yan yanaydılar. Berk kolunu Müjde'nin omzuna atmış, onu göğsünün üstüne çekmişti. Gözyaşlarını siliyor, saçlarını okşuyordu. Bu arada da bir şeyler söylüyordu. Müjde onu dinliyor, ara ara başını sallıyordu.

Bu olay hepimizi öylesine altüst etmişti ki bir süre hiç konuşmadan yüzdük.

Derken ufukta Kıvanç belirdi, Sude'nin yüzünde güller açtı. Ve de Ayşe'yle Zümrüt geldi. Onlar da o kötü olaydan sonra daha da sıkı kanka olmuşlar gibi. Her yere birlikte gidiyorlar. Ve –Ava takımıyla birlikte sökün etti. Atakan, Murathan ve Kayra!

Onların konuşmaları, gündelik, bildik şakalaşmaları bizi her zamanki keyifli havamıza döndürdü.

Öfff, ne kötüydü ama.

Ailemiz iyi olduğu için çok şanslıyız valla. Kimisinin de babası bir felaket. Mesela bizim sınıfta bir kız vardı, babası alkolikmiş. Evde terör estirirmiş. Bir gece bir sebepten kızına kızmış ve kızın tüm kitaplarını yırtıp yırtıp atmış. Böyle bir şeyi düşünebiliyor musun? Üstelik o arkadaşımız dünya tatlısı bir kızdı.

Ya Müjde'nin durumuna ne demeli? Aman, konuyu değiştirelim, daral geldi.

Ava, "Sıkı bir voleybol maçına var mısın?" der demez, hemen atladım, resmen atladım.

Ama biliyor musun, geçen gün ben sırf Ava'yı kızdırmak için öylesine Murathan sana yazılıyor, demiştim. Ama, baktım da, bugün Murathan hep Ava'nın yanındaydı. Hep ona laf atıyordu. Yok, o ne kurtarıştı, yok, bu da kaçar mıydı be Ava, gibi. Hatta bir ara Ava durup bana anlamlı bir bakış attı. Anlaşılan o da farkına vardı bu yeni ilginin. Sonra omzunu silkti, biz arkadaşız, bizden sevgili olamaz, dercesine. İyi de... Bazen düz arkadaşlıklar pekâlâ da romantik arkadaşlıklara dönüşebiliyor.

Değil mi ya?

Peki, ben bu yeni ilgi durumunu nasıl anladım?

Ermiş miyim acaba?

Attım ve de tuttum (galiba).

Eh, bu da ermişlik sayılırsa, ermişiz demektir.

Bu akşam ben bu ermişlik havasıyla onu nasıl da kızdırırım, nasıl.

Ve tam da bunları düşünürken Kayra, "Niye gülüyorsun kendi kendine," diye seslenmez mi.

Hemen toparlandım ve cevabı yapıştırdım. "Sana öyle gelmiş, o'luum."

Yaaa arkadaşım, bugün de böyle bir gündü.

Neler oluyor hayatta.

İstanbul'a gidince annemi de, babamı da kocaman öpeceğim.

Ve de onlar beni öpmek istediklerinde üfleyip itiştirmeyeceğim, bırakacağım beni öpsünler.

Umarım bu iyilik ve özverinin değerini bilirler!

Bugün ilk iş günümüzdü.

Neler yaptık, neler.

Zeynep Hanım bizi karşıladı.

"Ooo, bakıyorum eller kollar dolu," dedi. "Oysa ben de bir şeyler hazırlamıştım."

Sude atıldı.

"Çok teşekkür ederiz Zeynep teyze ama atıştırmalıkları biz, yani Beste, Müjde ve Öykü aramızda dönüşümlü olarak hazırlayıp getirmeye karar verdik."

"Ne güzel. Desenize çeşit çeşit kekler, kurabiyeler tadacaklar küçükler."

"Aynen öyle. Aslında biz mutfakta çalışmayı seviyoruz, bu da iyi bir bahane oldu."

"İyi ve yararlı," dedi Zeynep Hanım, yararlı sözcüğünün altını çizercesine sonra elimizdeki sepetlere baktı.

"Daha başka neler getirmişsiniz bakayım."

"Bunlar okumak için kitaplar. Önce gölgede kitap okuyalım, diyoruz. Bunlar da daha sonra boyama ya da resim yapmak için boyama defterleri ve kâğıtları. Şunlar da renkli kalemler, fosforlular."

"Harikasınız."

"Daha sonra," diye atıldı Ava, "düz beyaz tişörtler getireceğiz ve tişört boyatacağız onlara."

"Ne güzel etkinlikler. Fizyoterapistimle işim biter bitmez ben de sizlere katılacağım."

"Tabii bir de havuz etkinliklerimiz var," dedim, bu övgüler üstüne. "Havuzda jimnastik, havuzda top oynama, öylesine yüzme, filan."

"Serra da size katılabilir mi?"

"Ne demek!" diye bağrıştık bir ağızdan, "Serra bizim ev sahibemiz, onun tüm etkinliklere katılma hakkı var."

"Boncuk Göz de," diye ekledim hemen.

Sude bana tuhaf tuhaf bakınca, "Canım yani o da uslu bir izleyici olarak katılabilir, o manada söyledim," diyerek bir açıklama yapmak zorunda kaldım.

Evet, bugün Sude, Ava ve ben görevdeydik. Getirdiklerimizi yerleştirdik ve –konuklarımız birer ikişer anneleri ya da kardeşleriyle gelmeye başladılar.

İlk gelen Şevval'di, sekiz yaşında olan. Annesi şöyle çabucak ortamı inceledi, hazırlıkları görünce de yüzüne bir gülümseme gelip oturdu. Gördükleri onun memnun etmişe benziyordu.

Sude en büyüğümüz ya, hemen onun yanına gidip güya alçak sesle, "Valla Hızır gibi yetiştiniz çocuklar," dedi. "Yazın sonuna geldik ama bir de bana sorun nasıl geldik. Her gün, ama her gün, anne sıkılıyorum, anne sıkılıyorum. Şimdi hiç olmazsa haftada üç gün oyalanacak."

Sude, yüzünde kibar bir gülücük, başını sallayarak dinliyordu. Şevval'se yan yan annesine bakıyordu.

Şimdi... Şu söylediklerini hepimiz duyuyoruz, doğal olarak Şevval de duyuyor! Sevgili büyüklerimizin, bizleri, çocuklarını, duyma ve görme özürlü zannetmeleri kadar sinir bir şey olamaz!

Derken Asya ve Sungur kardeşler geldi. Asya altı, Sungur sekiz yaşında. Onları ağabeyleri getirdi. Hımmm, pek de hoş bir çocuktu. Tam kardeşlerini bırakıp çıkıyordu ki, gözü Sude'ye ilişti veee, "Bir süre kalıp izlememin bir sakıncası var mı?" dedi. Bizim Sude işin farkında değildi. O, çocuklarla tanışma, onları konuşturma derdindeydi.

"Tabii, elbette kalabilirsiniz," dedik hemen hep bir ağızdan. Boncuk Göz gözlemci olarak katılırken, çocukların ağabeyine mi hayır diyeceğiz, değil mi efendim?

Derken Alp, Murat ve Derin geldi. Derin'le Alp yedi, Murat'sa altı yaşında. Komşu evlerde oturuyorlarmış, onun için anneleri dönüşümlü olarak getireceklermiş. Ama tanıştığımız hangisinin annesiydi, şimdi anımsamıyorum.

Böylece takım tamamlandı.

Sude, "İlk saatimizi sıcak nedeniyle gölgede kitap okuyarak ve boyama yaparak geçireceğiz," dedi ve kafasına komik bir şapka geçirerek kitap okumaya başladı.

Daha sonra boyamalar, resim yapmalar ve nihayet havuz faslı.

Bir coşku, bir coşku.

Hele de erkek çocuklar görülmelere değerdi. Çıkıp çıkıp atlıyorlar havuza. Etrafa su atmalar, itişmeler, kakışmalar. Kızlar bağırıyor, biz ortalığı sakin tutmaya çalışıyoruz. Bir azgınlık ki bu kadar olur.

Tam biz durumu nasıl toparlayacağız diye düşünürken, bir de baktım, Asya'yla Sungur'un abisi, bermudasını çıkarttığı gibi havuza atladı ve "Arkadaşlar, bu böyle olmaz!" diye bağırdı. Bir an duruldular, o ise devam etti, "Haydi, top oynuyoruz. Sen şuraya, sen de buraya, arkama geç," diyerek havuzda bir düzen kurdu.

Baktım bizim Sude, ona teşekkür edercesine gülümsüyor. E, o da ona gülümsedi tabii. Ama Allahı var çok hoş çocuk, üstelik güler yüzlü, kasmıyor. Çocuklarla da tatlı sert güzel bir ilişki kuruvermişti. Bağrış çağrış sona ermiş, adam gibi oyun oynamaya başlamışlardı.

Bak arkadaşım, bu iş kolay görünüyor ama hiç de öyle değilmiş meğer.

Haaa, bu arada unutmadan çok önemli bir not. Çocuklar peş peşe havuza atlayıp ortalığı birbirine kattıklarında bizim Boncuk Göz'de bir heyecan, bir telaş. Havuz kenarında bir oraya koşuyor, bir buraya. Azgınlık yapanlara bir havlıyor, bir havlıyor.

Yüzünde de resmen sinirli bir ifade.

Ay, öldüm gülmekten.

Bi de şu çok hoşuma gitti. Serra en küçükleri ya, onun dibinden ayrılmıyor, onu koruyor âdeta. Bu kez de yüzünde, şu azgınlar bi gitse de biz de sakin, güvenli ortamımıza kavuşsak ifadesi.

Çok tatlıydı, çok.

Ve havuz eğlencelerini sonlandırmak için, "Haydi çocuklar, buyurun atıştırmalıklara," diye seslendi Sude. Havuz kenarındaki masanın üstüne, bademli kek, küçük sandviçler ve evde yapılmış limonatayı yerleştirmiştik. Beste'nin el marifetiydi hepsi.

Sude, bizim kibar ablamız, çabucak bir tabak hazırlayıp Asya'yla Sungur'un ağabeyine sundu.

Abi hemen ayaklara fırladı, gözler tam gaz Sude'de, tabağı aldı teşekkürlerle.

Ava'ya baktım, duruma uyanmış mı diye. Şöyle bir güldü bana. Sonra eğilip "Bizim Sude'yi görüp de beğenmeyen var mı?" dedi ve kaşlarını oynatmaya başladı.

Deli kız!

Derken efendim, bir de baktık, içeri kimler giriyor. Kayra'yla Murathan!

"Ooo," dedi Kayra, gözü masadaki yiyeceklerde, "tam vaktinde gelmişiz birader."

Murathan da, "Sizlere hayırlı olsun demeye geldik kızlar," dedi çapkın çapkın.

Sonra Ava'ya döndü.

Ava'ya!

Ve, "Ayrıca sana bir mesaj getirdim," dedi.

"Hayırdır," diye onu yanıtladı bizimki.

"Sedat abi sana sevgilerini iletmemi istedi ve herkes ayrılmadan, son kez plajda bir müzik etkinliği yapabilir miyiz, diye soruyor."

"Nasıl yani?"

"Sanırım geçen seferki gibi. Ama istersen bir uğra, konuş onunla."

"Tamam."

Bu arada çocuklar yeme içmeyi bitirmiş, çimlerin üstünde koşuşturmaya başlamıştı. Bu durumda, kalan kek ve sandviçleri bu iki delikanlıya ikram ettik.

Derken Zeynep Hanım göründü. "Kutlarım sizi çocuklar, yukarıdan izliyordum da, çok çok başarılıydınız. Küçükler bayağı iyi vakit geçirdi," dedi ve daha lafını tamamlamadan peş peşe anneler sökün etti. Çocuklar onlara doğru koştu.

Ben merak içindeydim.

Acaba ne diyecekler?

Eğlendiler mi? Sıkıldılar mı?

Bir daha buraya gelmeyelim mi diyecekler?

Oysa...

"Anne, n'olur biraz daha kalalım."

"Evet ya, n'olur biraz daha oynayalım."

"N'ooolur, n'ooolur."

Ava'yla birbirimize baktık.

Neler duyuyorduk. Bundan güzel bir şey olabilir miydi.

Nasıl mutluyduk, nasıl.

Sude'ye baktım, onun da yüzü gülüyordu.

Yorulmuştuk ama şu, *anne, n'ooolur* sesleriyle öyle bir ödüllendirilmiştik ki.

Bizim centilmenlere gelince, toparlanmamıza yardımcı oldular. Asya'yla Sungur'un abisi de Sude'nin yanından bir türlü ayrılamıyor, ona bir şeyler söyleyip duruyordu.

Tabii bu şamatada ne söylediğini duymuyorduk.

Sadece Murathan'ın Kayra'ya, "Abi, kim bu? Ne iş?" diye sorduğunu duydum. Kıs kıs gülmekten de kendimi alamadım. Şuna bak! Kendinden başka yakışıklı istemiyor etrafta. Yolda Kayra benim yanımda, Murathan'sa Ava'nın yanında yürüyordu. Sonunda Murathan dayanamayarak Sude'ye, "Kimdi o seninle konuşan?" diye sordu.

Sude, ona değil ortaya cevap verircesine, "Asya'yla Sungur'un abisi. Bize havuzda çok yardımcı oldu, değil mi çocuklar," dedi.

"Evet," dedik Ava'yla.

"Çocuklarla çok güzel bir diyaloğu var," diye devam etti Sude. "Onları kırmadan yönlendirebiliyor. Bir ara bayağı azmışlardı, hemen havuza girip durumu kontrol altına aldı. Bağırıp çağırmadan..."

"Tanışıyor muydunuz?"

E, yani, bak şu Murathan'a.

"Yooo," diye omzunu silkti Sude. "Daha önce hiç karşılaşmamıştık."

"Adı neymiş?"

"Bilmiyorum, sormadım."

"Peki, sana bir şeyler anlatıyordu ayrılmadan," dedi bu kez Kayra.

Ava artık dayanamadı. "Amma da meraklı tazelersiniz, sordunuz da sordunuz. Adam, kardeşlerini getirmiş ve de yardımcı olmuş. Ne var bunda merak edecek?"

Sude gayet sakin, bütün bu konuşulanları duymamış gibi, "Herhangi bir şekilde yardımcı olabilirse, memnuniyetle elinden geleni yapacağını söyledi," dedi.

Meraklı şövalyelerimize gelince, bize eve kadar eşlik edip üstelik sepetlerimizi taşıdılar.

Boşuna *şövalyelerimiz* demiyoruz onlara.

Biz de kibar kızlar olarak teşekkür edip sabaha görüşme dilekleriyle evimize girdik.

Şaka bir yana, çok iyi gitti yaaa...

Çocuklar memnun kaldı diye öyle seviniyorum ki.

Çünkü bu –bizim bu işi başardığımızı gösteriyor. Bir yandan giriştiğimiz işin altından kalkabilmiş olmanın keyfi, bir yandan da kazanılacak parayla, yani kendi emeğimizle, o zavallı hayvancıklara bir şeyler verebilecek olmamızın mutluluğu...

Çok iyi, çok.

İşte ben hep böyle iyi şeyler yapmak istiyorum.

İyi işler...

Biricik kızıcığımla konuştuk.

Nasıl da heyecanlıydı.

Günleri güzel geçiyor, iyi işler yapıyor.

Aslında bu onun sözleri.

"Anne, iyi işler yapıyorum," diyor. Bana barınak için yaptıkları çalışmaları anlattı. Çok hoşuma gitti, gurur duydum kızımla ama konuşmanın heyecanına kapılıp onunla ne kadar gurur duyduğumu söylemeyi unuttum.

Tam telefonu kapattık, farkına vardım.

Hemen aradım.

Ama –geç kalmışım.

Benim küçük kızım ya duşa girdi, ya telefonunu bir yerde bıraktı. Ben de, içimden, zaman zaman o çok kızdığım teknolojiye bu kez teşekkürler ederek Whatsapp'tan mesaj yolladım. "Seninle gurur duyuyoruz canım kızım," yazdım ve bol bol öpücükler ve alkışlayan eller gönderdim.

Çünkü kızımız pek de alıngandır aynı zamanda.

"Sana o kadar anlattım, sense bir aferin bile demedin," diye hesap sorar sonra.

Ama o her şeyi unutur, o başka.

O unutabilir ama ben, bizler unutamayız, unutmaya hiç hakkımız yoktur!

Evet, ne diyordum –sesi mutluydu kızımın. Bıraksan bir ömür Çeşme'de yaşayacak, buralara dönmeyi ağzına bile almayı istemez bir hâli var.

Hiç özlemiyor sanki.

Sonra düşünüyorum da, ne kadar haksız bir rekabet bu.

Orada tatil yaşıyor.

Deniz, güneş, arkadaşlar, eğlence.

Buradaysa...

Okul! Dersler! Kurslar!

Sabahları erken kalkış!

Geceleri geç saatlere kadar ders çalışma. Stres!

Yağmurlu hava, erken kararan gökyüzü ve de anne baba kuralları!!!

Anne baba olmanın getirdiği sevimsiz durumlar.

Yapılması gerekenleri hatırlatmak, kendini koruması konusunda uyarılarda bulunmak.

Ve daha bir sürü şey.

Bunları yaparken ne kadar itici olduğumun farkındayım.

Öte yandan, dediklerimi yapmazsam, annelik görevimi yerine getirmemiş, kızımı hayata yeterince hazırlamamış gibi hissediyorum.

Ne yaman çelişki.

Ve böylesi durumlarda hep anacığımın şu sözleri kulaklarımda çınlıyor.

"Bir ebeveyn, evladının iyiliği için, zaman zaman popüler olmamayı göze alabilmelidir."

Zavallı anneciğime neler neler söylemiştim, Selin'in yaşındayken. O ise nasıl da sabırla her şeyin üstesinden gelmişti ama beni yetiştirirken kurallarından da taviz vermemişti.

Yine benim iyiliğim için.

Üstelik o tek başınaydı, yanında eşi yoktu bu sorumluluklarla boğuşurken.

Şimdilerde onu çok iyi anlıyorum.

Ve ona minnettarım.

Akşam dayanamayıp Özgür'e dertlendim biraz.

"Kızımız bizi hiç özlemiyor, dedim. "Onun o, anneciğim, anneciğim diye eteklerimden ayrılmayan hâlini bir özlüyorum ki."

Dokunsalar ağlayabilirdim.

Özgür'se çok güldü bu hâlime.

"İlahi Serra, senin gibi akıllı bir kadına yakıştı mı şimdi bu laflar. Kızımız büyüyor, dolayısıyla giderek kendi hayatını kurmayı öğreniyor. Yeni arkadaşlar ediniyor, yeni duygular yaşıyor, o şimdi bunlarla baş etme çabasında. Merak etme, o hâlâ seni de, beni de, tüm ailesini çok seviyor. Ama kızımız hayatının bu döneminde birey olma gayretinde. Sen değil miydin, kızımın kendi ayakları üzerinde durabilen güçlü bir kadın olmasını istiyorum diyen?"

"Evet," diye başımı salladım, "ama onu çok özlüyorum. O ise sanki beni hiç özlemiyor."

Bir kahkaha attı Özgür ve gelip yanıma oturdu, kolunu omzuma atıp beni sardı.

"Şu hâline bak. Ağladı, ağlayacaksın."

"Ağlarım valla," dedim, burnumu çekerek.

"Bak sana şunu sorayım, sen o yaşlardayken annenle mi olmak isterdin, arkadaşlarınla mı? Ama düşün ve dürüstçe cevap ver."

Şöyle bir düşündüm. "Annemi çok severdim de, değil beraber olmak onunla görünmek bile istemezdim. Hep arkadaşlarım, hep arkadaşlarım. Okulda sürekli onlarla olmama karşın, eve gelir gelmez telefonun başına geçer, saatlerce konuşurdum arkadaşlarımla."

"Evet, annenin yanındayken bile arkadaşlarınla vakit geçirmeyi yeğliyordun, öyle değil mi?"

"Evet."

"Gördün mü bak... Peki, anneni sevmediğin için mi tüm zamanını arkadaşlarına ayırıyordun?"

"Yoook!" diye bağırdım. "Elbette annemi çok seviyordum. Benim için ondan değerli kimse yoktu hayatımda. Ona bir şey olacak, hastalanacak diye aklım çıkardı."

"İşte senin kızın da seni aynen böyle seviyor. Sana bir şey olsa, onun da aklı çıkar. Öte yandan, az önce dediğim gibi, bu onun kendi kişiliğini bulma dönemi, bir arayış evresi. Onun içinde fırtınalar kopuyor şimdi. Zaman zaman da kendi kendiyle kavgalı, dolayısıyla nedensiz yere sinirli oluyor. Tabii hormonal değişimi de göz ardı etmemek gerek, o da bu yaştakileri sinirli yapıyor. Bir gün mutlu, bir gün mutsuz olmalarının bir nedeni de bu hormonal değişimler. Aslında ben bunları sana ne diye anlatıyorum ki, sen benden iyi biliyorsun."

"Haklısın," dedim, "biliyorum. Biliyorum da elimde değil, beni, bizi sevsin, bizlerle mutlu olsun istiyorum."

"Merak etme," diye gülümsedi Özgür. "Kızımız seninle, bizimle mutlu ama bu günlerde biraz daha sabırlı olmamız gerek. Fırtınalı bir dönem, bu dönem."

"Anneme sordum. Dedim ki, anneciğim sen bu yollardan geçtin, bana ne önerirsin?"

"Ne dedi?"

"Sana önerim, sabır, sabır, sabır. Olabildiğince sabırlı ol, düzeltmesini istediğin davranışlarını onu kırmadan söyle çünkü pek çok olay unutuluyor ama dil yarası, yani yaralayıcı sözler unutulmuyor. Öfkene kapılıp onu incitecek biçimde konuşur, gururunu kırarsan, bunu unutmaz. Kaç yaşına gelirse gelsin unutmaz, dedi."

"Çok doğru söylemiş," dedi Özgür. "Babam bir kez, bir tek kez beni haksız yere azarlamıştı. İnanır mısın, koca adam oldum, babam da gerçekten iyi bir babaydı ama o olayı hâlâ unutamam."

Sonra, yanağıma bir öpücük kondurdu. "Hadi bırak bunları, sonuçta harika bir kızımız var. Eh, biz de anne baba olarak fena sayılmayız. En azından elimizden gelenin en iyisini yapmaya çalışıyoruz. Bundan sonrasını hayat ve koşullar belirleyecek, bizim de bunları kabullenmeyi öğrenmemiz gerek. Tıpkı bizim anne babalarımızın öğrendikleri gibi."

Şöyle bir durdum, Özgür'e baktım.

"Hayırdır..." dedi.

"Acaba senin kadar anlayışlı kaç baba vardır."

"Milyonda bir," diyerek bir kahkaha attı.

"Şaka yapmıyorum, çok ciddiyim ve sana hayranım. Gerçekten kaç baba vardır senin kadar olgun ve sevecen?"

"Hadi, hadi, giyin," dedi, "gidip seninle Boğaz'da şöyle bir balık keyfi yapalım."

Sonra da göz kırparak "Hem hâlâ bana sürprizimi söylemedin. Daha ne kadar sürecek bu gizemli durum?" dedi.

"Az kaldı," dedim ve ekledim, "Hem söylersem, sürprizi mi kalır?"

Hazır baş başayız diye bir plan yapmıştım.

Özgür'e bir sürpriz.

Özel bir sürpriz.

Hazırlıklar devam ediyor.

Az kaldı.

Selin dönmeden gerçekleşmesi gereken bir sürpriz bu.

Onu da gerçekleştirdikten sonra yazacağım.

Şok! Şok! Şok! Der ya magazin programları, durum şu an Çeşme'de aynen öyle.

İnanamıyorum!

Sadece ben mi, kimse inanamıyor.

Herkes şokta.

Böyle olayları duyarız.

Okuruz.

Ama çevremizde...

Bizim çevremizde olmaz.

Olamaz.

Ne mi oldu arkadaşım?

MÜJDE - EVDEN - KAÇMIŞ!

İnanabiliyor musun?

Resmen evden kaçmış!

Aslını istersen böyle laflar ediyordu.

Bıktım bu ortamdan, diyormuş.

Babam bana hiç yardımcı olmuyor. Olmadığı gibi zaman zaman annemin etkisinde kalıp beni azarlıyor, diyormuş.

Her gün, acaba bugün hangi konuda sorun çıkacak, diye beklemekten bıktım. Stresli yaşamaktan bıktım, diyormuş.

Sevgisiz ortamdan sıkıldım, diyormuş.

Abimi de, anneannemi de uzaklaştırdı, beni iyice yalnızlaştırdı, diyormuş.

Bir gün bile olsun sarılıp beni öptüğünü, başımı okşadığını bilmem, diyormuş.

Üfff, say say bitmiyor zavallı kızın yakınmaları.

Olayı duyar duymaz toplanmıştık. Ve işte arkadaşlarına bu cümlelerle yakınıyormuş.

Beste, Sude, Öykü anlatıyordu.

Hepsi şaşkın, hepsi üzgündü.

Beste, "Annesi olayın farkına varınca, ilk yaptığı ne olmuş, biliyor musunuz?" dedi.

"Ne yapmış?"

"Ne polise gitmiş, ne babasına haber vermiş."

"Babası evde yok muymuş?"

"Yokmuş! Herhâlde yine kavga ettiler, adam da evi terk edip gitmiş olmalı."

"Peki, ne yapmış?"

"Dosdoğru Berk'lerin evine gitmiş ve orada avaz avaz bağırmaya başlamış. Kızımın bu evde olduğunu biliyorum. Derhâl kızımı vereceksiniz yoksa sizi dava edeceğim, sürüm sürüm süründüreceğim, diye tehditler savurmuş."

"Ne korkunç," diye elleriyle yüzünü kapattı Sude. "Bu kadın normal olamaz, kesinlikle hasta, tedavi olması gerek."

"Tamam da," diye devam etti Beste, "sen bir de Berk'in annesiyle babasının düştüğü durumu düşün."

"Eee, sonra ne olmuş?"

"Berk'in annesi sinirlenip ona cevap vermeye çalışmış ama babası hemen devreye girmiş. Önce kendi eşini susturmuş, sonra Müjde'nin annesinin koluna girmiş..."

"Ne," dedi Ava, "onca hakaretten sonra koluna mı girmiş?"

"Anlaşılan Orhan amca, durumdaki anormalliği görüp ona göre davranmış. Sitare teyzenin koluna girip gel bak, demiş, seninle bütün evi dolaşacağız, odalara tek tek bakacağız."

"Sanki bu bir korku filmi ve biz de o filmi izliyoruz," dedi Sude, sesi titriyordu.

"Gerçek olamayacak şeyler bunlar."

"Ne yazık ki gerçek," dedi Beste.

"Peki sonra ne olmuş?"

"Orhan amca sakin sakin konuşarak Sitare teyzeyi eve sokmuş, odaları teker teker gezdirmiş. Evin her tarafını, bahçeyi, terası göstermiş. Bak, gördün mü, Müjde burada yok, ama eminim, her neredeyse çıkıp gelecektir, diye teselli etmeye çalışmış."

"İşe yaramış mı bu yaptıkları?"

"Önce yaramış gibi. Biraz sessizleşmiş Sitare teyze ama sonra..."

"Eyvah! Gerisini duymak istemiyorum," dedi Öykü.

"Belki de gidip Berk'le evlendiler, diye feryat etmiş."

"Haydaaa..." dedi Kayra.

"Bunun üzerine Orhan amca, ama bak, Berk burada, işte karşında duruyor, demiş. Hem onlar isteseler bile evlenemezler çünkü yaşları küçük. Daha on sekiz bile değiller, evlenemezler, deyince kadın bu kez ağlamaya başlamış, ben kızımı istiyorum, diye."

"Ay yani... Bu durumda Orhan amcayla Dilek teyzeye mi daha çok acıyorum, Sitare teyzeye mi bilemedim," dedi Öykü.

"Anlaşılan Sitare teyzenin durumu ciddi."

"Peki, ne yapmış Orhan amca?" diyerek söze karıştı Atakan.

"Onlar Sitare teyzeyle uğraşırken, Hüsnü amca kapıda belirmiş. Meğer evdeki yardımcıları durumu görünce Hüsnü amcayı aramış. O da her neredeyse atlayıp gelmiş."

"Anlaşılan yakınlarda bir yerlerde kalıyormuş, yoksa bu kadar çabuk nasıl gelsin," dedi Ava.

"Müjde'nin anlattıklarına bakılırsa, adam sadece evden uzakta olmak istiyor, Çeşme ya da İzmir'den değil."

"Neyse işte... Gelmiş, karısını teselli etmeye çalışmış, daha doğrusu sakinleştirmeye gayret etmiş. Dilek teyze bir çay koymuş, oturup hep birlikte çay içmişler."

"Bu da oldu mu sana absürt komedi," dedi Murathan.

"Ne yapsınlar. O anda tek düşünce Sitare teyzeyi sakinleştirip Berk'lerin evinden çıkarmak ve kendi evine götürmek."

"Ve bu arada," dedi Öykü, "kimsenin Müjde'yi aradığı yok. Ona ne oldu acaba diye soran yok."

Öykü'nün bu sözleri üstüne bir sessizlik oldu.

"Sahi," dedi Kayra, "kızcağız nerelerde acaba?"

"Sakın... sakın..."

"Ne diyeceksen de Atakan. Ne var dilinin altında?"

"Sakın intihar etmiş olmasın. Kaldırıp kendini denize filan atmış olmasın."

"Oha!" diye bağırdı Murathan. "Hani sen de durdun durdun öyle bir laf ettin ki."

"Ama bazen bu kadar üzgün olanlar..." diye kekeledi Atakan.

"Yok ya! Müjde öyle saçmalıklar yapmaz. Kesin yapmaz!"

Ama...

Atakan'ın bu sözleriyle hepimizin kafasında bir soru işareti belirmişti bile.

Of, düşüncesi bile korkunç.

Yine bir sessizlik oluştu.

Hepimiz düşünüyorduk.

Sonra Kayra, "Sahil Güvenlik'e haber versek," dedi ve hemen ekledi, "Bakın arkadaşlar, ben de Murathan gibi düşünüyorum, Müjde böyle bir şey asla yapmaz ama," şöyle bir durdu sonra devam etti, "hani hepimizin kafası rahat olsun diye söylüyorum, çıkıp bir baksalar."

"Bence iyi fikir," dedi Sude. "Baksana, herkes Sitare Hanım'la meşgul, kimsenin Müjde'yi aradığı yok. Bari biz bir yerlerden başlayalım."

"Hadi gidelim," dedi Atakan. Kayra'yla Murathan da ayaklandılar.

"Hepiniz mi gidiyorsunuz," diye sordu Sude.

Kayra da, "Belki her birimizin ayrı bir yere dağılması gerekebilir. Sizler de Müjde'yle ilgili bir haber alırsanız bize bildirin," dedi ve bunlar fırlayıp gittiler.

Bizse şaşkın şaşkın, ne yapabiliriz diye düşünüyorduk.

"Ah, Müjde, ah," diye söylendi Sude. "İnsan hiç olmazsa, beni merak etmeyin, şuradayım diye bir haber iletir. Düşündükçe aklıma kötü şeyler geliyor."

"Kim bilir nasıl bir ruh hâlinde evini terk etti," dedi Beste. "Bizi düşünecek hâli mi vardı."

"Hatırlıyor musunuz, bir seferinde evden kaçacağım demişti."

"Evet," dedi Sude. "Ben de sakın öyle bir şeye kalkışma demiştim."

Dayanamadım, söze karıştım.

"Ava da ona şimdilik dişini sık, üniversite için en uzak şehri yazar, gidersin buralardan gibi laflar etmişti."

"Anımsıyorum," dedi Beste. "O da, yani tam üç yıl sonra. Tam üç adet, üç yüz altmış beş gün sonra, demişti." Acı acı güldü. "Günleri sayıyordu anlaşılan ve sonunda dayanamadı."

"Sağ salim onu bulalım da," diye mırıldandı Öykü, "başka bir şey istemiyorum."

"Peki, biz böyle oturacak mıyız?"

"Ne yapabiliriz ki Beste?"

"Bence herkes tanıdıklarını arasın ve Müjde'yi görüp görmediklerini sorsun."

"Ama bu, olayı tüm Çeşme'ye yaymak gibi olmaz mı?"

"Olsun Sude! Zaten kötü haber tez yayılır diye bir söz vardır. Nasıl olsa hemen duyulacak. Ayşe'nin olayı nasıl da yıldırım gibi duyulup yayılmıştı. Belki biri Müjde'yi de bir yerde görmüştür, biz de gider alıp getiririz."

"Tamam, o zaman."

Böylece dağıldık. Zaten öğlen olmuştu.

Eve geldiğimizde, teyzem ve arkadaşlarının çoktan her şeyden haberdar olduklarını gördük.

"Polise gitmişler," dedi teyzem, "ama yirmi dört saat geçmeden kişi kayıp ilan edilemiyormuş. Onun için ciddi bir araştırmaya giremiyorlarmış."

"Ama nasıl olur!" diye bağrıştık bir ağızdan. "Yirmi dört saatte neler olur neler."

"İyi de, karakoldakiler bunlar gençtir, böyle çok ihbar oluyor ama birkaç saat içinde o genç çıkageliyor, merak etmeyin, demiş."

"Oh, ne güzel," dedi Ava. "Acaba kendi çocukları yok oluverse böyle serin durabilirler mi çok merak ediyorum doğrusu."

Anneannem, "Umarım Müjde'nin babası da artık başını kuma gömmekten vazgeçer de, şu işi ciddi biçimde ele alır."

"Nasıl yani?"

"Sırmacığım, adamın karısı hasta. Bu, çok açık. Hiçbir aklı başında anne böyle davranmaz. Belli ki hasta bu kadın, ciddi bir tedaviye ihtiyacı var. Öyle, bıktım dırdırından deyip, bırakıp gitmekle çözülecek sorun değil."

"Ama Hüsnü de ne yapsın teyzeciğim? Adam cehennem hayatı yaşıyor."

"İyi de, en azından kızını düşünmesi gerek. Yoksa o kızın da ruh sağlığı bozulacak."

"Zaten ağabeyi çoktan evi terk edip gitmiş," dedi Sude.

"Bak, gördün mü? Çocuklarının hayrına karısıyla ciddi biçimde ilgilenmesi gerek. Alıp bir doktora götürmeli en azından."

"Bunlar zor işler teyzeciğim."

"Ben de kolay demiyorum zaten," dedi anneannem ve ekledi, "ama biliyor musun, başa gelince de pekâlâ çekiliyor. Ne doğru atasözlerimiz vardır. Başına gelince ne yapacaksın? Elinden geleni mecburen yapacaksın."

"Haydi," dedi teyzem, "konuyu değiştirelim. Müjde'nin bir an önce bulunacağına inanarak iyi düşünelim ki," dedi ve anneanneme bakarak "iyi olsun," gibi bir başka atasözüyle, lafını bağladı.

Yemekten sonra odalarımıza çekildik.

Aşağıdan teyzemin sesi geliyor.

Sürekli telefonlaşıyorlar arkadaşlarıyla. Tüm teyzeler seferber.

Sitare teyzeye (laf aramızda, onun ve diğer bilumum teyzelerin adlarını bu olay nedeniyle öğrenmiş bulunuyorum) sakinleştirici bir iğne yapmışlar, uyuyormuş.

Böylece Müjde'nin babası artık Müjde'ye odaklanabilmiş vaziyetteymiş. Oğlunu da yardıma çağırmış. O da, hemen geliyorum demiş.

Bunlar son haberler.

Yani aileden.

Ama Müjde'den hiçbir haber yok.

Hâlâ yok.

Yok!

Ve ben...

İşte buna çok şaşacaksın arkadaşım.

Ne yaptım, biliyor musun?

Söyleyeyim de sen de şaş.

Şaş da kal.

Annemi aradım!

Evet, yaaa.

Resmen annemi aradım.

Hem de işinden, ki, ben onu çok çok önemli olmadıkça işinden aramam.

Sesimi duyunca şaşırdı tabii.

"Selinciğim, canım benim," der demez, bende bi ağıt, bi ağıt.

Annemin sesini duydum ya, nasıl ağlıyorum, nasıl.

Durduramıyorum kendimi.

Annemse, "Yavrum, canım benim, ne oldu, anlat bana," deyip duruyor. O böyle söyledikçe ben daha beter ağlıyorum.

Hıçkıra, hıçkıra.

"Lütfen... Lütfen Selinciğim, biraz sakin ol ve bana neler olduğunu anlat. Bak, çok merak ettim şimdi seni, lütfen," deyip duruyordu.

Kendimi tutamıyordum ki.

Sonunda gerçekten gayret ederek biraz sakinleştim. "Beni merak etme, ben iyiyim," diyebildim çünkü o hemen en kötü senaryoları yazar.

"Sen böyle ağlarsan ve de bana ne olduğunu anlatmazsan ben nasıl merak etmem. Hadi kızım, anlat bana bi tanem."

"Müjde evden kaçmış! Arıyorlar ama yok, yok, hiçbir yerde yok," dedim ve bir kez daha hıçkırıklara boğuldum.

"Ne? Müjde evden mi kaçmış? Sakın bir yanlış anlama olmasın. Emin misin?"

Annem bile inanamamıştı duyduklarına.

Sonunda biraz açıldım da, anneme bu sabahtan beri olup bitenleri anlattım.

"Vah, canım benim, tevekkeli değil sinirlerin bozulmuş. Ben de çok üzüldüm, hay Allah," deyip duruyordu. Sonra birden, "Oraya gelmemi ister misin Selinciğim. Ha? Ne dersin? Hemen atlarım bir uçağa gelirim, hem de birlikte vakit geçirmiş oluruz," dedi.

"Sakın!" diye bağırdım. "Anne bak, sakın gelmeye kalkma."

Duruma bakar mısınız?

Annem gelse, hem de böyle bir nedenle.

Karizma ne biçim çizilir.

Arkadaşı kaçmış, ortalarda yok, herkes onun telaşında. Bu da tutmuş anacığını aramış, ağlamış inlemiş, kadıncağız da agucuk bebeğini teselli etmek için İstanbul'lardan kalkıp gelmiş.

Düşüncesi bile felâket.

Durdum, bi daha tekrarladım,

"Anne, sakın gelme. Bak, çok tuhaf olur."

"Tamam, tamam," dedi. "Anladım, karizma çizilmesin, değil mi?"

Hemen de her şeyi anlar.

"Neyse ne," dedim.

Annem hemen vites değiştirip üstüme varmayı bıraktı.

"Bak canım, hiç merak etme, onu mutlaka bulacaklardır. Ya da kendisi her neredeyse çıkıp gelecektir."

"Anne?"

"Efendim."

"Şeyyy..."

"Selinciğim, bir şey soracaktın sanki?"

"Evet."

"E, sor öyleyse."

"Anne, ölmemiştir değil mi?" dedim ve anında yine gözyaşlarım akmaya başladı. Konuşamıyordum bile.

"İlahi, bunu da nereden çıkarıyorsun. Onun annesiyle olan sorunlarını biliyoruz. Sanırım fazla gerildi, kafasını dinlemek için bir yerlere gitti."

"Ama hâlâ yok," dedim hıçkırıklar arasında.

"Bak sana ne diyeceğim, senin o çılgın teyzenin de ne maceraları oldu, kaç kere benim yüreğimi hoplattı ama Allaha şükür bak hepimiz hayattayız. Aklına böyle şeyler getirme, iyi şeyler düşün."

"İyi şeyler düşüneyim ki iyi olsun, değil mi anne?"

"Aferin benim kızıma. Ne de güzel sözler bilirmiş."

Onun bu güçlü sesi, gülüşü...

Duymasın ama bana da güç vermişti. Ve şöyle bir düşünce.

Canım, durum gerçekten kötü olsa, annem böyle konuşmaz, böyle davranmazdı.

Demek ki korkmama gerek yok.

O ise hâlâ konuşuyordu. "Hadi bakayım, sen benim güçlü kızımsın. Hiç merak etme, arkadaşınız çok yakında sapasağlam sizlere katılacaktır."

Öylece durmuş, annemi dinliyordum.

Onun sesini içiyordum sanki.

Ben sessiz kalınca, bu kez, "Orada mısın Selin?" diye sordu.

"Evet anneciğim, seni dinliyordum."

"Tamam mı canım? Sormak istediğin, aklına takılan başka bir şey var mı?"

"Yok," dedim içimi çekerek. Bayağı sakinleşmiştim.

"İyi, hadi o zaman yine konuşuruz. Ben akşama ararım."

"Tamam."

Sonra birden, "Anne," dedim.

"Efendim Selinciğim?"

"Sağ ol."

"Canımsın," dedi ve telefon konuşmamız sona erdi.

Kendime şaşıyorum arkadaşım.

Sorgulayarak düşünme konusunda öğretmenimizin söyledikleri geliverdi yine aklıma. Hani, kendinizi tanımak için sorular sorun diyordu ya. Ben nasıl bir insanım, zayıf yanlarım ne, güçlü yanlarım ne, gibi.

İşte bu olayda ben ne yapmıştım?

Annemi aramıştım.

Sesini duyunca, korkularımı açık edercesine, boşanıp ağlamıştım.

Sonra da, onun sözcüklerinin bana verdiği güvenle toparlanmıştım.

Demek ki, hâlâ en büyük desteğim –annem.

Ve demek ki sorunlarımı daha kendi başıma çözemiyorum.

Bu, bir.

İkincisi, zavallı Müjde'den çok daha şanslıyım çünkü böyle bir annem var. Ve tabii babamı da katmalıyım. Aslında annemle bol bol çatışıyoruz, babamlaysa aram daha iyi. O, annem kadar vıdılamıyor!

Doğruya doğru.

İşte kendimle ilgili, bu olay nedeniyle zihnimde beliren sorular ve yanıtları...

Ve... ve... ve...

Allahım ne olur, Müjde artık bulunsun.

Sağ salim bulunsun.

Çok üzülüyorum.

Meğer neler olmuş, neler.

Hem de burnumuzun dibinde.

Ama hiçbirimizin ruhu duymamış.

Bütün bunları sana anlatabilmem için tam iki gün geçmesi gerekiyormuş.

İki sancılı gün.

Hepimiz meraktan öldük, öldük.

Ama sonuç süper olunca tüm sıkıntılar unutuldu.

Bak şimdi, anlatıyorum.

Bu sabah yine kalkmış, kös kös kahvaltı masasına oturmuştum ki, içeriden bir çığlık.

Sude'nin sesi!

"İnanmıyorum!"

Bir anlık sessizlik ve yine, "İnanmıyorum!"

Ne oluyor diye koştum içeri. Ava da merakla merdivenlerden iniyordu.

Sude elinde telefon, bize baktı.

"Arayan Müjde!" diye bağırdı.

Anında ikimiz de Sude'nin dibinde bittik.

"Müjde mi?"

"Bulunmuş mu?"

"Ne diyor? Ne diyor?" diye bir yandan sorular yağdırıyor, bir yandan da el ele vermiş zıp zıp zıplıyorduk.

Sude susmamız için işaret edince hemen durduk. Sude, her sözcükte kafasını sallaya sallaya konuşuyordu.

"Evet! Evet! Tamam canım, tamam."

"Ne bu yaaa, emme basma tulumba gibi kafasını sallaya sallaya konuşuyor bu," dedi Ava.

"Sus," diye fısıldadım. "Baksana ne kadar heyecanlı."

Sude telefonu kapatır kapatmaz üstüne atladık kızın.

"Neredeymiş?"

"Ne olmuş?"

"Ne diyor?"

"Bir dakika durun çocuklar, bir soluklanayım." Elini göğsüne koymuş, derin derin nefes almaya çalışıyordu.

"Sakın kalp krizi geçireyim deme. Bir de seninle uğraşmayalım," dedi Ava.

Gel de gülme.

Sonuçta Sude kendini toparladı. Onun sakinleştiğini gören Ava, "Dökül bakalım sevgili ve de değerli ablacığım," diyerek bir an önce konuya girmesini sağladı.

Şaka değil, meraktan ölüyorduk.

"Müjde şu anda Ilıca Otel'deymiş."

"Vaaay..."

"Ve bizleri, yani en yakın dostlarını bekliyor."

"Ilıca Otel'de mi bekliyor?"

"Evet Avacığım."

"Vay be, iş giderek ilginçleşiyor."

Sude kardeşini duymazlıktan gelerek devam etti, "Konuyu dallandırmayalım, dedi."

"O da ne demek şimdi?

Sabırlı olmaya çalışarak kardeşini cevapladı Sude. "Yani herkesler duysun istemiyor, anlamında."

"O-hooo, onun evden kaçtığını sağır sultan bile duydu."

"Ay, Ava! Evet, sağır sultan bile duydu ama Müjde onun bizimle buluşacağının bilinmesini istemiyor. En azından şu ara."

"Tamam, mesaj alınmıştır."

"Şükürler olsun," diyerek gözlerini devirdi Sude. "Şimdi benim Beste'yle Öykü'yü aramam gerek."

"Biz de gelecek miyiz?"

Bir an düşündü Sude.

Meraktan ölüyorduk ve Müjde'yi dinlemek için neler vermezdik. Sude bizim bu yalvaran bakışlarımız karşısında durdu, durdu, "Tamam, gelebilirsiniz," dedi. "Az mı üzüldünüz siz de."

"Tabii ya," dedi hemen Ava, Sude'ye sarılıp. "Büyüksün be sevgili ve de değerli ablacığım."

"Şimdi nerden çıktı bu sevgili ve değerli ablacığım sözleri?"

"Bir gazetenin ekinde okudum. İnsanlarla onların hoşuna gidecek biçimde konuşursanız, hayatta başarılı olur, pek çok konuda amacınıza ulaşırsınız diye yazıyordu."

"Sen de şimdi bunu mu uyguluyorsun?"

"Öyle de denebilir."

Bu Ava gerçekten bir âlem.

"Ve son bir soru, değerli ablacığım."

"Sor bakalım."

"Neden o çıkarcı, iki yüzlü, bencil Öykü'ye de haber veriliyor? Silkelesenize artık şu kızı grubunuzdan."

"Avacığım, onunla benim aramdaki mesele başka, bu olay başka. Burada söz konusu, Müjde. Ve onun da en az benim kadar Müjde'yi görüp dinlemeye hakkı var. Ayrıca, Müjde'yle onun arasında bir sorun yok."

Ava oflayarak başını öbür tarafa çevirdi. Hiç de tatmin olmuşa benzemiyordu.

Sonuçta, saat on bir gibi Ilıca Otel'in lobisindeydik. Tabii ki teyzeme nereye, neden gittiğimizi bildirerek.

Sude, Müjde'yi aradı, o da bizi odasına çağırdı. Böylece heyet hâlinde odasına çıktık.

Kapıyı açıp da bizi karşısında görünce ağlamaya başladı. Bunlar hemen birbirlerine sarıldılar, yumak olmuşlardı sanki. Bizse kenarda büzülmüş, izliyorduk ama benim de gözlerim yanmaya başlamıştı bile.

Sonra bir ses.

"Hadi yavrum, al arkadaşlarını içeriye."

Böylece ağır adımlarla, sessizce odaya geçtik.

Müjde, Ava'yla beni de aynı sıcaklıkla kucakladı.

Nasıl zayıflamış şu bir iki günde.

Yüzü bembeyaz.

Ve odada bir hanım.

Yaşlıca, bembeyaz saçlı, çok hoş bir hanım.

Soylu bir duruşu var, sakin.

Müjde'ye ne kadar da benziyor, diye düşündüm bir an. Sonra düzelttim kendimi, esas Müjde, bu hanıma ne kadar da benziyordu.

"Ben Müjde'nin anneannesiyim çocuklar. Adım Aliye. Hepiniz hoş geldiniz. Şimdi ben biraz lobiye ineceğim, sizler de burada arkadaşınızla rahat rahat konuşursunuz." Müjde'ye döndü. "Arkadaşlarına bir şeyler ikram et, e mi canım?"

Böylece bu asil hanım ağır adımlarla çıkıp gitti. Müjde hemen hepimize içecekler ısmarladı, hem de odaya servis şeklinde. Ava'yla *vay be* dercesine birbirimize baktık.

Sonuçta içecekler geldi, servis bitti ve –sessizlik. Belli ki Müjde nasıl söze gireceğini bilemiyordu.

Yardım Beste'den geldi. "Bize neler olup bittiğini anlatmayacak mısın?"

"Anlatacağım," dedi Müjde. "Zaten sizleri buraya onun için çağırdım."

"Seni çok merak ettik Müjde, çok korktuk."

"İnanın, herkesi bunca telaşlandırdığım için çok çok üzgünüm ama –çaresizdim."

"Peki, babanla konuştun mu?"

"Hayır."

Sonunda durumu Sude toparladı.

"Müjdeciğim, hadi sen şu yaşadıklarını en baştan alarak anlat bize."

Değil mi ya...

Bırakın kız anlatsın kendi hikâyesini.

"Annem yine çok saçma bir nedenle bana bağırıp çağırmaya başladı. İnanın, şu an sebebini bile anımsamıyorum. Ben kendimi savununca büsbütün çıldırdı, eline ne geçerse savurmaya başladı. Onun o hâlini görünce, beni yine bir titreme aldı ama nasıl... Dişlerim bile takırdıyordu.

"Ve –artık gözüm hiçbir şeyi görmedi. Sadece bütün bu bağırtıdan uzaklaşmak istiyordum. Kapıyı açıp dışarı fırladığımı hatırlıyorum. Uzaklaşmak, gitmek, gitmek istiyordum. O ise terasa çıkmış bağırıyordu, gel buraya, gel buraya diye avazı çıktığı kadar bağırıyordu. O bağırdıkça, ben daha hızlı koşuyordum. Hani kâbus görürsün ya, aynen öyle. Koştum, koştum, koştum. Sonunda olduğum yere yığıldım, artık koşacak hâlim kalmamıştı.

"Biraz sonra biri geldi yanıma, bacım, iyi misin, deyip duruyordu. O zaman başımı kaldırıp baktım ki, Çeşme'nin dış taraflarına gelmişim, merkezden uzaklaşmışım. Hani o yeni villalar yapılıyor ya, oralara kadar gelmişim. Her tarafta inşaat ve bana yardımcı olmaya çalışan delikanlı da orada çalışan bir inşaat işçisi. İyi değilim, diyebildim. Koştu, bir yerlerden bir şişe su getirdi. Beni kaldırıp oturttu, suyla yüzümü yıkadı sonra şişeyi uzattı, al iç, açılırsın, dedi.

"Azıcık içtim, gerçekten de iyi gelmişti. Bacım, hadi ağlama artık, dedi. O zaman gözlerimden yaşlar aktığının farkına vardım, inanabiliyor musunuz?

"Sonra, çağırabileceğin bir yakının var mı, dedi. Yok, dedim. Evin nerede, diye sordu. Evden kaçtım, dedim. Ooo, işte bu olmadı be bacım, dedi. İnsanlık hâli, her evde kavga gürültü olur, hemen kaçmak mı lazım."

"Ne iyi çocukmuş," diye mırıldandı Öykü.

"Tertemiz bir Anadolu delikanlısıydı. Allah ondan razı olsun," dedi Müjde.

"Sonra?"

"Yok, ben eve dönmem, asla dönmem, deyince, o zaman bari birini arayalım gelsin, seni alsın. Burada kalamazsın, baksana her taraf inşaat, deyince aklıma Berk geldi."

"Niye bizleri düşünmedin?"

"Sudeciğim, ben evden kaçmıştım ve dönmeye de hiç niyetim yoktu. O nedenle sizleri bulaştırmak istemedim. Aslında Berk'i bile bu işe karıştırmak istemedim ama çaresizdim ve hiç olmazsa bir kişiden yardım almak zorundaydım," diyerek şöyle bir gülümsedi ama bu hiç de neşeli bir gülümseme değildi.

"Evden öyle bir fırlamışım ki, yanımda cep telefonum bile yoktu ama yine o delikanlı, benim cep telefonum var, sen numarayı söyle, yeter, dedi. Böylece Berk'le buluşabildim."

Müjde durup suyundan bir yudum aldı, sanki o anı yeniden yaşıyordu.

"Berk gelene kadar da yanımdan ayrılmadı. Duruma şahit olan Berk'in şaşkınlığı görülecek bir şeydi. İnşaat alanı, ben yerde ve yanımda bir inşaat işçisi.

"Delikanlı hemen durumu özetledi, Berk ise hâlâ şaşkındı. Onun elini hararetle sıkarak sağ ol kardeş, dedi ve beni yerden kaldırıp arabaya bindirdi. Bana gelince, durup durup, çok teşekkür ederim, Allah senden razı olsun, diyordum. O olmasaydı ben ne yapardım bilmiyorum. O ise bu sözleri duymamış gibi, hadi geçmiş olsun diye bize el sallayıp işinin başına döndü."

"Film gibi valla, film gibi," diye mırıldanıp duruyordu Sude. "Peki sonra Müjdeciğim, sonra ne yaptınız Berk'le?"

"Berk de zaten sizler gibi, aslında herkes gibi annemin durumunu biliyordu ve bir iki kez, evden kaçacağım dediğimde, aynen sizler gibi, sakın yapma böyle bir şey diyordu. Ama bu kez kararlıydım, eve asla dönmeyecektim. Aslında Berk, her şeye karşın eve dönmem için çok ısrar etti. Bunun üzerine ben de ona, o zaman intihar ederim dedim, ya kaldırıp kendimi denize atar ya zehir içer kendimi öldürürüm."

"Aman Allahım, neler söylüyorsun sen?"

"Artık dayanma gücüm kalmamıştı çocuklar. Diyorum size, annem bağırmaya başladığı an nasıl bir titreme geliyordu anlatamam. Nöbete tutulmuş gibi oluyordum. Sadece ruhsal olarak değil, fiziksel olarak da tepki veriyordu vücudum. Ölmek istiyordum, dahası var mı!"

Yine bir sessizlik ve devam etti Müjde. "Arabada Berk'le konuştuk. Berk, seni İzmir'deki evimize götürebilirim ama iş ortaya çıkınca zor durumda kalırsın, diyor, başka çıkış yolları arıyordu. Sonra –birden, Müjde, ailende sana destek olabilecek kimse yok mu, iyi düşün, dedi.

"O öyle söyleyince aklıma anneannem geldi. Birkaç yıl önce evimize gelmiş ve annemi, bana davranışlarıyla ilgili uyarınca, annem buna müthiş sinirlenmiş ve anneannemi evden kovmuştu. Ondan sonra da onunla görüşmemiştik. Berk'e bunu anlatınca, tamam be kızım, dedi, ne duruyoruz, derhal anneanneni arıyoruz.

"İyi de ben onunla nasıl konuşacağım, ne diyeceğim. Gel beni al mı, diyeceğim; annemle yeniden kavgaya mı tutuşsun, benim yüzümden, diye sıraladığımda, bak, diyerek beni susturdu. Anneannenle ben konuşacağım, anlaştık mı? Sen şimdi anneannen nerede oturuyor, onu söyle, dedi. Ben de, o İstanbul'da yaşıyor, dedim."

"Eyvah," dedi Beste, "yani İzmir'de değil."

"Hayır, onun evi İstanbul'da. Neyse, Berk anneannemi aradı."

Müjde'nin anlattıklarını heyecanla dinliyorduk.

"Çok da güzel konuştu. Durumu özetledikten sonra, torunuz şu anda çok çaresiz durumda, ben de bir arkadaşı olarak size başvurmamızın en doğrusu olacağını düşündüm, dedi."

"Aslanım Berk," dedi Ava.

"Her şeyi o düşündü, benim ne düşünecek ne de çare bulacak hâlim vardı."

"Sonra ne oldu, anneannen ne demiş?"

"Anneannem, derhal geliyorum, dedikten sonra, Berk'ten ona Ilıca Otel'de iki kişilik bir oda ayırtmasını istemiş. Sonra da beni oraya yerleştirmesini, kendisinin de aynı akşam uçakla geleceğini söylemiş."

"Harika!" diye bağırmaktan alamadım kendimi.

"Evet," dedi Müjde de. "İnanın çocuklar, ilk anda bu duyduklarım doğru olamaz diye düşündüm. Ben daha çok, kızımla zaten aram kötü, bir de böyle bir olaya karışırsam artık ömür boyu konuşmayız, diyerek bu işe bulaşmak istemeyecek diye düşünüyordum."

"Sonra? Sonra?"

"Sonra, benimle konuşmak istediğini söyledi Berk'e. Berk de, hadi konuş, diyerek beni yüreklendirdi."

"Ne dedi? Ne dedi?"

"Ay Beste, bi dur, anlatıyor işte kız," dedi Öykü Hanfendi!

"Müjdeciğim, sakın üzülme, ben bu akşam orada olacağım. Sen şimdi arkadaşınla birlikte otele git ve beni orada bekle, dedi.

"Benden ses çıkmayınca, her şey yoluna girecek yavrum, annenle de babanla da konuşacağım. Onlara edilecek bir çift lafım var zaten. Sen onların kızıysan benim de kıymetli torunumsun. Bu işi mutlaka halledeceğiz. Hadi yavrum, sakın üzülme, dedi. Ben de bir şeyler mırıldandım ama valla ne söylediğimi hiç anımsamıyorum. Sonra, Berk'le otele gittik, oda ayırttık ve otelin kuytu bir köşesine çekilip oturduk."

"Odaya çıkmadınız mı?"

"Aslında oda temizleniyormuş ama oda hazır olsaydı bile ben anneannemi aşağıda beklemeyi yeğlerdim. Neden dersen, yanımda kimliğim yok. Yukarı çıkmak istesem, kimsin, nesin, diyecekler. Sonra o ara bakarsın beni tanıyan biri çıkar, annemlere haber verir. Bütün bunları düşünerek otelin en tenha yerlerini seçip vaktin geçmesini bekledik.

"Berk bir ara evine gidip ailesine göründü, sonra arkadaşlarla şunu bunu yapacağız diye bir şeyler uydurup yine otele geldi. Oturduk, konuştuk, bir ara bir şeyler atıştırdık. Derken, gece saat on bire doğru, anneannem göründü.

"Biz lobide bir köşeye çekilmiş, kapıyı gözlüyorduk. Onu görünce hemen fırladık. O da beni görünce bir an duraladı, sonra kollarını açtı, gel dercesine. Nasıl koştum o kollara, nasıl. O bana sarıldı, ben ona.

"Yavrum, yavrum, diyor, bir yandan da beni öpücüklere boğuyordu. Böylesi bir sevgiye o kadar açtım ki... Ondan ayrılmak istemiyordum. Bir yandan da gözyaşlarım durmak bilmiyordu oysa artık ağlamak istemiyordum. Ama –elimde değildi."

Bunları anlatırken yine gözleri dolmuştu Müjde'nin. Ve arkadaşım -itiraf ediyorum- bizlerin de.

"Ve anneannem hemen olaya el koydu. Önce odamıza çıkalım, sen de gel Berk, dedi ve hemen sandviç ve içecekler ısmarladı. Sonra, aferin Berk, diyerek odamızı beğendiğini belirtti. Sandviçler gelince, önce bir şeyler yiyelim, daha doğrusu hem yiyelim, hem konuşalım, çünkü Berk'i de bu saatte daha fazla tutmamız doğru olmaz, dedi.

"Çocuklar, nasıl rahatlamıştım, nasıl. Anlatamam! Sanki bir peri anne gelmiş, sihirli değneğini bana dokundurmuş ve ben tümden değişmiş, ferahlamış, huzura kavuşmuştum.

"Önce, dedi, Berk, seni tebrik ederim oğlum. O kadar akıllı davrandın ki. Bu kızcağızım, içinde yaşadığı koşullar gereği mantıklı düşünemez hâle gelmiş anlaşılan. Sonra bana dönüp zavallı yavrum benim, diyerek elimi okşadı. Ama sen en doğru yolu gösterdin, beni aradın. Sana çok çok teşekkür ediyorum.

"Berk bunca güzel sözden utanmış gibiydi. Yok mok, gibi bi şeyler mırıldandı. Anneannemse yooo diyerek elini kaldırdı, ben sana sonsuza dek minnettar kalacağım, bunu bil. Sen olmasaydın, ne olurdu Müjde'nin hâli. Ama artık seni azat edelim de, sen de evine git. Bundan sonrası bana ait.

"Berk, ne yapmayı düşünüyorsunuz diye sorunca, anneannem bir kahkaha attı. Şuna bakın hele, dedi, sonra ciddileşti, yarın Müjde'nin babasıyla konuşup bu duruma kesin bir çözüm getireceğim, diye açıkladı.

"Peki, dedi Berk, annesiyle babasına onu bulduğumuzu bildirmeyecek miyiz?

"Çocuklar, o an anneannemin yüzünü görecektiniz. Bir hınzırlık düşündüğü, gözlerinin ışıldamasından belliydi. Sonra, hayır, dedi, keyifle koltuğuna iyice yerleşerek. Bu da onlar için düşündüğüm bir tür ceza. Yarın sabaha kadar merak etsinler bakalım. Sonra Berk'e döndü, haydi Berkçiğim sana da iyi geceler, dedi."

"Vay be Müjde," dedim, "resmen film gibi."

Ava bana katıldı. "Hem de ne film."

Müjde'nin yüzü gülmeye başlamıştı.

"Yorulmadıysan, devam et diyeceğim," dedi Beste. "Bu öykünün devamını öyle merak ediyorum ki..."

"Berk gittikten sonra anneannem bana dönüp anlat bakalım Müjdeciğim, neler oldu, neler bitti, dedi. Ben de tüm yaşadıklarımı olduğu gibi anlattım, anlattım. Hiç kimselere anlatamadığım açıklıkta içimi döktüm."

"Peki, anneannen bütün bu anlattıklarına ne dedi?"

"O sadece dinliyordu, âdeta içimi dökmemi istiyordu. Yıllarca içimde tuttuğum, babamdan, sizlerden bile sakladıklarımı aktardım ona. Ve sonunda öyle bir rahatladım ki, anlatamam. Oh be, oldum."

Onu dinlerken biz bile rahatlamıştık sanki. Zavallım yaaa...

"Anlatacak başka bir şey kalmayınca, tamam, dedi. Haydi yatalım. Peki, bundan sonra ne olacak, diye sordum ona."

"Evet ya," dedi Ava, "ben de tam bunu soracaktım sana."

"Bi izin verirseniz onu da anlatacak herhâlde," dedi Sude, Ava'ya ters ters bakarak.

"Tamam, tamam, sustum."

"Onu sen bana bırak, dedi anneannem. Şimdi yatıp bir güzel dinlenelim, sen sabah dilediğin kadar uyu. Aslında, şu durumda senin için en etkin ilaç, güzel bir uyku. Bana gelince, ben babanla görüşmeyi planlıyorum. Onlarla konuşup bu işi en iyi biçimde halledeceğim, hiç merak etme. Sen dinlenmene ve toparlanmana bak, diye beni rahatlattı.

"Bi uyumuşum, bi uyumuşum. Uyandığımda öğlen olmuştu. Yine odaya bir şeyler ısmarlayıp anneannemi beklemeye koyuldum. Ben gelene kadar sen pek ortalarda görünme, diye tembihlemişti çünkü. Onu beklerken yine heyecanlandım. Odada bir aşağı bir yukarı yürüyüp duruyordum. Oturamıyordum ki. Vakit geçtikçe de benim kaygı katsayım artıyordu.

"Acaba ne oldu? Annem yine kavga çıkardı mı? Babam ne dedi bütün bu olup bitenlere? Anneannem yaşlı ne de olsa, üzülmese bari. Peki, benim geleceğim ne olacak? Yine o eve mi döneceğim? Dönmezsem nerede oturacağım, okul ne olacak? İşte bunları düşündükçe odada dört dönüyordum. Tam o sırada biri kapıyı tıklattı.

"Yavaşça yaklaştım, kim o diye seslendim. Müjde, benim ben, Berk, diye bir ses duyuldu. Tabii hemen açtım kapıyı ve birbirimize bir sarıldık. Sımsıkı..."

Bir ara durdu Müjde, düşünür gibi.

"Biliyor musunuz çocuklar, bu olay Berk'le beni büsbütün birbirimize bağladı. Onun bu zor zamanda bana gösterdiği ilgiyi unutamam. Nasılsın, nasıl gidiyor, diye sordu hemen, ben de anneannemin her şeyi halledeceğini, uyandığımda gitmiş olduğunu ve o anda tırnaklarımı yiyerek ondan haber beklediğimi anlattım çabucak.

"Anneannen işi ele aldıysa korkma, dedi ve ekledi, o zaman seninle oturayım biraz."

Hemen bizlerden, "Ooo!" sesleri yükseldi

Müjde de azıcık mahcup, azıcık mutlu kıkırdadı. Ve anlatmaya devam etti.

"Ben de ona dışarıda neler olup bittiğini sordum. Herkesin beni çok merak ettiğini, sizlerin çoook üzgün olduğunuzu, babamın eve döndüğünü ve anneme de sakinleştirici verdiklerini anlattı.

"Aslında ben kimseyi üzmek istemiyordum ve o bunları anlatınca da kendimi çok kötü hissettim, keşke hemen herkese, ben iyiyim diye haber verebilseydim. Ama anneannem çok sıkı tembih etmişti, mesele çözülene dek ortalarda görünmeyecektim."

"Bence anneannen haklı," dedi Beste. "Şimdi sen ortaya çıksan, o-hooo, herkes arayacak, gelecek, sorular soracak, tam curcuna..."

"Evet, zaten sanırım o da aynen böyle düşündü. Neyse, işte biz Berk'le konuşurken anneannem çıkageldi. Berk hemen ayağa fırladı ve ben artık gideyim diyerek kapının yolunu tuttu.

"Kapı kapanır kapanmaz anneannem bana manalı manalı bakarak, Müjdeciğim, arkadaşını pek beğendim doğrusu, dedi. Hem yakışıklı, hem de akıllı bir delikanlı. Sonra da ekledi, kızarma, kızarma, bunlar gençlik çağının güzellikleri."

"Üf yaaa," dedi Ava, "taptım senin anneannene, taptım."

Gülüştük.

Sonra Müjde ciddileşti. "Meğer anneannem neler yapmış, neler."

"Bizi meraktan öldürme de anlat," dedi Beste.

"Ben de aynen senin gibi, anneanne meraktan ölüyorum, dedim. Ama o, önce bir kahve ısmarlayalım, bir aklımı başıma toplayayım sonra sana her şeyi tane tane anlatacağım, dedi.

"Kahvesini ısmarladıktan sonra üstünü değiştirip rahat bir şeyler giydi. Bir yandan da, yaşlılık bu olsa gerek, bir iki saatlik didişme nasıl da yordu beni, diye söyleniyordu. Sonunda, otur karşıma, dedi ve başladı anlatmaya. Sabah babanı aradım ve otele gel, seninle konuşmak istiyorum, dedim. Tabii Çeşme'de olduğumu öğrenince çok şaşırdı, çok.

"Ben de, Müjde'nin evden ayrıldığından haberdarım, zaten onun için buradayım ve şimdi de seninle bu konuyu görüşmek istiyorum, dedim. Bu sözlerim üzerine, hemen geliyorum, dedi. Nitekim, az sonra karşımdaydı. Sakin bir köşeye çekildik ve ben hemen konuya girdim.

"Bak Hüsnü, dedim, pek çok şeyinizi tasvip etmesem de, işinize karışmamak adına uzak durdum. Kızımın ruhsal durumunu biliyorum, beni kovacak kadar da ileri gittiğinden sen de haberdarsındır. Dediğim gibi, şimdiye dek, evlilik onların evliliği, karışmam doğru olmaz, diye düşünüp uzak durdum.

"Amma... torunlarımın hayatı söz konusu olduğunda, artık susamayacağım. Bunu böyle bil. Siz, bir türlü düzene koyamadığınız evliliğiniz nedeniyle önce oğlunuzun, şimdi de kızınızın hayatını karartmakla meşgulsünüz.

"İşte buna izin veremem, diyerek masaya yumruğumu indirdim. Yeter artık, dedim. Oğlunuz evi terk edip gitti, hem de nasıl gitti? Bir daha bu eve adım atmayacağım, diyerek. Bu ne demektir?

"Siz hiç karı koca oturup da, biz ne yaptık ki bu çocuk böyle söylüyor, diye düşündünüz mü? Hayır, düşünmediniz. Bu nasıl bir analık, nasıl bir babalıktır? Bu sözlerim üzerine baban bir şeyler söyleyecek oldu, sus, diye payladım onu. Yıllardır sustum, şimdi sen susup beni dinleyeceksin. Ve devam ettim.

"Şimdi de kızınız evden kaçmış! Kaçmış Hüsnü, yani sizden, senden, annesinden kaçmış! Nerededir? Şu an ne yapıyor bilmiyorsunuz. Peki, bu nasıl bir ana babalıktır? Hiç mi vicdanınız sızlamaz? O nedenle bir torunuma yaşattıklarınızı, diğer torunuma yaşatmanıza izin vermiyorum, vermeyeceğim. Ve Müjde'yi çekip yanıma alıyorum. Benim yanımda, İstanbul'da kalacak, orada okuyacak. Yeter! Siz de ne hâliniz varsa görün, dedim.

"Önce –bu duyduklarıma inanamadım, arkadaşlar. Anneanne, sahiden beni yanına alacak mısın, dedim. Elbette, dedi ve ekledi, tabii eğer sen istersen canım. İstemem mi, dedim ve boynuna sarıldım. Bir kez daha rahatlamıştım, çünkü, bir yandan da ben ne olacağım, diye düşünmeden edemiyordum. Önümde sonsuz bir boşluk uzanıyor gibi bir duygu içindeydim. O eve dönmek istemiyordum. İyi de o zaman nerede yaşayacaktım? Hep bu soru vardı aklımda.

"Peki, babam nasıl cevap verdi bu söylediklerinize, dedim.

"Anneannem anlatmaya devam etti. Kızınızın kaprislerine katlandığım için mi beni suçluyordunuz, dedi. Ben de onun üzerine, katlanma bahanesinin arkasına saklanma, dedim. Sıkıya gelince bırakıp kaçıyordun. Aslında, darılma ama senin de kabahatin büyük, işlerin bu raddeye gelmesinde. Zavallı Hüsnü, yine evden uzaklaşmak zorunda kalmış, desinler diye davranıyorsun âdeta. Sen, ailene sahip çıkamadın. Karının sorunları var –tamam. O zaman onu alıp doktora götürür, bir tedavi başlatabilirdin. Bunu yapmadın, ilgilenmedin, sadece kaçtın. Kızın sana dert yandığı zaman da, sen dert dinlemeyi sevmediğin için, kızını sadece azarladın, susturdun. Bu mu babalık? Kızını durup dinlemiyordun bile. Niye dinlemiyordun? Çünkü söyledikleri senin rahatını kaçırıyordu, oysa sen uğraşmak istemiyordun. Ne karına kocalık, ne de kızınla oğluna babalık yapabildin, dedim.

"Ayyy, anneanne, dedim, bütün bunları sahiden söyledin mi?

"Elbette, hem de takır takır.

"Peki, babam ne dedi?

"Ben buyum, değişemem, dedi.

"İyi, dedim ben de, boşan o zaman. Madem görevlerini yapacak olgunluğa, şu yaşa geldiğin hâlde ulaşamamışsın, bence sen boşan ve yalnız yaşa. Evlilik olgunluk ister. Sabır, sevgi, anlayış ve özveri ister. Sen, ben sorun istemiyorum, deyip evden kaçıyorsan, sana sorunu anlatmak isteyen kızını da dinlemeyip paylıyorsan, kusura bakma, şu yaşa gelmişsin ama sen bu işin adamı olamamışsın, demektir. Sizler kazık kadar adamlar, kadınlarsınız. Pekâlâ da başınızın çaresine bakabilirsiniz. Dediğim gibi, karını sen de bir doktora götürebilirsin; benim kızım da pekâlâ kendi kalkıp bir doktora gidebilir, şöyle şöyle sorunlar yaşıyorum diyerek çare arayabilir. Ama torunumun, Müjde'min, sizlerin, bu kadar beceriksiz ve hâlâ olgunlaşamamış bir ana babanın elinde daha fazla acı çekmesine razı olamam. Konuşma bitmiştir, dedim ve ayağa kalktım. Peşimden koştu. Yoksa Müjde'yi buldunuz mu? Ondan haber aldınız mı? Bari onu söyleyin. Annesi perişan, ben de öyle, dedi.

"Onun üzerine, haydi yine iyi tarafıma geldin, söyleyeyim, dedim. Müjde'yi buldum ve alıp götürüyorum.

"Görebilir miyim, demez mi? Hüsnü, dedim, şu an ne onun, ne de benim kimseyle konuşacak hâlimiz var. Zaman geçsin, daha sonra bir araya geliriz. Şimdi, senin yerinde olsam hiç ısrar etmem, yalnız gidip karıma kızımız iyiymiş ve anneannesiyle İstanbul'a gitmiş derim, dedim ve yürüyüp odamıza geldim."

"Vay, vay, vay," dedi Ava. "Anneanneye bakar mısınız!"

Müjde kıkırdadı. "Ama gerçekten çok kızgındı, hiç onu böyle görmemiştim."

"İyi de," dedi Sude, "yani şimdi sen ciddi ciddi buradan gidiyor musun?"

Beste'yle Öykü de gözlerini dikmiş, Müjde'ye bakıyordu. Az önce kıkırdayan Müjde yine hüzünlenivermişti.

"Evet," diye fısıldadı. "Başka çarem var mı?"

"Haklısın," dedi Beste. "Peki Berk ne dedi bu işe?"

"Ona daha söylemedim ama eve dönmeyeceğime göre sanırım durumu anlamıştır."

Ve yine gözleri doldu garibimin.

Beste hemen atıldı. "Ama bak çok güzel olacak. Bir kere bizim artık İstanbul'da bir arkadaşımız olacak, kış tatili filan, atlar geliriz. E, yazın da sen gelirsin, bizde kalırsın."

"Bizde de kalırsın," dedi Sude.

Öykü Hanfendi geri kalır mı, "Bizde de," dedi hemen.

"Berk de seni boş bırakmaz," diyerek son noktayı koydu Ava.

Kapı tık tık vuruldu.

Gelen anneanneydi.

Sude ayaklandı. "Bizi davet ettiğiniz için çok teşekkür ederiz," dedi ve hemen ekledi, "İşleriniz vardır, hazırlanacaksınız, biz de artık gidelim."

Hepimiz ayaktaydık, Beste sordu. "Ne zaman gidiyorsunuz?"

"Bu akşam. Sanırım birazdan çıkarız."

"İyi yolculuklar. Bizi habersiz bırakma."

"Tamam," dedi Müjde. "Konuşuruz."

Hepimizle teker teker sarılıp öpüştü. Beste, Sude, Öykü bayağı üzgündüler. E, kolay mı onca yıllık arkadaşlıkları var. Aşağı indiğimizde bir de baktık ki Berk lobide oturuyor.

"Aaa, bak, Berk," dedi Beste.

Sude'yse, "Durmayalım çocuklar," dedi. "Kesin Müjde'yi bekliyor."

Nitekim az sonra Müjde göründü. Biz çıkarken, onlar deniz kenarına doğru yürümeye başlamıştı bile.

"Şimdi Berk'e İstanbul'a yerleşeceğini söyleyecek herhâlde," dedi Ava.

"Onu çoktan tahmin etmiştir," dedi Sude.

"Başka türlüsü olabilir mi? Anneannesi orada yaşıyor."

"Müjde'nin hayatı da zor be arkadaşlar," dedi Beste. "Evi bir türlü. Hadi o evden ayrıldı diyelim, bu kez bizlerden, İzmir'den, alışık olduğu her şeyden kopup yepyeni bir yere, yepyeni bir okula gidiyor. Orada hiç arkadaşı yok. Düşünsenize..."

"Üstelik Berk'ten de uzak kalacak. Gerçekten hayatı zor Müjde'nin."

"O zaman biz de elimizden geldiğince ona destek olmalıyız. Sık sık arayalım, Skype'tan konuşalım, bol bol fotoğraf gönderelim."

"Tatillerde gerçekten buluşalım. O buraya gelsin, biz oraya gidelim."

"Ona yalnız olmadığını hissettirelim."

İşte yol boyu bunları konuşa konuşa eve geldik.

Biliyor musun arkadaşım, Müjde'yi sadece dinlemek bile beni yordu. Acayip yordu. Gidip kendimi yatağıma attım.

Öfff, be...

Hayat bazıları için gerçekten zor.

Allah, Müjde'nin yardımcısı olsun.

Ama...

İyi ki anneannesi varmış.

İyi ki, diye düşünürken...

"Kimse yok mu?" diye bir ses.

Sırma teyzemin sesi.

"Aşağı gelin de, neler oluyor bu hayatta, anlatın bakalım."

Müjde'nin bulunduğu, daha doğrusu ortaya çıkmış olduğu çoktan duyulmuş!

Abi, gerçekten...

Sanal ortamdan daha hızlı bizim teyzeler. Ama tabii Sırma teyzemi öyle kulaktan dolma bilgiler –kesmez.

Oturttu bizi karşısına veee bir bir anlattırdı. Sonra da kocaman bir aferin çekti Berk'e.

"Abuk sabuk işlere kalkışmamış, hemen en güvenilir akrabayı bulmuş ve kızı ona teslim etmiş. İşte buna şapkamı çıkarırım."

"Anne, ne diye şapkanı çıkarıyorsun ki?"

"A benim cahil kızım, saygı anlamında şapkamı çıkarırım denir."

"Neden?"

"Avacığım, eski zamanlarda insanlar, daha doğrusu beyler, şapka kullanırmış. Birbirlerini selamlarken, bir saygı ifadesi olarak şapkalarını hafifçe çıkararak yaparlarmış bunu. Kapiş?"

"Garip!"

"Ay, neyse ne, seninle uğraşamayacağım şimdi," dedi teyzem ve sorularını sormayı sürdürdü.

Derken annem aradı.

"Selinciğim, nasılsın, Müjde'den bir haber var mı?"

Hadi, bu kez ona her şey anlatıldı, soruları yanıtlandı.

"Çok sevindim canım," dedi annem ve anında teyzem kaptı telefonu. Bu kez o, kendi dip notlarını ekleyerek ve de özel yorumlar getirerek olayı anlattı.

"Bak Serracığım, ne kadınlar var. Sitare'nin annesi ültimatomu çekmiş. Sen tedavi olmadan, o ev normal bir ortama dönmeden torunumu göndermiyorum, onu burada huzur içinde okutacağım, demiş. Yaaa..."

Tam o sırada bir ıslık.

Gidip baktım –Kayra.

"Hayırdır?"

"Zeynep Hanımlar bir geceliğine İzmir'e gidiyormuş. Benden Boncuk Göz'e göz kulak olmamı, alıp gezdirmemi istediler. Ben de sana haber vereyim, dedim. Gelir misin? Boncuk Göz'ü şöyle bir gezdirip evine bırakacağım."

"Geldim bile," deyip anında fırladım.

Bütün bu yaşadıklarımdan sonra normal hayata dönmek, Kayra'yla, Boncuk Göz'le vakit geçirmek ne kadar da güzeldi.

Boncuk Göz beni görünce bi sevindi, bi sevindi. Onu sevdim, yumuşacık kulaklarını okşadım. Sonra hep beraber deniz kenarına yürüdük. Koşuyor, koşuyor sonra geri dönüp yanımıza geliyordu, dili bir karış dışarıda.

Kayra uzanıp çenemden tuttu, gözlerimin içine baktı. "Haydi gül artık. Bak, Müjde bulundu. Anneannesini yanında eminim daha mutlu olacaktır."

Ağlamamak için gayret göstermeme karşın gözlerim doluvermişti.

"Ona çok acıyorum be Kayra. Şu yaşadıklarına bakar mısın. Şimdi anneannesini yanında hayatı daha iyi olacak, bu kesin ama düşün; arkadaşları yok, Berk yok."

"Hadi, hadi, yapma böyle," dedi ve beni kollarının arasına aldı. İyice gerilmişim ya, bu kez başımı onun omzuna gömdüm ve ağlamaya başladım. Böylesi olaylar hiç bana göre değil. Çok fena oluyorum ya, çok. Kayra ise sırtımı okşayıp duruyordu. Neden sonra kendimi toparladım ama bu arada karizma da acayip çizilmişti.

Var mı böyle salya sümük ağlamak. Boncuk Göz bile durmuş, kafasını yana eğmiş, hayretler içinde bana bakıyordu, ne yapıyor bu, dercesine.

Dayanamayıp bu kez gülmeye başladım. "Şu hâlimize bak. Görenler kim bilir ne düşündü?"

"Ne düşünecekler, şu sevgililere bak, ne de yakışmışlar birbirlerine, demişlerdir."

"Susar mısın sen!" diye koluna bir yumruk attım.

"Al şu mendili, baksana burnun akıyor," demez mi!

GICIK!

Şükürler olsun Müjde ortaya çıkmış.

Ve sorunlar da iyi kötü çözülmüş gibi.

Müjde'nin öyküsü, hani Güzin Abla'nın köşesi var ya, aynen orada okuduklarımız gibi. İnsanlar ne sorunlar yaşıyorlar. Babaannem nur içinde yatsın, hep Allah her şeyin hayırlısını versin, derdi. Ne kadar doğru.

Gelelim benim Özgür için hazırladığım sürprize. Biliyorsun sevgili sırdaşım, kaç zamandır, ikimiz de işimize boğulduk, yaşantımız pek bir tekdüzeleşti diye düşünüyordum. Onun iş durumu, benim iş durumum, derken de günler uçup gidiyor sanki.

Yakalamak gerek, diye düşündüm.

Hayatı yakalamak gerek.

Yine Melis'le konuşuyorduk da, ben bu düşüncelerimi söyleyince, "E, yakala o zaman," deyiverdi.

Ben susup kalınca da, "Seni tutan mı var Allah aşkına Serra," diye ekledi.

"İşlerim, programım..."

"Hafta sonları da çalışmıyorsun herhâlde."

"Hayır," dedim ama sanırım o, hayır, biraz zayıf çıkmıştı.

"Ama insaf," diyerek kızgınlığını dile getirdi. "İşini oturtmuşsun, senin seyahat acentesi artık bilinen bir marka. Bu durumda hafta sonları kesinlikle sana kalmalı. Gençleşmiyoruz kızım, biraz da kendi hayatımızı yaşamaya bakmalıyız. Bak yıllar geçiyor, ona göre."

"Aman sen de. Durup oturmak için önümüzde daha çok yıllar var."

"Bak benim güzel kardeşim," dedi Melis. "Tabii önümüzde uzun ve umarım sağlıklı yıllar var amma... Bazı şeyleri yapamayacağımız yıllar da gelecek ve umduğundan daha da çabuk gelecek. Ve o yıllarda, şimdi, şu yaşlarda yapabildiğin gibi uzun uzun yürüyemeyeceksin. Dizlerim ağrıyor, diyeceksin. Yüksek yerler olmasın, tansiyonum var, diyeceksin. Benim annem gibi. Şu olmasın, bu olmasın. O yaşlarda yine gezeceğiz, yine bir şeyler yapacağız ama kısıtlanacağız da. Oysa şu andaki yaşımızda hâlâ haldır haldır sokak gezebiliyoruz, yüksek yerler bizi etkilemiyor ve bu gibi kısıtlayıcı durumlar yok henüz. İşte ben bunu demek istiyorum. Bu durumun farkında ol ve az önce senin dediğin gibi hayatı yakala. Şöyle bir düşün. Ne yapmak istiyorsun. Yarın yapamayacağın ama bugün hâlâ yapabileceğin ne var. Bul, çıkar; kendine zaman ayır ve yap onu."

Arkadaşım o kadar haklıydı ki. İşte bu sözler üzerine oturup Özgür'e sürprizimi hazırladım.

Üstelik hemen.

Selin'im Çeşme'den dönmeden.

Biz henüz baş başayken.

Tıpkı evliliğimizin ilk yıllarında olduğu gibi.

Şimdi şöyle.

Üç günlük bir gezi.

Cuma, cumartesi, pazar.

Böylesi Özgür için en uygun olanı.

İstikamet –Paris!

Sevgililer şehri.

Aşk kenti.

Nasıl?

Harika, değil mi?

Ve, asıl önemli olan –bu, o erkeklerin bucak bucak kaçtığı türden bir turistik gezi olmayacak.

Bir başka deyişle, kültürel amaçlı müze gezmeleri –yapılmayacak.

Hiç bilmediğimiz yemekler, sırf o ülke yemeklerini tatmak adına –yenmeyecek.

Anlamadığımız dilde sahnelenen bir oyuna sırf o tarihi mekânı görmek ve kültür adına –gidilmeyecek.

Değişik yerler için uygun kıyafetlerle valiz doldurulup ekstra bagaj ücreti –ödenmeyecek.

Ve daha bir sürü ayrıntı silinip atılacak.

Peki, nasıl olacak bu gezi, dersen.

Bu, *serseri* bir gezi olacak.

Valizlere atacağız birkaç tişört, şort, kot pantolon. Ayaklarımızda rahat lastikler, sandalet.

Hepsi bu.

Ve Paris'te Parisliler gibi yaşayacağız. Canımızın istediği saatte uyanıp hemen o civardaki bir kafede kahvaltımızı yapacağız, hiiiç acele etmeden. Yok, o tura yetiştim; yok, tur otobüsünü kaçırdım derdi olmadan. Son kahvemizi içerken de yabancı gazeteleri elden geçireceğiz, neler oluyormuş onların âleminde, bir görelim diye.

Sonra çıkıp sokaklarda öylesine dolaşacağız, ara sokaklara girip ilginç bulduğumuz butiklere göz atacağız. Ana caddelerin vitrinlerini, alışveriş kaygısı ve telaşı olmadan seyredeceğiz. Yorulunca gözümüze kestirdiğimiz bir yerde oturup bir şeyler atıştıracağız.

Akşamlarıysa, tam da Özgür'ün seveceği türden kıvamında şarabı ve lezzetli etiyle, yani onun deyişiyle, doğru dürüst bir yemeği, küçük ama hoş bir restoranda yiyip geç saatlere kadar sohbet edeceğiz.

Sonra da el ele verip otelimize kadar yürüyeceğiz. Otelin hemen yanındaki kafede son kahvemizi içip geceyi sonlandıracağız.

İşte sürpriz!

Yazarken bile keyiflendim.

Eminim bu tür, *yavaş gezi* Özgür'ün hoşuna gidecek.

Aslını istersen sırdaşım, bu yeni bir trend. İnsanların hayatı zaten o kadar koşuşturmalı ki, bir de tatilde koşturmak istemiyorlar artık.

Gençler yine koşturuyor, dolu programlarla her yeri görmek istiyorlar. Bu, ayrı. Ama bizim kuşak, hele de iyi kötü seyahat etmiş, birtakım yerleri görmüş olanlar, işleri yoğun olanlar artık... Dinlenmek istiyorlar.

Bunun sonucunda, *yavaş kentler*, *yavaş geziler* yükselişte.

Şimdi, kendi acentesi böylesi turlar düzenlerken, acente sahibinin gitmemesi olur mu?

Olmaz!

Dolayısıyla, bu akşam sevgili eşimin önüne bir kadeh şarap koyuyor ve sürprizimi açık ediyorum.

Umarım beklediğim tepkiyi verir.

Dönüş yolundayız.

Her şey öyle keyifli, öyle dolu dolu ve de öyle hızlı geçti ki, bu satırları ancak şu anda, uçakta yazabiliyorum.

Geriye dönersek, o akşam balkona soframızı hazırladım, mumları yakıp Özgür'ün sevdiği şarabı serinlettim.

Ve beklemeye başladım.

Kapıda dönen anahtarın sesi.

O çok sevdiğim ses.

Aşkımın, evliliğimin simgesi.

Ve –açılan kapının ardında, yorgun bir Özgür.

İçeri adımını atarken, her zamanki gibi çantasını kanepenin üstüne fırlattı.

Sonra gözü balkona takıldı, mumların alevi ona göz kırparcasına titreşiyordu.

Bana dönüp gülümsedi, "Anladım," dedi. "Sanırım sürprizim bu gece bana açıklanacak."

"Evvet," dedim. "Ama sen önce git bir rahatla, duşunu al. Ben de sürprizimi takdim edeyim."

Yüzünde, yorgunluğunun altını çizen bir gülümseme belirdi. "Desene sürpriz ortaya konmadan gücümü toplamam gerekiyor."

Bu, yılların içinden gelen aramızdaki bir şakalaşma örneği sevgili sırdaşım. Ben ne zaman, bak Özgür, bir fikrim var, desem, önce bir *eyvah* çeker sonra, *dur, gücümü toplayayım da öyle dinleyeyim*, diyerek tamamlar sözlerini.

Ve böylece benim sevgilim, az sonra misler gibi kokarak geldi, karşıma geçip oturdu.

"Evet, artık her şeyi göğüslemeye hazırım."

Tek söz etmeden, masanın üstüne iki bilet koydum.

"İşte sürprizim."

"Dur, şarabımdan bir yudum alayım," dedi, sonra biletlere doğru uzandı. Heyecanla ne diyecek diye bekliyordum. "Hımmm," dedi. "Demek Paris'e gidiyoruz?" Durdu, ekledi, "Üç günlüğüne."

Sonra dönüp bana baktı. "Ne de güzel düşünmüşsün sevgilim. Sen, ben ve de sevgililer kenti. Böyle hoş şeyler düşünüp hayatımı, bana rağmen, renklendirdiğin için sana çok teşekkür ederim."

Ve uzanıp beni dudaklarımdan öptü.

"Sahi, memnun oldun mu?" diyerek şımardım hemen. "Beni mutlu etmek için söylemiyorsun bunları, değil mi?"

"Serracığım, az önce dediğim gibi, bana rağmen hayatımı güzelleştiriyorsun. Baksana, kendimi işe kaptırmış gidiyorum. Bana kalsa hayatın bu yönünü ıskalayıp duracağım. İyi ki sen varsın da, bana bir dur deyip bunları yaşatıyorsun."

Tabii bu sözleri duyar duymaz, hemen bu gezinin tam da onun hoşuna gidecek, düşük tempoda bir üç gün olacağını, dilediğimiz gibi gezerek, gönlümüzce yiyip içerek, gerçek anlamda bir dinlenme olacağını anlattım. Belirtmeme gerek var mı, pek memnun oldu, pek.

Bak buna çok güleceksin. Geziyle ilgili sıkı sıkıya sorduğu tek soruysa, "Müze gezmeyeceğiz, değil mi?" idi.

"Sakın kızının yanında böyle konuşma ama bu gezide zorunlu müze gezisi yok. Sadece istenirse var. Ne dersin buna?"

"Allah, derim."

Böylece yollarla düştük.

Bizim ofis her şeyi pek güzel düzenlemişti. Otelimiz merkeziydi, özellikle de kısa süreli geziler için bu önemli. Zamandan kazanıyor insan.

Odamıza gelince, tam anlamıyla mini minnacıktı. Gerçi ihtiyacımız olan her şey vardı ama onun dışında dikkat etmezsen, birbirine çarpman işten bile değildi.

"Bu ne küçük oda böyle," diye söylendi Özgür.

"Paris'te yayla gibi odalar aramayacaksın. Hele de merkezi yerde kalmak istiyorsan küçük odalara razı olacaksın. Oyunun kuralı böyle."

Zaten az olan giysilerimizi çabucak yerleştirdim ve biz el ele sokağa fırladık. Sağa sola bakınarak yürürken, hemen otelin yanıbaşında bir kafe gözüme çarptı.

"Şurada oturup bir kahve içelim mi?"

"İçelim sevgilim," dedi Özgür.

Kafenin garsonları, kar gibi beyaz gömlekleri, siyah yelek ve pantolonlarıyla, yaşlı beyefendileri hatırlatıyordu insana.

Yüzlerindeki ifadeyse pek ciddiydi. Yavaş adımlarla gidip geliyorlar ama bizim masayı görmüyorlardı sanki.

Bir süre sonra Özgür, dikkatlerini çekmek için elini kaldırırken, "Sakın... sakın..." dedim.

Hayretle bana baktı. "Neden, ne oluyor?"

"Onları sen böyle çağırırsan, sana sinirlenirler, sinirlenmekle de kalmaz, seni terslerler."

"İyi valla," dedi Özgür. "Yatılı okula hoş geldiniz, gibi bir durum bu. Peki, sorabilir miyim, eğer kimse kızmazsa; bu beyler bizimle ne zaman ilgilenmeyi düşünüyorlar?"

"Sıramız gelince."

"Demek sıramızı bekleyeceğiz."

"Evet Özgürcüğüm, sabırlı olup sessizce sıramızı bekleyeceğiz. Hem zaten acelemiz yok ki, etrafı, geleni geçeni seyredelim biraz."

İstanbul'un tipik sabırsız ve aceleci insanı Özgür'e bu durum pek garip gelmişti ama efendice kabullendiğini de belirtmeden geçersem haksızlık etmiş olurum.

Yaşlı garsonlar yavaş adımlarla öbür masaların servislerini tamamladıktan sonra, bir tanesi bize yaklaştı. Yine o turistlerden bunlar, dercesine huysuz huysuz bakıyordu bana. Hemen en tatlı gülümsememi yüzüme yerleştirdim ve önce bir, "Bonjur mösyö," dedim.

O huysuz ifade, bu Fransızca çaba karşısında bir miktar da olsa yumuşamıştı.

"İki kahve rica edebilir miyiz?"

Bu kez iyice yumuşamıştı. Anladım, dercesine başını salladı ve yavaş adımlarla uzaklaştı.

"Helal olsun sana Serra, buzları kırmayı başardın."

"Paris'in garsonları apayrı bir kültür. Bir kere tüm Fransızlar gibi, garsonlarla da Fransızca konuşursan ilk puanı alırsın. Yok eğer İngilizce ya da başka bir dile baş vurursan büyük ihtimalle ön yargı duvarına toslarsın.

"Bu bir. İkincisi onlarla konuşurken nazik bir üslup kullanacaksın. Şunu istiyorum, demeyeceksin; rica edeceksin, tıpkı misafir gittiğin bir evde isteğini iletir gibi.

"Bak mesela, bizim bir müşterimizin başına ne geldi. Bu hanım, bizim malum aceleciliğimizle, garsonun dikkatini hemen çekeyim diye parmağını şaklatmış, ki laf aramızda, bu her yerde ayıp sayılır. Bunun üzerine garson, onun yanına gelip, hiç kimse böyle çağrılmaz, bu bir aşağılamadır, size servis yapmayı reddediyoruz, demiş."

"Eyvah! Peki hanım ne yapmış?"

"Ne yapacak, kalkıp gitmek zorunda kalmış."

O sırada garsonumuz kahvelerimizi getirmişti. Fincanları, sütü, şekeri yavaş yavaş, özenle küçük masanın üstüne yerleştirdi. Ben de yine en tatlı hâlimle, "Mersi, mösyö," diye kıt Fransızcamla cıvıldadım.

İlk kez gülümsedi ve rica ederim, anlamında bir şeyler söyleyip uzaklaştı.

Bütün bunları izleyen Özgür, "Vay be," dedi. "Gözünü sevdiğim bizim servis elemanları. Gençse, oğlum, diye seslenirsin, geldim abi, diye geri seslenir, ne alınır ne bir şey. Esnaf lokantasındaysan, bakar mısın kardeş, dersin, hoplar gelir, her kolunda üçer beşer tabak. Pire gibi oradan oraya yetişir bizimkiler."

Kahvelerimizi içtikten sonra yürümeye başladık. Özgür, Fransızların bir dönem cumhurbaşkanlığını yapmış olan George Pompidou'nun adının verildiği George Pompidou Kültür Merkezi'ni merak ediyordu.

Bu modern binanın yapılışı, mimari ve tarihi açıdan sadece Fransa'da değil, tüm dünyada tartışılmıştı. Parisliler, böylesi modern bir yapının, kentin genel çizgisine ters düşeceğini söyleyerek karşı çıkmıştı. Bir başka görüşse, şehrin modern bir dokunuşa gereksinimi olduğu yönündeydi.

Kalkıp gittik. Gerçekten ilginç bir yapı. Binanın içinde olması gereken asansörler, merdivenler, su tesisatı boruları ters yüz edilmişçesine dış cephede yer almış. Mavi borular havalandırma, sarılar elektrik, kırmızılar ısıtma, yeşiller su boruları. Ve bu rengârenk borular dış cephede.

Özgür'le binanın yakınındaki çimenlere oturduk. Pek çok kişi bizim gibi çimenlere yerleşmişti. Kimi binayı seyrediyor, çocuklar koşuşturuyor, müzik yapanlar, yiyecek, içecek satanlar... Özgür de bol bol fotoğraf çekiyordu o kocaman makinesiyle.

"İlginç, gerçekten ilginç," diyerek hayranlığını dile getirdi Özgür. "Yaratıcılık müthiş bir şey."

Sonra içeri girdik, üst katlarda Modern Sanatlar Müzesi vardı, oraya girip şöyle bir dolaştık. Bildik eserler, daha önce görmemiş olduğumuz eserler, derken epeyce bir vakit geçirdik orada.

Çıkınca, "Eğer acıktıysan buranın restoranı Georges meşhurdur, orada bir şeyler yiyelim," dedim.

Sarıldı bana. "İşte özel rehberle gezme diye buna derim ben."

Böylece, en üst kattaki lüks Georges restorana gittik. Yemekler lezzetliydi, servis harika. Ama bu kez de Özgür'ün ilgisini restoranın dekorasyonu çekmişti.

"Belli ki burası önde gelen restoranlardan ama şu masa ve iskemlelere bakar mısın? Yine aklıma okulum geldi. Öğrenci yemekhanesini andırıyor. Ne iş?"

"Buna minimalist dekor deniyor, Özgür Bey."

"Çok affedersin Serracığım, nasıl da bilemedim! Bundan böyle tüm okul yemekhanelerimizi minimalist ilan ediyor ve bu meyanda halkımızdan dekora gereken saygıyı göstermelerini hürmetlerimle rica ediyorum."

Nasıl da dalga geçiyordu.

Nasıl da güldük.

Otelimize döndük, duşlarımızı aldık. Sonra gazete, kitap, bilmece ve de şekerleme.

"Bu akşam şöyle güzel bir yemek yiyelim," dedi Özgür.

"Tamam! O zaman kentin en ünlü mekânlarından Café de la Paix'ye gidiyoruz," deyip hemen cep rehberimi açtım ve okudum ona.

"1862 tarihli mekân mükemmel konumuyla ortaya çıkar. Yaldızlı süslemeler ve aynalarla dekore edilen kafe, Palais Garnier'nin karşısındaki terasın bitişiğinde yer alır. Nasıl?"

"Valla ben şöyle güzel bir biberli biftek yemek istiyorum."

"Oldu bu iş. Biberli biftek de zaten Fransız mutfağının en sevilen ve bilinenlerindendir."

Böylece, ver elini Café de la Paix. Aslında bu ve bunun gibi bir iki kafe daha var, oralara gittiğimde çok etkileniyorum. Bu duygumdan söz ettiğimde Özgür, neden, diye sordu tabii ki.

"Özellikle de genç kızlık yıllarımda okuduğum romanlarda, yazarların anılarında hep yer alır bu kafeler. Ünlü yazar Jean-Paul Sartre, onun sevgilisi feminist ve edebiyatçı Simone de Beauvoir, benim o yıllarımın hayranlık duyduğum, tüm kitaplarını okuduğum edebiyatçıları ve onlar gibi daha niceleri. Ayrıca ressamlar, müzisyenler... Hep bu kafelerde toplanır, konuşur, tartışırlarmış. O nedenle, bu mekânlarda otururken, belki de bu masada yıllar önce kitaplarını okuduğum, hayran olduğum o yazar oturuyordu, diye düşününce heyecanlanıyorum. Elimde değil, çok heyecanlanıyorum."

"Ben de şimdi içeceğim kaliteli bir şarabı ve yiyeceğim leziz bifteği düşününce çok heyecanlanıyorum."

"Özgür!" diye bağırınca, kahkahayı bastı ve bana sarılıp "Şaka, hayatım, şaka," diyerek durumu kurtarmaya çalıştı.

Café de la Paix gerçekten çok hoş bir yer. Bir de bu tür yerlere geldiğimde, bizde olmayan bir şey beni çok üzüyor. Onlar tarihi bölgelerini, binalarını, hatta restoranlarını bile özenle koruyorlar. Hem de yıllar yıllar boyu. Asırlık yapılar, mahalleler olduğu gibi duruyor. Kentin yeni ve modern binalara gereksinimi var diye, tarih şahidi yapılar yok edilmiyor, tam tersine her şey önce eskinin korunması gözetilerek planlanıyor. O restoran 1800'lerden kalmaydı ve biz, 2000'li yıllarda orada yemek yiyebildik. Düşün!

"Yarın da Les Deux Magots ve Café Flore'a gidelim."

"Gidelim sevgilim, gidelim," dedi Özgür, büyük bir keyifle biberli bifteğini yerken. "O kafeler de mi sanatçıların uğrak yeriymiş?"

"Evet, özellikle de ellili yılların öne çıkan kafeleri bunlar. Yine edebiyatçıların, müzisyen ve ressamların buluştukları mekânlar."

Yaldızlı süslemeler ve aynalar akşam olup ışıklar yanınca, daha bir ortaya çıkıyordu sanki. Işığın değdiği yerler pırıltılar saçıyordu. O yüksek tavanlar, kullanılan renkler... nasıl da estetik bir çizginin kanıtıydı. Zaten Paris kenti için, boşuna dünyanın en ince zevkini sergileyen, en zarif şehri dememişler. Gerçekten de öyle. İnsanın gözünü rahatsız eden tek bir şey yok.

Yemekten sonra yine el ele verip, köprülerin altından akıp giden Sen Nehri kıyılarında yürüdük, banklarda oturup kenti izledik, geç saatlere kadar.

Bir adı daha var Paris'in.

Işıklar kenti.

Gerçekten de gece, şehir bir masal âlemine dönüşüyor. Ustalıkla aydınlatılmış tarihi binalar, heykeller, köprüler. Eskilerden günümüze taşınmış sokak lambaları, ışıl ışıl vitrinler ve fıskiyeler, binbir renkle sunulan su oyunları.

Ertesi gün, kahvaltı için, "Dün gittiğimiz o kafeye gidelim," dedim Özgür'e. Biraz şaşırarak baktı ama, "Tamam," dedi, "rehber sensin."

Ve kafemize ulaştık. Hemen bir gün önce oturduğumuz masaya baktım. Boştu! Yaşasın, dedim içimden çünkü sokağa bakıyordu. Bir şeyler yer içerken sokağı izlemek çok keyifli oluyor.

Derken asık suratı ve yavaş adımlarıyla bizim garson göründü. Ben yine yüzüme en şıngırtılı gülümsememi oturtup

"Bonjur mösyö," diye seslendim. Şöyle bir başını kaldırıp bana baktı ve yüzünde (mucize, mucize) hafif bir gülümseme belirdi. "Bonjur madam," dedi. Siparişimizi verdim, yine aynı yavaş olmakla beraber özenli servisi aldık. Sıcacık taze kruvasanlar, yanında peynir ve reçel.

Kahvelerimizi hiç acele etmeden, keyfine vararak içerken, "Bak Özgür," dedim. "Şu yan tarafta oturmuş gazetesini okuyan yaşlı bey var ya, o, dün de aynı saatte buradaydı."

Özgür belli etmeden bir göz attı. "Desene müdavimleri var kafelerin."

"Sanırım öyle. Şöyle düşün, kesin o adam yalnız yaşıyordur. Evinde kendi başına oturacağına, gelip burada kahvaltısını yapıyor, sonra da uzun uzun gazetesini okuyor."

"Kimse de başına dikilmiyor," diye ekledi Özgür.

"Bu kafelerin bir özelliği de bu. Saatlerce oturabilirsin, kimse sana..."

"Hadi aslanım, yaylan, demiyor," diyerek sözlerimi tamamladı. Bir yandan da gülüyordu Özgür. Sonra elimi okşadı. "Sakın kızma bana, seni güldürmek için böyle konuşuyorum."

İkinci günümüzde Montmartre ve Pigalle bölgesine gittik. Sacré-Cœur Bazilikası'nın taraçalarından kente bakış –muhteşem! Manzara harika. Sonra daracık, eğri büğrü yollardan aşağıya doğru iniliyor. Bir de oyuncak gibi bir tren koymuşlar, o yokuşu istersen onunla inip çıkabiliyorsun. Biz trenle indik, çok keyifliydi.

Portre ressamları iş başındaydı, isteyenin portresini yapıyorlardı. Karikatür çizenler de vardı. Küçük dükkânlarda tatlılar, değişik yiyecekler satılıyordu. Sanat havasının hâkim olduğu bir bölge Montmartre. Zaten bir zamanlar özellikle de ressamlar mekân tutmuşlar burayı.

Ve Pigalle. Burası da gece eğlencelerinin merkeziymiş, bir zamanlar. Şimdi yine barlar, diskolar, kabare tarzı gösteri sergileyen yerler var ama eskisi kadar popüler değil. Daha çok turistlerin görmek için geldikleri bir bölge. Ve meşhur Moulin Rouge yani Kırmızı Değirmen. O da kıpkırmızı rengiyle yıllara meydan okurcasına duruyor; turistlerin ilgi odağı. O küçük dükkânlarda satılan tatlılardan alarak, dinlenerek, durup etrafı seyrederek bu efsane gibi anılan bölgeden zor ayrıldık.

Öğle yemeği için epeyce gecikmiş ve acıkmıştık. "Bence yine buraların ünlü atıştırmalığından, birer krok mösyö yiyelim, derim."

"Şunu bana ufalar mısın?"

"Bir tür sandviç. Izgara jambonlu, peynirli sıcak sandviç."

"Hımmm, iyiymiş."

Böylece bir kafeye girip krok mösyeleri de afiyetle yedik mi sana!

"Şuraya bak, saat neredeyse dört olmuş."

"Ama çok yer gezdik."

"Şimdi de şu meşhur Galeries Lafayette'e bir uğrayalım mı?"

"Nereye? Nereye?"

"Tüm kadınların rüyalarını süsleyen bir büyük mağaza."

"Ben almayayım."

"Yapma Özgür, hiç olmazsa içeri gir, bir bak etrafa. Gerçekten –mimari olarak da, içinin dekorasyonu ve ışıklandırması bakımından da çok hoş bir yer."

"Pekâlâ, seni mi kıracağım," dedi sevgilim ve ekledi, "Ben bir göz atar sonra otele giderim ama senin kesinlikle kalmanı istiyorum. Madem kadınların rüyalarına giren bir yermiş orası, o zaman sen dilediğin kadar kal ve kendine de mutlaka bir şeyler al."

"Aslında pek bir şeye ihtiyacım yok, öylesine bakmayı düşünüyorum."

"Bak, o zaman," dedi Özgür. "Benden de sana bir şeyler al, mesela doğum günü hediyesi..."

"O-hooo, doğum günüme aylar var."

"Olsun! Sen al, koy bir kenara, günü gelince bana verirsin. Ben de seni bir yandan öpücüklere boğarken, bir yandan da doğru hediyeyi, kesinlikle beğeneceğin bir armağanı sana veririm."

"İnanılmazsın Özgür."

"Sahi söylüyorum. Böylece hem ben sana gerçekten senin beğendiğin bir hediye verebilmiş olacağım, hem de baş başa Paris gezimizden bir anı kalacak."

"Ne diyeyim ben sana Özgür," dedim ve ekledim, "Aslını istersen ne kadar akıllıca."

"Eee, akıllı olmasam, peşini bırakmayıp, sabırla bekleyip seninle evlenebilir miydim?"

Ah, bu Özgür.

Bir süre sonra Galeries Lafayette'teydik. Özgür şöyle bir etrafına baktı sonra başını kaldırıp da yukarı katlara, ışıklı balkonlara ve o muhteşem kubbeye gözü takılınca, hayranlığını bir ıslıkla belirtti.

"Burası saray mı, özel bir müze mi, yoksa alışveriş merkezi mi? Bu ne ihtişam?"

Hemen ekledim, "Ve bu ne güzellik, değil mi?"

"Gerçekten öyle Serracığım," dedi. "Seninle katları şöyle bir turlayalım, sonra sen yoluna, ben yoluma."

Doğrusunu istersen sevgili arkadaşım, Özgür'ün içeriye bir göz atıp hemen gideceğini sanıyordum. Alışverişten hoşlanmadığını iyi bildiğimden, fazlasını hiç beklemiyordum. Ama mağazanın güzelliği onu da büyülemişti anlaşılan. Şansına bir de tanıtım varmış; mağaza çalışanları bize de birer kadeh şampanyayla çeşitli kanepeler ikram ettiler.

"Neyin tanıtımıymış bu?" diye sordu Özgür.

"Sanırım yeni bir ayakkabı markası," diyerek, yandaki panoyu işaret ettim. Panodaki şık ve zarif topuklu ayakkabılar tanıtılıyordu.

Önce en üst kata çıktık sonra da katları geze geze aşağıya indik.

"Benden bu kadar," dedi sevgilim. "Sen keyfine bak," ve eğilip bir öpücük kondurdu dudaklarıma. Servis elemanları gülümsedi.

Ben de bir alışveriş merkezinde hayatının rekorunu kırmış sevgili eşimi yolcu ettikten sonra kendimi Galeries Lafayette'e vurdum –desem yeridir.

Ah, neler vardı, neler.

Alt katlarda aksesuarlar, takılar, şallar, eşarplar, kozmetik, parfümler –misler gibi...

Daha sonra ayakkabı ve çantalar. Babeti, topuklusu, acayip topuklusu. Bu kadar yüksek topuk üstünde nasıl yürünür ki? Neyse, giyen düşünsün efendim, öyle değil mi?

Ve giysiler.

Bana gelince, sonuçta hoş bir eşarp aldım. Lacivert, siyah ve bej renkler öylesine uyumlu bir biçimde kaynaştırılmıştı ki, pek çok kıyafetimle kullanabileceğim. Sonra inci taklidi uzun bir kolye. Yine lacivert, siyah ve beyaz boncuklardan oluşuyor.

Ve –Özgür'ün hediyesi olarak, bir kol saati. Kadranı dikdörtgen, deri kayışlı, nostaljik görünümlü bir saat. Görür görmez çok ama çok beğendim. İşte bu, dedim içimden, Özgür'ün bana almasını isteyeceğim armağan.

Tam da bu.

Şimdi bak sırdaşım, yıllar geçtikçe insan nasıl da olgunlaşıyor, bazı konularda nasıl da esnek ve hoş görülü olabiliyor.

Evliliğimizin ilk yıllarında olsaydık, kocam bunu düşünmedi, kendi hediyemi kendim aldım diye günlerce ağlar, üstelik ona küserdim. Ne demek efendim, ben nasıl onu düşünüyor, neyi seviyor diye kafa patlatıyor, ağzını arıyorsam, o da azıcık gayret gösterse pekâlâ da neyi istediğimi anlar ve bana sürpriz yapabilir, diye düşünürdüm. Ve işi, *yoksa artık beni sevmiyor mu* boyutlarına taşırdım.

Oysa yıllar geçtikçe, karşındakini daha iyi tanımaya, dahası anlamaya başlıyorsun. Bir kere erkekler bizler kadar romantik değil. Nokta!

Alışverişten hiç hazzetmiyorlar. Nokta!

Kendileri için bile çarşıya çıksalar, girdikleri ilk mağazada eğer istediklerini görürlerse hemen alıp çıkıyorlar. Öyle bizim gibi, bir de şuraya bakayım, acaba öbür butikte daha iyisi var mıdır, gibi soruları yok onların.

Bizlere hediye almaksa, onlar için kelimenin tam anlamıyla –ızdırap!

Dolayısıyla, gidip öyle bir şeyler alıyorlar ki, hani gözünü çıkardı, denir ya, aynen öyle. Doğal olarak, bizler de bu garip armağanları kullanmayınca, bu kez alınıyorlar ve *zaten sen benim aldığım hiçbir şeyi beğenmezsin*, şeklinde bizleri suçluyorlar.

İşte bütüüün bunları yaşadıktan sonra, bir karşılıklı anlaşma oluşuyor. Biz, hatun kişiler romantizmden vazgeçip kendi hediyemizi ya kendimiz alıyoruz ya da istediğimizi söylüyoruz, sevgili eşlerimiz gidip alıyor.

Tabii içimizde hâlâ romantizmden vazgeçemeyenlerimiz var. Olabilir. Ama en azından ben artık alınmıyorum, üzülmüyorum bu konuda. Adam alışverişten hoşlanmıyor. Nokta! Bunun için her sene aynı konuda didişecek değilim.

Ayrıca bunun aşkla, sevgiyle de alakası yok. Özgür beni seviyor. Bunu biliyorum.

Ama alışverişi sev-mi-yor!

N'apalım, kader utansın.

İşte böyle dedim ve rahatladım, sevgili sırdaşım.

Akşam yemeğini yine pek methedilen bir restoranda yedik, adını şu an çıkaramadım.

Yine dekor çok hoştu. Art deco lambalar ve duvar panolarıyla bezeliydi her taraf. Yine yüksek tavanlar, aynalar. Ama orada yaşadıklarımızı anlatmazsam çatlarım.

Şimdi, güzel güzel gidip rezervasyonumuz olduğunu söyledik. Baktılar, ettiler, sonunda adımızı buldular ve bizi masamıza götürüp oturttular. Ondan sonra bekle, bekle, ne gelen var ne giden. Sonunda Özgür, "Yaaa, burası çok karanlık, kesin bu adamlar bizi görmüyor, şu gelene bir söylesene," dedi.

Gerçekten de epey beklemiştik. Yine kırık dökük Fransızcamla, "Affedersiniz, bakar mısınız?" diyerek bir garsonu durdurdum.

Bana şöyle bir baktıktan sonra, "Yemek siparişi mi verecektiniz?" diye sordu.

Ben, "Evet," deyince, "Siparişleri öbür iş arkadaşım alıyor," dedi ve yürüyüp gitti. Bu arada bir başka ayrıntı. Bu restorandakiler bizim kafedekiler gibi yaşlı değil. Tam tersine genç ve pek havalıydılar. Ayrıca birbirlerinden de *iş arkadaşım* diye söz ediyorlardı.

"Ne oldu?" diye sordu Özgür.

"Siparişleri başka bir iş arkadaşı alıyormuş."

"Allah Allah."

Neyse, sustuk ve epeyce bir fasıl daha bekledikten sonra biri ufukta göründü, "Siparişlerinizi alayım," dedi.

Yemeklerimizi söyledikten sonra tam şarabımızı ısmarlıyordum ki, ilerideki masalardakilerle sohbet eden birini başıyla işaret ederek "Şarap siparişinizi someliye alacak," dedi ve kayboldu.

Özgür, "Şimdi ne oldu?" dedi.

"Yemeklerimizi ısmarladım."

"Şarap?"

"Onu şarapla ilgilenen arkadaşı, yani someliye alacakmış."

"Vay, vay," dedi Özgür. "Acaba önümüzdeki şu yirmi dört saat içinde yemeğimizi yiyebilecek miyiz?"

Bu arada şarap uzmanı olan eleman, masadaki sohbetini uzatıyor da uzatıyordu.

"Hayır, bir şey değil," diye homurdandı Özgür, "yemek gelecek, şarap yok ortada."

Ve yine epey bir vakit geçtiği için artık ben dayanamayıp yanımızdan geçen bir başka garsona, "Lütfen bakar mısınız?" dedim. Durdu, ben devam ettim. "Someliye siparişimizi alacaktı, onu bekliyoruz, söyleyebilir misiniz?"

Garson önce bir someliyeden tarafa baktı, o-hooo, adam hâlâ sohbetteydi. Sonra bana döndü. "Özür dilerim ama sizin siparişinizi *iş arkadaşım* uygun olduğunda alacaktır," demez mi!

Ben bile pes artık dedim.

Bu da Fransızların dünyaca ünlü kötü servis örneğiydi.

Ve biz beklemeye devam...

Derken, aheste beste şarapçımız geldi, sipariş aldı.

Ve aynı anda yemeklerimiz geldi!

"Buyrun bakalım," dedi Özgür.

Yemekler gelmiş, şarap yok.

Neyse ki adam yeniden belirdi karanlıkların içinden. Ve binbir numarayla şarabımızı açıp servis yaptı ama öbür masadakilerle olduğu gibi derin bir sohbete girişmedi çünkü ikimizin de yüzü asıktı.

"Gözünü sevdiğimin Türk servis elemanları," diye mırıldandı Özgür, sonra kadehini kaldırıp, "Haydi sevgilim, şerefe," dedi.

Yemekler de şarap da gerçekten çok çok iyiydi. Hem de o berbat servisi unutturursasına. Tatlı ve kahveden vazgeçtik. "Şimdi," dedi Özgür, "tatlı için bir *iş arkadaşı*, kahve için öbür *iş arkadaşını* bekleyeceğimize çıkıp dışarıda herhangi bir kafede şansımızı deneyelim."

Ve de öyle yaptık zaten.

Son günümüzün sabahı, yine otelin yanındaki kafeye gittik. Yaşlı garson bizi görünce, benden önce davranıp bizi selamladı, "Hoş geldiniz," dedi, hem de güler yüzle.

"Ooo, Serra, kutlarım seni," dedi Özgür. "Bu ne güzel karşılama böyle."

"Tatlı dil yılanı bile deliğinden çıkarır demiş atalarımız."

Garsonumuzun hatırını sordum, o da gülümseyerek cevapladı, sonra siparişimiz aldı.

Ve –dikkat, dikkat.

Bu kez kahvemizi, sütümüzü ve kruvasanları yine özenle masaya yerleştirdikten sonra bize bir porsiyon değil, tam iki porsiyon peynir getirdi, ikincisinin kendi ikramı olduğunu gayet zarif biçimde ima ederek.

Yaaa...

"Şu gördüklerime inanamıyorum," dedi Özgür.

"Bir de dün akşamı düşün."

"Değil düşünmek, hatırlamak bile istemiyorum."

Son günümüzde ünlü heykeltıraş Rodin'in müzesine gitmeye karar vermiştik. Onun, özellikle de *Düşünen Adam* ve *Öpücük* adlı heykellerini görmek istiyorduk.

Heykeller ve heykeltraşın bir süre yaşadığı malikâne, güzel düzenlenmiş, yemyeşil bir bahçe içindeydi. Hem içeride, salondaki eserlerini, hem de bahçeye yerleştirilmiş olanları izledik. Özgür yine epeyce fotoğraf çekti. O siyah beyaz çalışıyor ve ortaya gerçekten çarpıcı fotoğraflar çıkıyor.

Öğle yemeğimizi Café Flore'da yedik. Bir dönem entelektüellerin buluşma yeri Café Flore'da. Öğleden sonra da bulvarlarda yürüdük. Heykelleri, köprüleri, özellikle de Zafer Takı, Arc de Triomphe'u, bir kez daha, zihnimize yerleştirmek istercesine seyrettik. Ve tabii ki, Özgür yine bol bol fotoğraf çekti.

Sevdiklerimize ufak tefek armağanlar aldık, ofistekilere de bir koca kutu değişik şekil ve tatlarda çikolata.

Ve şimdi uçaktayız.

Az önce Özgür, "Neler yazıyorsun öyle harıl harıl?" diye sordu.

"Paris gezimizi," dedim. "Ne iyi ettik de geldik, değil mi Özgürcüğüm? Umarım sen de memnun kaldın."

"Hem de nasıl," diyerek uzandı ve şakağıma bir öpücük kondurdu, sonra uzun uzun gözlerimin içine baktı.

"Sen ne akıllı, ne bulunmaz bir kadınsın," dedi.

İşte böyle sevgili sırdaşım.

Çok güzel bir geziydi.

Unutulmaz bir üç gün yaşadık.

Birbirimizi yeniden bulduk sanki.

Döner dönmez kızıcığımı arayacağım, bakalım neler yaptı bu hafta sonu.

Salı günü de Nuran Anne'yle öğle yemeğinde buluşacağız, hediyesini o zaman vereceğim. Kayınvalideler, hele de Nuran Anne gibiler, asla ihmal edilmemeli, değil mi efendim?

İniş anonsu yapıldı.

Hadi, görüşmek üzere…

Öyle bir çalışıyoruz ki, günler nasıl geçiyor, anlayan ne olsun.

Zeynep Hanım'ın evinde çocuklarla yaptığımız çalışmalardan söz ediyorum. Haftada üç gün meğer ne çokmuş. Bir de her gün olsun diyorduk. Her gün olsa kesin kafayı yerdik.

Zaten Müjde'nin gidişi hepimizi mahvetti. Hele de Sude'yle Beste'nin ağzını günlerdir bıçak açmıyor. Kolay mı, en yakın arkadaşlardı onlar. Aslında Öykü'nün de yakın arkadaşıydı ama o bencil yaratık üzgün olmuş, olmamış valla umurumda değil.

Müjde bizimkileri aradığında, çok güzel bir odam var arkadaşlar, diye neşeli görünmeye çalışıyormuş. Canım benim yaaa...

Ya Berk'e ne demeli? O da mahzun mahzun dolanıyor ortalarda. Atakan, "Ne üzülüyorsun, özledin mi atlar gidersin İstanbul'a," diye onu teselli etmeye çalışıyordu geçen gün.

Bugün bizim küçüklere gölgede kitap yaptırdık. Önce kendileri bir öykü tasarlayacaklar sonra bunu yazıp resimleyecekler, en sonra da o kâğıtları birleştirip kitaba dönüştüreceklerdi. Tabii elimizde zımbalar, biz de yardımcı oluyorduk. Ve sonuçta öyle güzel öyküler çıktı ki, bu kadar olur.

Sude, "Çocuklar, bunları sakın atmayın, saklayın çünkü çok güzel iş çıkardınız," dedi.

Haaa, bu arada çok önemli bir noktayı belirtmeden geçemeyeceğim aziz dinleyiciler. Hani Asya'yla Sungur'un yakışıklı ağabeyleri vardı ya, o artık devamlı katılımcımız!!!

Ve ben şu anda ne yapıyorum biliyor musun, aynen Ava gibi kaşlarımı kaldırıp indiriyor, kaldırıp indiriyorum. Adam bayağı konu oldu bize.

Bir kere, her seferinde kardeşlerini o getiriyor ve de sonuna dek kalıyor. Oysa ötekiler, çocukları bırakıyor, daha sonra almaya geliyorlar. Hem de aile bireyleri ya da dostlarıyla dönüşümlü olarak.

Bu –tam vaktinde damlıyor.

Gözler, aynen ve de tam gaz Sude'de. Ama sana bir şey fısıldayım mı sevgili arkadaşım, hani Sude o kasıntı Kıvanç'ı şutlasa da, bu Kanat'la olsa, hiiiç karşı çıkmam. Tam tersine.

Yaaa, adı da Kanat'mış meğer.

Ne kadar havalı.

Hem Kıvanç adından daha çarpıcı bi kere.

Çok hoş çocuk yaaa.

Bir de güler yüzlü.

Ötekiyse gülmeye kira istiyor.

Sonra, hepimize bi yardımcı, bi yardımcı.

Erkek çocuklarla çok güzel başa çıkıyor. Mesela Alp azgının teki, zaten Murat'ı da o azdırıyor. Ve bu bacaksızlar bizi sallamıyor ama onu öyle bir dinliyorlar ki. Hemen sus pus oluyorlar.

Açık açık söylemese de Beste de benimle aynı fikirde –sanırım.

Üstelik... üstelik...

Bak geçen gün ne oldu.

Sinir hapın varsa al ve dinle.

Şimdi bizim Sude şöyle bi şey yapmakta. Her çocuğa bir dosya hazırladı ve yaptıkları tüm el işlerini bu dosyalarda toplamaya başladı. Niyeti, bu etkinliklerin sonunda o dosyaları çocuklara teslim etmek ve onların bu dönemde yaptıklarını hem ailelerinin, hem kendilerinin görmesini, hem de bir anı olarak saklamalarını sağlamak.

Güzel düşünce, değil mi?

Geçen gün Sude ve Kanat oturmuş o dosyaları düzeltiyordu. Bu iş için Kanat'ın gönüllü olup Sude'ye yardım önermiş olduğunu da, belirtmemde yarar var sanırım.

O gün Öykü de vardı. Güya yardıma gelmişti, hiçbir şey yapmadan lök gibi oturuyordu, bana sorarsan.

Neyse... Sude bir ara kalkıp uzaklaştı ve bu Öykü, hemen, inan bana arkadaşım, hemen ayaklanıp doğru Kanat'ın yanına...

Abi, olabilir mi böyle bi şey!

Deliler gibi taklit ettiği Müjde gitti ya, şimdi tüm dikkati Sude'de.

Bu kız manyak! Resmen manyak!

Ben de yakınlardayım, ne diyorlar, duyabiliyorum. Zaten çoktan dikkat kesilmiştim bile, dur bakalım, n'apacak diye.

Kanat'ın dibinde bitti ve o yalaka hâliyle, "Ben de yardımcı olabilirim," dedi.

Veee –(arkadaşım ben bu adamı nasıl sevmem, nasıl sevmem) Kanat gayet düz ve kesin bir sesle, yüzüne bile bakmadan, "Hiç gerek yok Öykü," dedi. "Biz Sude'yle hallediyoruz."

Bıçak gibi.

Kestirip attı.

İşte, budur!

Helal olsun sana, diye bağırmak geldi içimden. Öyle Kıvanç gibi kıvırtmadı.

N'aber?

Yok arkadaşça muhabbetlermiş, yok sohbet seviyormuş, yok bilmem ne, demedi.

Niyetini anladı.

Ve kestirip attı.

Kıvanç anlamıyor mu bu kızın niyetini?

Bal gibi anlıyor.

Ama hoşuna gidiyor bu ilgi.

Hoşuna gittiği için de bir türlü noktayı koyamıyor.

Bizler de ahmağız ya, anlamıyoruz bütün bunları. Bak şimdi benim yerimde anneannem olsa, "Sinirlendim, tansiyonum çıktı işte," derdi.

Valla benim de beynim karıncalanıyor bu kızın bu hâllerini gördükçe.

Asıl konuya dönersek, Beste, Öykü, Ava, ben, bizim oğlanlar bir şeyler görüyoruz, seziyoruz Kanat'la ilgili. Ama hiçbirimiz bunu dile getiremiyoruz.

Çünkü...

Sude'nin öyle bir tavrı var ki, kimse bir şey söyleyemiyor.

Sude bütün bunların hiç farkında değilmiş gibi davranıyor. Onun erkek arkadaşı Kıvanç. Ve o Kıvanç'ın İstanbul'dan gelmesini bekliyor.

Gerçekten ne düşünüyor, ne hissediyor bilmiyoruz. Kanat'la ilgili fikri ne, ya Kıvanç?

Bilmiyoruz.

Çünkü konuşmuyor ve konuşturmuyor.

Bu arada Kayra da sık geliyor ve yardımcı oluyor.

Hani dönüşümlü geliyoruz ya, Kayra kendi günlerinin dışında da geliyor. Ve tabii bu, bizim sevindirik Ava'yı çok mutlu ediyor. Benim için geldiğini düşünüyor ve ağzı kulaklarına varıyor.

Salak!

Ama, Kayra da kızı işleteceğim diye yapmadığını bırakmıyor. Ve –bu durumda herkes de bizim aramızda bi şeyler var zannediyor. O kadar ki, artık bir yere gittiğimizde, benim yanımı boş bırakıyorlar.

Neden?

Kayra gelip otursun diye.

Yani, o kadar.

O da hemen gelip yanıma oturuyor zaten. Arada bir de kolunu omzuma atıyor filan.

Tabii ben de onu itiştiriyorum.

O zaman da, ama rolümüzü iyi oynamamız gerek, diyor.

"Daha ne kadar devam edecek bu?" diye sordum, "Yeterince kandırmadık mı?"

"Yoook," dedi hemen. "Tam kıvamına gelecek, o zaman söyleyeceğiz. Ben şu aralar hep senin yanında olmalıyım ki, inandırıcı olsun."

"Üf yaaa..." dedim. "Ne zaman bitecek bu oyun?"

Ve o an sanki bir şey oldu.

Sanki Kayra'nın o neşeli bakan gözleri hüzünleniverdi.

Işığı söndü sanki.

"Çok mu sıkıldın?" diye sordu alçak sesle.

Ama o an.

Nasıl anlatsam.

Sanki aramızda garip bir çekim oldu.

Gibi...

Sanki o üzüldü, ama gerçekten üzüldü, benim üfff diyerek söylediklerime.

Ve sanki ben de üzüldüm, o üzüldü diye.

"Bu oyun seni sıktıysa hemen keselim," dedi.

"Yok canım, öyle demek istemedim," gibi bir şeyler mırıldandım ama kırılmıştı bir kere. Yavaşça uzaklaştı.

Eve dönerken de yine bize yardımcı oldu ama bu kez benim yanımda yürümüyordu.

Evin önüne gelince, çabucak sepetleri terasa bıraktı ve bana bakmadan hepimize toptan seslenircesine, "Hadi görüşürüz kankalar," dedi ve koşarak uzaklaştı.

Oysa hep gözleri beni bulur ve öyle vedalaşırdı. Tabii bütün bunlar Ava'yı kandırmak içindi.

Başka ne için olsun?

Peki, o zaman beni niye bir hüzün basmıştı?

Akşam yatınca gözlerimi tavana dikip düşündüm.

Ne olmuştu?

Hiç anlayamadığım duygular içindeydim. Ava'yı işletmek için başladığımız yalancı ilgi alaka sonlanmıştı.

Ben bunu bir yük gibi görmüyor muydum?

Görüyordum.

Öyleyse, sevinmem gerekiyordu bu iş bitti diye.

İyi de niye sevinemiyordum?

Hatta, hatta...

Üzülüyordum sanki.

Kalkıp oturdum. G. A.'nın fotoğrafına baktım uzun uzun.

"Sen buralarda olsaydın, bana neler olduğunu söylerdin. Ben de durumumu anlardım," diye dert yandım.

Yoksa... yoksa.

Kayra'ya âşık falan mı oluyordum acaba?

Yok yaaa...

Daha neler.

Bak G. A.'ya âşık olmuştum. O tamam.

Nasıl mı biliyorum?

Çarpılmıştım ya, çarpılmıştım onu görünce.

Her tarafımı alevler sarmıştı.

Kayra'ysa...

O benim arkadaşım.

İnsan hiç arkadaşına âşık olur mu?

Hem, Ava'nın konuyu her ortaya koyuşunda, şiddetle karşı çıkmamış mıydım?

E, öyleyse bu üzüntü ne?

Benden uzaklaşması, ayrılırken bana bakmadan gitmesi beni niye bu kadar üzüyor?

Uyumamı neden engelliyor?

Gecenin bu saatinde kalkıp neden bunları yazıyorum?

Neden?

Neden?

Ay, bugün öldük gülmekten.

Resmen öldük!

Bak neler oldu. Sabah bi baktık, Beste geliyor, yüzü bir karış.

Ava, "Seninkinin yüzünden düşen bin parça," diyerek Sude'yi dürttü.

Sert adımlarla gelen Sude, küt diye kendini kumlara bıraktı.

"Neyin var senin?" diye sordu Sude.

"Resmen burnumdan soluyorum."

"Bunu görebiliyorum," dedi Sude hafifçe gülerek.

"Gulme Sude! Zaten sinirim tepemde."

"Canım benim," dedi Sude. "Anlat da rahatla."

"Valla hiç rahatlanacak yanı yok bu işin." Öyle de öfkeli konuşuyordu ki, hiçbirimiz cesaret edip bir şey söyleyemiyoruz.

Bir insan bu kadar kızgın olunca, güldürmeye de çabalasan, teselli etmeye de, işe yaramaz. Onu daha beter kızdırırsın.

Nerden mi biliyorum?

Kendimden.

En iyisi susup beklemek.

Nitekim az sonra konuşmaya başladı, bir yandan da kumlarla oynuyordu.

"Yani bazen ailemdekileri anlamıyorum, hiç anlamıyorum. Deli ediyorlar insanı," diye homurdandı.

Sonra sustu.

Biz zaten susuyorduk.

Derken yavaş yavaş açılır gibi oldu.

"Hele bir de babaannemin aklına uymuyorlar mı, abi aklın alacağı gibi değil. Yirmi birinci yüzyılda yaşıyoruz arkadaşım, alooo..."

Durum aydınlanıyor gibiydi. (Ne kadar da dramatik bir cümle kurdum, değil mi, üfff, üf...) Şimdi, Beste'nin de tıpkı benim annemin babaannesi gibi cins bir babaannesi var. Bazen Beste onun olaylarını anlatır da, biz yerlere yatarız gülmekten, o ise kudurur anlattıkça.

Sude usulca duruma yaklaştı. "Galiba babaannen bir şey yaptı?"

"Evet, canım!" diye bağırdı Beste. "Hem de kendini bile aştı bu kez."

Ava artık dayanamayıp bodoslama girdi konuya. "Ne olduğunu bi anlat da, sen de rahatla, biz de."

"Size ne oluyor ki?"

"E, merak ediyoruz herhâlde. Hayret bi şey! Hem kızma ama senin babaannen oldukça renkli bir tip. Onun öykülerini dinlemek zevkli oluyor."

"Öyle mi?" dedi Beste. "O kadar eğlenceli buluyorsan, onu hemen size vereyim, alıp evinize götürün. Ama –geri getirmek yok!"

İşte bu noktadan sonra artık herkes gülmeye başladı. Beste bile gülüyordu.

Sonunda Sude, "Sinirin geçtiğine göre anlat bize. Nedir seni bunca kızdıran," dedi.

"Offf," dedi Beste ve yolarcasına saçlarını karıştırdı. "Söylediğimde öyle şaşacaksınız ki."

"Hadi ama, fıtık ettin bizi."

Durdu, durdu sonra birden konuşmaya başladı.

"Babaannem beni görücüye çıkarmak istiyor."

"Ne?"

"Ne dedin sen?"

"Bu devirde?"

"Asıl –bu yaşta, bu yaşta!"

Ve bu tepkilerin ardından bir kahkahadır koptu. Nasıl gülüyoruz, bu kadar olur. Beste de bizden aşağı kalmıyordu. O da öyle bir gülüyordu ki, gözlerinden yaşlar akıyordu. Hem gözlerini siliyor, hem de, "Bakın çocuklar, gülüyorum ama sinirimden gülüyorum," deyip basıyordu kahkahayı.

Krize girmiş gibiydik.

Susmak istiyorduk ama birbirimize bakıp karşımızdakini güldüğünü gördükçe tekrar başlıyorduk gülmeye.

Neyse sonunda sakinleşebildik.

"Peki," dedi Öykü, "bu nerden icap etmiş?"

"Çok sevdiği bir arkadaşı varmış, babaannemin çocukluk arkadaşıymış. Buluştuklarında hep birbirlerine çocuklarının, torunlarının fotoğraflarını gösterirlermiş. Malum muhabbet. Yine böyle bir foto paylaşımında arkadaşı demiş ki, bak ne güzel torunlarımız var, kim bilir bunların karşısına kimler çıkacak. Kimdir, kimlerdendir, bilemeyiz. Ne idüğü belirsiz insanlar."

"Sahi öyle mi demiş?"

"Evet, yaaa... Ne idüğü belirsiz insanlar çıkacak karşısına. Haaa, bir de demiş ki, bugün herkesin ayağında bir kot pantolon, bir tişört. Neyin nesi, kimin fesi, anlayan beri gelsin. Oysa bizim zamanımızda öyle miydi? Giyiminden kuşamından bir fikir edinirdin hiç olmazsa. Ve işte bu düşünceden çıkarak, torunlarının işini şansa bırakmamaya karar vermişler."

"Yani?"

"Yani, bizi tanıştırmayı kafaya takmışlar."

"O-hooo kızım, hadi yine iyisin."

"Baksana üstelik onaylanmış, damgalanmış bir erkek arkadaş."

"Siz alay edin bakalım, evde kıyametler kopuyor."

"Sahi mi? Evde ne oldu ki?"

"Annem ilk duyduğunda, babaannem şaka yapıyor zannetmiş, gülmüş filan ama bakmış babaannem çok ciddi, bu sefer o kıyameti koparmış. Bu yaşta bir kız çocuğu için böyle bir şey düşünebilmenize şaşıyorum anne, diye babaanneme çıkışmış. O da, ben hemen bugün evlensinler demiyorum ki, demiş. Sadece tanışsınlar, şurada da şöyle bir delikanlı var, diyebilsin. Yarın öbür gün de eğer kısmetse olur. Ben sadece birbirlerinden haberdar olsunlar istiyorum, diyormuş."

"Peki, baban ne diyor bu işlere?"

"Babam iki arada kalmış vaziyette."

"İnanmıyorum," dedi Öykü, "baban da babaannen gibi mi düşünüyor?"

"Yok, yok," dedi Beste. "Aslında babam, anneme hak veriyor ve babaanneme de söyledi zaten. Beste'nin yaşında böyle bir şeyi asla düşünemem, dedi amma..."

"Ne ama'sı?" diye bağrıştık.

"Babaannem ısrar ediyor, ben arkadaşıma söz verdim, şimdi sözümden nasıl döneyim, diyor. Ne olur yani, gelecekler, bir saat oturup bir çayımızı içip gidecekler, lütfen beni mahcup etmeyin, diyor. Hem ne malum, belki de sonra bana dua edersiniz, hayat bu, belli mi olur, diyor. Haydi, beni kırmayın, diyor."

"Ooo, senin babaannen iyi duygu sömürüsü yapıyormuş."

"Hem de ne biçim. İşte babam bu noktada bocalıyor. Annesini kırmak istemiyor, öte yandan annem, asla olmaz, diyor. Babam da ikisinin arasını bulmak için çabalıyor."

"Peki, senin fikrini soran var mı?"

"Soran yok ama önemsemediklerinden değil. Ne diyeceğimi çok iyi bildikleri için sormuyorlar."

"Aman canım, ben kesinlikle istemiyorum dersin, nasıl olsa annen de senin arkanda, bu iş de böylece kapanır gider."

"Hayır Ava! Kapanıp gidecek gibi değil."

"Neden?"

"Çünkü babaannem onları gelecek hafta başı, yani pazartesi günü çaya davet etmiş bile."

"Eyvahlar!" diye feryadı bastı Sude. "Gün de verilmiş üstelik."

"Evet, efendim, pazartesi günü saat dört sularında, babaannemin daveti üzerine, bizim evde bekleniyorlar."

"Çok kötü," dedi Ava. "Bu durumda sana çıkış yolu yok, demektir."

"İşte ben de hâlâ bu işten nasıl kurtulurum diye düşünüyorum."

"Hastalanmış ol, annenler arayıp hasta desinler, iptal etsinler."

"Hayrola kızlar? Nedir bu hararetli muhabbet? İki saattir havlu sallıyoruz, görmüyorsunuz."

Murathan, Atakan'la gelmiş, Ava'ya gülümsüyordu. Kayra da yanındaydı, o da herkesle şakalaşıyordu ama nedense benimle göz göze gelmiyordu!

"Sormayın başıma gelenleri," dedi Beste.

"Ne oldu ki," diyerek üçü de karşımıza geçip oturdu.

"Nasıl olsa duyacaksınız, anlatayım bari," dedi zavallı Beste ama hemen sonra parmağını sallayarak "Gülmek yok, saraka yok. Bak valla, bi küserim, bi daha ölsem konuşmam, ona göre..." diye uyardı.

Bunlar hayretler içinde dinliyordu.

Sonra Beste anlattı, önce çok şaşırdılar aynen bizim gibi, sonra da dayanamayıp gülmeye başladılar yine aynen bizim gibi.

Ama bak, alay etmediler!

Doğruya doğru.

Tepkileri aynı bizim gibi olmuştu.

Önce şaşkınlık, sonra gülme.

"Eee, n'olacak şimdi?" diye sordu Atakan.

"İşte siz geldiğinizde biz de tam bunu konuşuyorduk.

Onlar da birtakım fikirler ileri sürdü ama bizimkilerden bir farkı yoktu. Yani işe yaramadı!

"Aman, sıkıldım," dedi Beste. "N'olacaksa olacak. Hadi biz biraz çöp toplayalım da, açılalım. Zaten çöpler de dolmuş yine."

Böylece şapkalar kafalara geçirildi, "Çöplere savaş!" diye bağırarak deniz kenarına yollandık.

Epeyce bir çalışmış, çöp toplama sınırımıza ulaşmıştık ki, Sedat abi seslendi.

"Kızlar, bir bakar mısınız?"

Yanına ulaştığımızda, bizleri şöyle bir süzdü. "Yorgun görünüyorsunuz, hadi size soğuk bir şeyler ikram edeyim," dedi, böylece hep birlikte Rüyam Cafe'den içeri girdik.

Ahhh, ah!

Her köşe G. A. diye sesleniyordu sanki. Oturduk, buz gibi soğuk meyve suları geldi.

"Bu çok makbule geçti Sedat abi," dedi Ava.

"Sizlerin bu çöp toplama çabası var ya, valla hayranım. Her yerde anlatıyorum, bizim orda bir kız takımı var, aslanlar gibi kıyılara sahip çıkıyorlar, diyorum."

"O kadar da değil Sedat abi," dedi Sude.

"Görüyor, düşünüyor ve düşüncenizi hayata geçiriyorsunuz. Asıl önemli olan da bu," dedi ve ekledi, "Bir de bizim millete yere çöp atmamayı öğretebilsek. Aslında var ya, ne kadar basit bir olay. Sadece ve sadece çöpünü yere at-ma-ya-cak-sın. Atmayacaksın abi, atmayacaksın. Ve o zaman sokakların, parkların, kıyıların görünümü nasıl da değişecek. Bu kadar küçük bir önlemle ne kadar büyük bir fark olacak." Derin derin içini çekti. "Neyse, diyecektim ki, yazın sonuna geliyoruz. Herkes dağılmadan plajda bir kez daha müzik yapalım. Ne dersiniz?"

Birbirimize baktık, "Neden olmasın?" dedik.

"Şarkıları zaten çalışmıştık, bir kez prova yapıp üstünden geçsek yeterli olur."

"Acaba 30 Ağustos'a denkleştirsek nasıl olur?" diye sordum.

Bir durdu, "Valla iyi fikir," dedi. Sonra tekrarladı. "Çok iyi fikir. Nasıl da bunu düşünemedim. Burada her yıl 30 Ağustos akşamı fener alayı düzenleniyor zaten. Biz de müziğimizle katkıda bulunuruz. O zaman, anlaştık mı, tamam mı?"

"Evet."

"Anlaştık Sedat abi!" sesleri yükseldi.

Ve evlerimize dağıldık.

Kayra daha önceleri gibi benimle bizim eve kadar gelmedi.

O, plajda kaldı.

Anlaşılan çok kötü küstü bana. Ve bu da beni çoook üzüyor.

Hiç bu kadar üzüleceğimi tahmin etmezdim.

Şöyle söyleyeyim, bu durum beni sonsuz mutsuz ediyor.

O kadar yani...

Sabah toplanmış plaja doğru yürürken Sude, "Önümüzdeki hafta Kıvanç geliyormuş," diye mırıldandı.

"Gözün aydın," dedi hemen Ava.

Sude'yse sadece omzunu silkti.

"O-hooo, hanıma bakar mısınız? Nedir bu hâl kızım? O kadar yorulduk mutlu olasın, diye. Adam da kalkmış geliyor işte. Daha ne..."

"Geliyor da bana mı geliyor?"

"Ya kime geliyor?"

"Öykü'ye olamaz mı?"

"Haydaaa... Al bir on paralık da bunda derler ya, aynen öyle."

"Ne yapayım, güvenim sarsıldı bi kere."

"Ama biz sana iyi haberleri ilettikten sonra aranız iyiydi. Daha doğrusu sen ona sanki şefkat-ilgi-sevgi formülünü uyguluyordun."

Bir süre Ava'ya cevap vermeden yürüdü Sude. Sonra, "Ne bileyim, o eski sıcaklığı hissetmiyor gibiyim. Aslında," dedi, yine durdu, bir şeyler düşünür gibiydi, "aslında, onda da o eski sıcaklık yok."

"Allah Allah," dedi Ava kollarını havaya kaldırarak. "Adam kalkmış İstanbullardan geliyor, neden geliyor, kimin için geliyor? Tabii ki senin için geliyor."

Sonra birden durdu, tabii o durunca biz de durduk.

"Şu işe bak," dedi Ava. "Aslında ben senin o Kıvanç'a pek de bayılmam, bunu sen de biliyorsun. Öte yandan yiğidi öldür, hakkını teslim et, derler. Adam kaç kez geldi senin için buralara?"

"İşte," dedi Sude ayağını yere vurarak, "başında ben de öyle düşünüyordum ama artık öyle düşünmüyorum."

"Peki, nedir?"

"Bir kere o, Çeşme'yi seviyor, gerçekten burada olmaktan hoşlanıyor. Ben olsam da olmasam da buraya gelirdi o, diye düşünüyorum. Sonra durup kendime soruyorum, sen denizi, eğlencesi, hoş yerleri olmayan bir yerde yaşıyor olsaydın acaba Kıvanç yine böyle sık sık gelir miydi?"

"Hımmm," diye mırıldandı Ava, düşünüyordu.

Valla o an, hemen hocamızın, *sorgulayarak düşünün* lafı aklıma geldi bir kez daha.

Bir işin köküne inmek istiyorsanız, kendi kendinizin insanı olmak istiyorsanız, sorular sorun. Soru soran insan düşünen insandır, düşünen insansa gerçek anlamda özgür bir bireydir, demişti, sorgulayarak düşünme konusunu işlerken.

İşte Sude de o anda bunu yapıyor, Kıvanç'la ilişkisini sorguluyordu.

"Sonra," diye devam etti Sude, "kaç kez, gel seni ailemle tanıştırayım, onlar benim tüm arkadaşlarımı tanırlar. Seni de tanırlarsa, daha rahat görüşebiliriz, hem ben de senin onları tanımanı isterim, dedim ama –yanaşmadı. Hep bir bahane uydurdu. Ailemle tanışmaktan hep kaçtı, neden? Burada biz hepimiz birbirimizin ailelerini, anne babalarını tanırız. Onları teyzeler amcalar olarak biliriz. Hiçbirimizin de ailelerden öcü görmüş gibi kaçtığını görmedim. Öyle değil mi, söyleyin."

İkimiz de, haklısın diyerek Sude'yi destekledik.

"Peki öyleyse, Kıvanç neden ailemden kaçıyor?"

İçimden, helal olsun sana Sude, diyordum, ne güzel sorular soruyorsun.

"Öykü meselesine gelince, sadece sohbet, diyor. O da, Öykü de. Tamam, belki de öyle ama eğer ben Kıvanç için özel biriysem, aralarında hiçbir şey olmasa da, sırf bu durum beni üzüyor diye, bir iki saatlik muhabbetten vazgeçemez miydi? Hangisi daha önemli? Bir iki saatlik bir sohbet mi, sevdiğini iddia ettiği kişinin huzursuzluğu mu? Ve bir başka soru beliriyor kafamda. O zaman bu nasıl bir ilişki? Bu duruma olabildiğince tarafsız bir gözle bakıp bu soruyu sorduğumda, ben tamamen tek taraflı yürüyen bir ilişki, bir arkadaşlık görüyorum.

"Buraya, Çeşme ve Çeşme hayatını o, kendisi, sevdiği için geliyor. Öte yandan, benim çok istememe karşın ailemle tanışmaya yanaşmıyor. Çünkü o, bunu istemiyor. Ayrıca, gece ailemin koyduğu saatte dönmemi de anlayışla karşılayacağı yerde, sürekli eleştiriyor. Ve beni cezalandırırcasına, sen erken gidersen, ben de kalan kişilerle sohbetimi devam ettiririm mesajını veriyor, alttan alta."

"Deme yaaa..."

"Evet, Ava, ben onun tavrından, konuşmasından anlıyorum. Aklı sıra beni cezalandırıyor. Neymiş, beyimiz kalkıp geldi ya, ben her şeyi yıkıp onunla olmalıymışım."

"Sana böyle mi dedi?" Ava'nın gözleri fal taşı gibi açılmıştı.

"Hayır, tabii ki açık açık böyle demedi ama tavırları, laf dokundurmaları... Ve özellikle de Öykü'yle zaman geçirmeyi sürdürmesi... Benim sinirlendiğimi, dahası üzüldüğümü bile bile sürdürmesinin altında yatan asıl neden, onun istediğinin yerine getirilmemiş olması."

Bir süre sessizce yürümeye devam ettik.

Üçümüz de düşünüyorduk.

Sude'nin sorduğu soruları düşünüyorduk.

"Ve," diye devam etti Sude, "şimdi benim kendime sormam gereken son soruysa, bu durumda ben ne yapmalıyım?"

"Hemen şutla," dedi Ava.

"Biz de sana yardım ederiz," diyerek destekledim Ava'yı. İkimiz de başından beri sevmemiştik Kıvanç'ı.

Onu Sude kadar incelemiş değildik elbette ama ikimiz de onu bencil ve kibirli buluyorduk. Açık açık söylemesek de buydu düşüncemiz.

"İşte ona karar veremiyorum."

"Ne? Sen bütün bunları sıraladıktan sonra hâlâ bu ilişkiyi sürdürecek misin yoksa?"

"Yok," dedi Sude, "benim için bu iş bitti. Bitti de, ya bu düşüncelerimi söyler, bitiririm ya da nasıl olsa birkaç gün kalıp İstanbul'a dönecek, okul da başlayacağı için zaten birbirimiz görmeyeceğiz. Böylece bu iş de kendiliğinden çözülüp yok olacak. Kavgasız, gürültüsüz."

"Sen, şimdi o dırıltı çıkarır diye düşünüyorsun, değil mi?"

"Tabii," dedi Sude. "Kesin kendini savunacak. Kendisini ne harika bir insan olduğunu ama benim onun kıymetini bilemediğimi söyleyecek de söyleyecek. İşte, bu da, itiraf etmeliyim, beni yıldırıyor. O nedenle, şu birkaç günü serin durarak atlatayım sonra zaten bütün yıl görüşmeyeceğimiz için bu iş kendiliğinden bitecek, diye düşünüyorum."

"Ya gelecek yaz yine damlarsa?"

Dayanamadım.

"O zaman da Sude, geçmiş olsun hemşerim, der ve olay biter."

"Aynen öyle," dedi Sude.

Plaja gelmiştik. Sağda solda arkadaşlar belirince konuyu kapattık tabii.

Yaaa... Görüyor musun arkadaşım, meğer Sude neler neler düşünüyormuş!

Ama doğrusu hayran kaldım. Ne güzel düşünmüş, ne akılcı sorular sormuş ve sonuca varmış.

Ama o kasıntı Kıvanç'ın şullanışını doğrusu gözlerimle görmek isterdim. Kızı nasıl da üzmüş, onu hiç düşünmemiş. Hep kendi istediği, hep kendi istediği.

Tam bir bencil.

Öykü'yle ne kadar da benzeşiyorlar.

Tencere yuvarlanmış, kapağını bulmuş, der anneannem.

Kıvanç'la Öykü.

Tencere kapak.

Denklem –muhteşem.

Evet, ne diyordum, bencillikten söz ediyorduk, hele de kızın o kadar istemesine karşın ailesiyle tanışmaktan kaçışı.

Tamam, biz de bayılmıyoruz teyze amca muhabbetine ama arkadaşlarımızın hatırına, okul nasıl gidiyor ya da büyüyünce ne olmak istiyorsun gibi hiçbir yaratıcılığı olmayan sorulara katlanıyoruz.

Hava iyi sıcaktı, hemen kendimizi denize attık. Ohhh, bi güzel serinledim, diye düşünürken Ava geldi yanıma. "Sizin cephede neler oluyor?" demez mi. Tam o sırada yüzüme çarpan bir dalgayla su yuttum, öksürmeye başladım.

Karşıma geçmiş, "Boğulma, boğulma, altı üstü bir soru sorduk," diye dalga geçiyordu.

"Ne cephesi?"

"Seninle Kayra cephesinden söz ediyorum, sanki anlamadın."

Sen ve Kayra deyince içim cız etti.

Nedense...

"Ne varmış cephemizde?"

"Of, Selin yaaa, yapma böyle. Bak ne güzel gidiyordunuz ama şu son günlerde birbirinizden uzak duruyorsunuz gibi bir durum var. Ne iş?"

"Biz her zamanki gibiyiz. Sadece sen kafadan senaryolar yazıyorsun. Kendin yazıyor, kendin oynuyorsun. Sonra da neden öyle, neden böyle diye soruyorsun."

"Hayır ama... O hep senin yanındaydı bi kere. Hatta hatta arada bir daha da samimi bir vaziyetteydiniz. Sen de pekâlâ memnun gibi görünüyordun. Ama şimdi... Sanki bir şey oldu, o bir tarafta, sen bir tarafta."

Kendini konuya o kadar kaptırmıştı ki, bu kez o koca bir dalgayı yedi suratına ve bu kez o öksürmeye başladı.

"Boğulma, boğulma," dedim ve kıyıya doğru son sürat yüzmeye başladım. Ava da peşimden. Kıyıya çıkınca, tam Ava'nın devam edebileceği sorulardan nasıl kurtulurum diye düşünürken, Beste'nin telefonu çaldı.

"Müjdeee..." diye bir feryat.

Anlaşılan arayan Müjde'ydi.

Hemen Beste'nin etrafına toplandık.

"Dur, dur," dedi Beste, Müjde'ye, "hoparlörü açıyorum ki, seni arkadaşlar da duysun."

"Selam arkadaşlar!" diye seslendi Müjde.

"Selam!" diye bağrıştık.

"Neler yapıyorsun orada, alıştın mı, anlat bize," dedi Sude.

Kumların üstünde çabucak bir çember oluşturup oturduk.

"Sizleri çok özlüyorum." Bunları söylerken sesi titreyivermişti.

"Biz de seni çok özlüyoruz," dedi Beste ve ekledi, "Bak burada kimler var. Sude, Ava, Selin, Öykü."

"Anneannen nasıl?" diye sordu Sude.

"İyi, çok iyi. Onunla bu hafta sonu seyahate çıkıyoruz."

"Ooo, ne güzel."

"Nerelere gidiyorsunuz, anlat bakalım."

"Anneannem aslında beni oyalamak, neşelendirmek için yapıyor bunu. Öyle demiyor ama ben anlıyorum. Torunumla yapmaya hasret duyduklarımı gerçekleştireceğiz seninle, diyor. Ve biz, Avrupa turuna çıkıyoruz."

"Şanslısın be Müjde."

"Vay Müjde, vay..." gibi sesler yükseldi bizlerden.

Müjde'nin güldüğünü duyduk.

"Avrupa'da nerelere gideceksiniz?" diye sordu bencilbaşı Öykü.

"Paris, Roma, Londra ve Madrid şehirlerini kapsayan bir tur. Başkentler anlayacağınız."

"Harika."

"Artık her başkentten bize bir kart atarsın."

"Selfie'ler de isteriz selfie'ler. Hem de bol bol olsun."

Yine güldü Müjde ve ekledi, "Geldiğimden beri okul için koşuşturuyoruz. Bakalım neresi olacak. Aslında öyle veya böyle bu iş hallolacak da, beni asıl ürküten..." Bir an bir sessizlik oldu sonra devam etti Müjde, "Arkadaşsızlık. Düşünsenize, hiç kimseyi ama hiç kimseyi tanımıyorum. Okuldakiler çoktan gruplaşmış olacaklar."

Beste sözünü kesti Müjde'nin. "Canım arkadaşım, sen öyle tatlı bir kızsın ki, eminim hemen ama hemen seninle arkadaş olmak isteyeceklerdir. Benim korkumsa..."

"Neymiş senin korkun?"

"Sen orada öyle çok ve iyi arkadaşlar edineceksin ki, bizleri unutacaksın."

Ve de bunları şaka yollu söylerken, Beste'nin gerçekten gözleri dolmaz mı!

"Aaa!" diye bağırdı Ava. "Bu resmen ağlıyor."

Her kafadan bir ses çıkıyordu.

Müjde, "Ben sizleri nasıl unuturum, sizler benim can dostlarımsınız. Her derdimi sizlerle paylaştım ben, kimseler sizlerin yerini alamaz," dedi.

O sırada Atakan'la Murathan belirdi de bu duygusal hava dağıldı.

"Neler oluyor kızlar, böyle çember olup oturmuşsunuz, ayin yapar gibi."

"Telefon ayini," dedi Ava.

"Müjde'yle konuşuyoruz."

"N'aber fıstık?!" diye bağırdı Murathan.

Karşıdan bir kahkaha yükseldi.

"İstanbullu oldun diye biz İzmirlileri unutayım deme."

"Sizleri nasıl unuturum."

"Bizler efeleriz," dedi Murathan. "Övünmek gibi olmasın ama bizim gibisi yoktur."

"Yoktur!" diye bağırdı Müjde öbür taraftan.

Derken Kayra geldi koşarak. "Bir durum mu var böyle toplanmışsınız?"

Tabii yine bana görünmez adam muamelesi çekerek.

Hadi bu kez ona Müjde'yle konuştuğumuz söylendi, o da selamlarını gönderdi.

Bir süre sonra Müjde'ye iyi yolculuklar diledik yine bir ağızdan ve telefon görüşmesi böylece sona erdi.

"Ahhh," dedi Öykü. "Şu Müjde ne kadar şanslı."

İçimden, kesin orada da buldun kıskanacak bir şey, diye geçirirken, Beste'nin sesi yükseldi.

"Nesi şanslı?" dedi, hayretle bakıyordu Öykü'ye.

"Tabii ya, baksana artık İstanbul'da yaşayacak."

"İstanbul'da yaşamak, şanslı olmak anlamına mı geliyor?"

"Elbette. İstanbul gibi şehir var mı? Türkiye'nin en büyük, en renkli şehri. Dünya kentleri arasında sayılıyor. Ve Müjde artık böyle bir kentte yaşayacak. Sonra böyle bir büyükannesi var. Baksana kadın, torunu oyalansın diye onu Avrupa turuna çıkarıyor, hangimizin anneannesi bunu yapar?"

"İyi de Öykü," dedi Sude, "anneannesi onun ne kadar üzüldüğünü gördüğü için bütün bunları yapıyor. Çünkü – Müjde'nin bir ailesi yok! Düşünsene, ona destek olup, ona sevgi verecek bir annesi, bir babası yok. Durup düşünürsen, bunun ne kadar acı bir durum olduğunu pekâlâ da kavrayabilirsin. Bizler şanslıyız, bize sevgi veren, bizleri düşünen ailelerimiz var. Doğduğumuz andan başlayarak böylesi bir sevgiye sahip olduğumuz için bunun öneminin farkında değiliz.

"Şahsen ben, Müjde'nin durumunu gördükten sonra kendi ailem için tekrar tekrar şükrettim. Ne kadar şanslı olduğumun farkına vardım. Aslında hepimiz, bu açıdan şanslıyız. Bir tek zavallı Müjde, o dünya tatlısı arkadaşımız, yuvadan atılmış bir kuş yavrusu gibi sürdürüyor hayatını. Şimdi anneannesi bütün bunları unutturabilmek için, onu bir parça olsun mutlu edebilmek için uğraşıyor. Bunun nesi şanslı?"

"Aman, tamam, tamam! Ben ne demek istediğimi anlatamadım herhâlde," dedi Öykü saçlarını savurarak.

O sırada Atakan konuyu değiştirdi. "Millet, duyduk duymadık demeyin. Tarkan çok yakında Çeşme'de konser verecekmiş."

Anında öyle bir şamata koptu ki.

"Ne zaman? Ne zaman?"

"Sahi mi?"

"Nerede olacakmış bu konser?"

"Arkadaşlar," dedi Atakan, "ben Tarkan'ın menajeri miyim ki, türlü çeşitli sorular soruyorsunuz."

"Konseri sen haber verdin ama."

"Ben sadece duydum! Afişleri hazırlanıyor demiş birileri. O birileri başka birilerine söylemiş."

"O-hooo, suyunun suyu."

"Yok kızım, suyunun suyu değil. Belediye çalışanları söylemiş, afişler hazırlanıyor diye. Bugün yarın duyurulacakmış."

Bu kargaşa içinde Sude birden Öykü'ye döndü. "Biliyor musun, Kıvanç geliyor."

Bu salak da, "Yaaa, evet, biliyorum," demez mi yüzünde güller açarak!

Bu kez Sude, "Yani biliyorsun geleceğini?" deyince arkadaş duruma uyandı!

"Şeyyy... Ta gitmeden geleceğim demişti de, ordan çıkardım."

"Tabii canım," dedi Sude gayet sakin.

Vay anasını sayın seyirciler.

Demek bunlar haberleşiyor da.

Tabii arkadaşça!!!

Dostça!!!

Orada havalar nasıl muhabbeti filan.

Hani Sude de az değil.

Nasıl avladı Öykü'yü!

Annem böylelerine salak değil, süzme salak, der.

Süzme salak.

Ne güzel laf ama.

Kayra'ya gelince, azıcık oyalandıktan sonra voleybol oynamaya gitti.

Bana hiçbir şey demeden.

Ava'ysa onun arkasından baktıktan sonra bana döndü.

Yavaşça gelip kulağıma, "İşte ben bunu demek istiyorum," diye fısıldadı.

"Ne yapmamı istiyorsun?" diye isyan ettim sonunda.

Öyle karmaşık bir durumdu ki bizimki.

Güya Ava'yı işletmek için sevgili rolü oynayacaktık.

Oynadık da.

Oynarken, pekâlâ da bu durum hoşumuza gitmiş, eğlenmiştik. Eğlendiğimiz için de inandırıcı olmuş, Ava da gerçekten aramızda bir şeyler var zannetmişti.

Ama Kayra, bizden sevgili olur mu, ben seni hiç de o gözle görmüyorum gibi laflar da etmişti. Laf sadece ikimizin arasında, bu sözlere bozulmuş ama belli etmemeye çalışmıştım.

Sonra...

Sonra ben de, çok hevesli, daha doğrusu sevindirik görünmemek için, üfff yaaa, daha ne kadar sürecek, gibi laflar ettim. Kayra da buna fena bozuldu. Ve benden uzak durmaya başladı. Oysa ben onun ettiği laflara bozulmuş ama oyunumuzu sürdürmüştüm. Küsmemiştim yani, arkadaşlığımız devam etmişti.

Ne zaman ki o, benim ettiğim lafa bozuldu, bizim arkadaşlık da bitti.

Şimdi ben nasıl kalkıp Ava'ya biz seni işletmek için birbirimize sevgili gibi davrandık ama sonra işler çatallaştı, şu anda da tamamen belirsiz, garip bir durum var ortada, diyeyim.

Ha?

Nasıl diyeyim?

Çok içim sıkılıyor.

Çok.

Kendimi nasıl eve atacağımı bilemedim!

Ah, bir zaman geçse, öğlen olsa da eve dönsem diye kıvranmaktan öldüm.

Neden ben böyleyim diye de kendime sinir oldum.

Sinir! Sinir! Sinir!

Evet, en çok da kendime sinir oldum.

Bak dinle, bu sabah neler oldu.

Her zamanki gibi keyifli bir vaziyette denize indik. Az sonra yanımıza Ayşe'yle Zümrüt geldi. Kıyıların temizlik işine onlar da katkıda bulunmak istiyormuş.

Ayşe, "Dün gazetede çöp atmamanın neden bu kadar önemli olduğu konusunda bir yazı okudum ve resmen dehşete düştüm. Tamam, ben de hep çöp atmamalı derim ama doğaya böylesine bir zarar verdiğinin farkında değildim."

Zümrüt atıldı. "Bana o yazıyı okuduğunda resmen ağzım açık kaldı."

Sonra Ayşe'ye dönüp "Şu zarar listesinden aklında kalanları saysana," dedi.

"Hani o kullanıp attığımız plastik şişeler var ya, onların doğada eriyip gitmesi tam 450 yıl alıyormuş."

"Ne?!"

"Dinle, dinle."

"Meyve suyu, kola kutuları 200 yıl, ciklet 5 yıl."

"İnanmıyorum."

"Ama asıl şu ikisini bir duyun," dedi Ayşe ve ekledi, "Cam 4000 yıl, naylonsa tam 5000 yılda çözülüyormuş doğada."

"Ve bizler tüm o naylon poşetleri kullanıyor, sonra da çöpe atıyoruz."

"Sadece çöpe mi, yerlere de atıyoruz, her yerde uçuşuyor naylonlar."

"İşte onun için, karınca kararınca, sizlere yardımcı olmaya karar verdik."

"Harika," dedi Sude. "Çöp toplayacağımız zaman size de haber veririz. Ne kadar çoğalırsak, o kadar iyi."

"Müjde'den haber var mı?" diye sordu Zümrüt.

"İyidir," dedi Ava. "Bir süre anneannesiyle kalacak."

"Konuştuğunuzda bizim de sevgilerimizi iletir misin?"

"Elbette."

"Hadi görüşürüz," diyerek denize doğru yollandılar.

Ava arkalarından baktı. "Bunlar da yapışık kardeşlere döndü."

Sude, kardeşini ayıpladı. "Ne iyi arkadaşlar demiyorsun da, böyle dedikodu yapıyorsun. Hiç yakıştıramadım sana."

"Senin dedikoducu arkadaşlarından bulaşmıştır! Hem ne dedim ki, yapışık kardeşler gibi, dedim. Yalan mı, her yerde beraberler."

"Bunun nesi kötü?"

"Öf Sude, amma da uzattın. Tamam, herkesin bir yakın arkadaşı vardır ama başka arkadaşları ve ilgilendiği konular da vardır."

"Belki bunların yok. Ya da o olaydan sonra birbirlerinden güç alıyorlar."

Ava ayağa fırladı. "Senin derdin ne? İyi ki bir laf ettik, amma da uzattın."

"Ben başkalarının hayat tarzına, yaşam biçimine karışılmaması, eleştirilmemesi gerektiğini düşünüyor, bunu savunuyorum."

"İyi! O zaman önce kendi arkadaşlarına söyle bu fikirlerini."

"Söylüyorum zaten."

"Ben yüzmeye gidiyorum," dedi Ava, sertçe. Sonra bana döndü. "Geliyor musun?"

"Geliyorum," dedim ve böylece kendimizi serin sulara attık.

Ava hem yüzüyor, hem söyleniyordu.

"Şuna bak yaaa, bir laf ettik, bin laf işittik."

Bense pek bir şey söylemiyor, anneannemin, annemle teyzem arasında kaldığında kullandığı taktiği uygulayarak, *ya, evet, işte n'apacan,* filan gibi anlamsız sözlerle vaziyeti idare ediyordum.

Ava duruyor, duruyor, yine söyleniyordu.

"Söyledikleri doğru olsa bile, o ukala tavrı var ya, işte ben asıl ona sinir oluyorum. Hep bir ders verme havasında, öyle değil mi. Söylesene Selin!"

"Canım işte senin ablan ya, ablalık yapmaya çalışıyor herhâlde," diye durumu kurtarmaya çalıştım.

"Ne ablası yaaa, ne ablası. Altı üstü iki, bilemedin üç yaş farkımız var. Bu da ona, bana büyüklük taslama hakkını vermez." Ava öyle komik görünüyordu ki...

Bir yandan yüzüne çarpan dalgaları savuşturmaya çabalıyor, bir yandan da parmağını, söylediklerinin altını çizmek istercesine, havaya havaya sallıyordu.

"Aman canım," dedim yine anneannemi taklit ederek, "şu aralar onun sinirleri bozuk, bakma sen ona. Hem bak yüze yüze nerelere gelmişiz."

Gerçekten de bayağı uzaklaşmıştık kıyıdan.

"Hadi dönelim."

"Var mısın yarışa?" dedi Ava. Baktım yavaş yavaş kendine geliyor, kaybedeceğimi bile bile, "Varım," dedim sırf siniri geçsin diye. Böylece kıyıya kadar sıkı bir yarış yaptık ve tabii ki beni geçti. Ben vardığımda da utanmadan, "Bak seni nasıl da geçtim," diye şişindi.

Sude orada olsaydı, Ava, övünmenin ne kadar itici bir davranış olduğu konusunda bir nutuk daha dinlerdi kesin. Ama ben Ava'yı seviyorum ve onun bu hâlleri bana hiç batmıyor, tam tersine onunla çok eğleniyorum.

"Şu gelen Kayra değil mi?" dedi Ava. Saçını toparlamaya çalışan eli havada kalmıştı.

Dönüp işaret ettiği yere baktım.

Evet, oydu.

"Doğrudur," dedim.

"Peki öyleyse, o yanındaki kim?"

Yüreğime bir ağrı saplanıverdi.

Allah seni inandırsın, resmen bir ağrı tam da göğsümün üstüne çökmüştü.

Nefes almamı zorlayan. Öylesine bir ağrı. Neden mi? Çünkü... Kayra'nın yanında...

Bir kız.

Uzun, sarı saçları rüzgârda uçuşan bir kız.

Bikinisi son moda.

Altı çizgili, üstü benekli.

Üstelik güzel.

Gülüyordu.

Kayra bir şeyler anlatıyor, o da gülüyordu. Kayra da onunla birlikte gülüyordu.

"Bu da nerden çıktı şimdi?" dedi Ava ve ekledi, "Sürpriz yumurta!"

"Nerden çıktığını bilemem ama Kayra'nın hayatından çok memnun olduğu açık."

Birden öfkelendi Ava. "Zaten bu erkeklere hiç güven olmaz." Sonra bana döndü. "Ama senin de kabahatin büyük."

"Ben ne yaptım ki şimdi?"

Beni taklit ederek konuşmaya başladı. "Yok, benim kalbim dolu, yok Kayra'yla biz sadece arkadaşız. Oysa o seni gerçekten beğeniyordu ama sen aklını o bin yaşındaki adama takmış, bu çocuğu görmüyordun bile. Üstelik son günlerde de bayağı yakınlaşmıştınız, ne de güzeldiniz. Ama senin bu anlamsız inadın yüzünden, sen ağırdan alırken, işte böyle," dedi, başıyla onları işaret ederek, "birileri gelir veee malı götürür."

"Bütün kabahat benim, öyle mi?

"Evet, efendim, aynen öyle!"

"Öyleyse dur da şu konuyu açık açık konuşalım."

"Nesini konuşalım, baksana çoktan takmış koluna bir fıstık."

"Bak bi dinle Ava. Her şeyi benden biliyorsun, onun için dinle."

"Dinliyorum," dedi kollarını göğsünün üzerinde kavuşturarak.

"Son günlerde bayağı yakınlaşmıştınız, dedin ya, biz onu sana şaka olsun diye yapıyorduk."

"Nasıl yani?"

"Bak başından başlayarak anlatıyorum."

"Anlat, dinliyorum."

"Kayra, bir gün arkamızdan geliyormuş ve bizim seninle konuşmamızı duymuş. Hani sen, ikiniz birbirinize çok yakışıyorsunuz, ne güzel seninle gelin görümce gibi olurduk filan diyordun ya, işte o konuşmayı duymuş. Bunun üzerine bana, var mısın Ava'yı işletelim, birbirimizi beğenmeye başlamışız gibi davranalım sonra da bunu ona anlatırız, hep birlikte ne biçim güleriz, dedi."

Ava gözlerini kısmış dikkatle dinliyordu beni.

"Ben önce olmaz öyle şey, dedim, Ava bizi öldürür. Ama Kayra, yok ya, çok eğleneceğiz, en çok da Ava gülecek, dedi. Sonra da bana, sen beni arkadaşın olarak görüyorsun, başka bir durum yok, değil mi, dedi. Ben de evet, dedim, kesinlikle başka bir durum yok."

Benim bu sözlerim üzerine Ava, eliyle kendi alnına vurdu, "Aferin... Ben ne diyeyim sana," diye söylendi.

"Ama bak, gerisini dinle."

"Dinliyorum, dinliyorum."

"Kayra da, tamam öyleyse, zaten sen de benim tipim değilsin, seni sadece iyi bir arkadaş olarak görebilirim, dedi ve..." Sözümü kesmek isteyen Ava'ya elimle susmasını işaret ederek devam ettim. "Ve şunu da şu noktada itiraf etmeliyim ki, bu sözlere bozuldum."

"Niye bozuluyorsun abi?"

"Ne bileyim, bozuldum işte. Hem de fena bozuldum. Öte yandan, bozulduğumu hiç belli etmedim, hiç. Çünkü bu konuşmalar üstüne bozulmaya, kırılmaya hakkım yoktu."

"Sonra?"

"Sonra biz seni işletmek için oraya buraya birlikte gider olduk. Elimi tutmalar, kolunu omzuma atmalar filan başladı. Bunları hep senin için yapıyorduk sonra da aramızda konuşuyorduk. Bak, diyorduk Ava nasıl da mutlu bizim bu hâllerimizi gördükçe."

"Devam..."

"Giderek bu duruma alışır oldum, hatta hoşlanmaya bile başladım. Artık resmen Kayra'nın yolunu gözler olmuştum. Kayra da sanki bu durumdan çok memnundu, beni görünce yüzü gülüyor, gözleri parlıyordu. Ama biz bunları hep Ava için yapıyoruz, havasındaydık. Öte yandan bizden sevgili olmaz, biz birbirimizin tipi değiliz, biz sadece arkadaşız söylemleri de orada duruyordu. Böyle bir durumda ben, en azından Kayra öyle düşüyor, diye kuyruğu dik tutma çabasındaydım. Ve bir gün bütün bunları sırf seni işletmek adına yapıyormuşum izlenimini pekiştirmek adına, üfff ya, ne zaman bitecek bu oyun, gibi bi şeyler söyledim. Ve Kayra –buna çok bozuldu! Ondan sonra da benden uzak durmaya başladı. Artık sanki ben yoktum. Hiç göz göze gelmiyorduk. Selam sabah bile herkeseydi, benim hiçbir özelliğim kalmamıştı onun için. Tabii koşullar böylesine değişiverince, seni kandırmak için sevgili rolü oynadığımızı sana açıklamanın da bir anlamı kalmamıştı."

Ava durmuş bana bakıyordu. Sonunda, "Ah, benim akılsız kardeşim," dedi.

"Sana böyle bir oyun oynadığımız için umarım bize kızmadın. Hoş, yüzümüze gözümüze bulaştırdık, o da başka."

"Sen bana oynanan oyunu bırak da, beni bi dinle. Sen hâlâ hiçbir şey anlamamışsın."

Gözlerini gözlerimin içine dikti.

"Bak şimdi," dedi, "bütün bu olanlardan çıkardıklarımı anlatacağım sana. Aç kulaklarını da dinle. Kayra seni daha ilk günden beğeniyordu. Ama senin gözün Selim'den başkasını görmüyordu ki. Tabii Kayra da bunun farkındaydı."

"Ne? Kayra benim Selim'e âşık olduğumu biliyor muydu? Sen mi söyledin yoksa?"

"Hayır, ne diye söyleyeyim ama seni biraz dikkatlice izleyen biri senin Selim'e âşık olduğunu hemen anlayabilirdi. Kayra da seni dikkatle izlediğinden durumu anlamıştı. Selim gidip ortadan çekilince, bence Kayra yeniden ümitlendi ve düşünüp taşınıp böyle bir plan yaptı."

"Daha neler Ava, bu, tamamen senin için düzenlenmiş bir oyundu."

"Hayır efendim, anlasana. Asıl oyun sanaydı. Sana yaklaşabilmek için, gel Ava'ya bir oyun oynayalım, dedi. Böylece seninle bol bol birlikte olma imkânı yaratmış oldu kendine. Ve bence, senin zaman içinde Selim saplantısından kurtulup ona alışacağını umuyordu."

"Şu duyduklarıma inanamıyorum. Oyun içinde oyun."

"Eee, kızım, boşuna dememişler, aşkta ve savaşta her şey geçerlidir, diye."

"Peki, o zaman, yok sen benim tipim değilsin, yok seni sadece arkadaş olarak görüyorum lafları neydi?"

"Öyle konuşmasa, sen ona yaklaşmazdın ki. Kurduğu planın bir parçasıydı böyle davranmak. En azından ben olayı böyle görüyorum."

"Yani o söyledikleri doğru değildi, öyle mi?"

"Tabii değildi. Tamamen rol yapıyordu bence."

"Valla ne diyeceğimi bilemiyorum. Çok şaşırdım, çok."

"Ama sen ne yaptın," dedi Ava, "gittin çocuğun tüm ümitlerini yıktın geçtin."

"Ama ben de kendi gururumu kolluyordum herhâlde!" diye bağırdım Ava'ya. "Madem o beni o gözle görmüyor, o zaman benim de öyle düşünüyormuş gibi yapmam gerek diyerek o sözleri söyledim."

Ava iyice yaklaştı bana. "Bak, doğru söyle. Sen de artık Kayra'yı, en azından beğeniyorsun, değil mi?"

Benden ses çıkmayınca üsteledi. "Sen söylemesen bile ben bunu görebiliyorum. Yoksa ne diye bu kadar üzülesin."

"Galiba," dedim Ava'ya, "sana bir oyun oynayalım derken, ben ona tutuldum be Ava."

Ava bi sevinsin, bi sevinsin.

"Kızım ne seviniyorsun, işi berbat ettim."

"Ben haklı çıktım diye seviniyorum. Sizi birbirinize öyle yakıştırıyordum ki. Kafandan Selim'i bi atsan, Kayra'yı beğeneceğinden emindim. Yakışıklı çocuktur benim kanka."

"Böyle konuşma Ava, ben daha doğru dürüst hislerimden emin değilim."

"Emin değil misin? Peki, o zaman küçük bir test uygulayalım ama doğru cevap vereceksin."

"Pekâlâ, sor bakalım."

"O, ilgisini geri çekince üzüldün mü?

Şöyle bir düşündüm, evet, hem de bayağı üzülmüştüm.

"Evet," dedim çaresiz.

"Peki, bugün yanında şu sürpriz yumurtayı görünce üzüldün mü?"

Yine kendimi yokladım.

Aslında yoklamama gerek yoktu, yüreğime öyle bir ağrı saplanmıştı ki.

"Evet," dedim yavaşça.

"Geceleri yattığında, onu düşünüyor musun?"

Bunu itiraf etmek çok zordu ama söz vermiştim, doğru cevap verilecekti.

"Evet," dedim, daha da alçak bir sesle.

"Duyamıyorum," dedi hınzır Ava.

"Evet!"

"Şimdiii, bu cevapları alt alta koyup topluyoruz ve ne çıkıyor biliyor musun?"

"Ne?"

"Sen Kayra'yı seviyorsun."

"Yok, deve!"

"Diyorum kızım, sen kendin farkında değilsin ama Kayra seninle ilgilenirken gözlerinin içi gülüyordu. Şimdiyse, dokunsam ağlayacaksın. E, peki nasıl tanımlayacağız böyle bir durumu?"

Benden ses çıkmayınca, "Yaaa, işte böyle, ama şimdi sorunumuz başka," diyerek Kayra'yla yanındaki kızın bulunduğu tarafı işaret etti.

Onlarsa çoktan denize girmiş, birlikte yüzüyorlardı. Murathan da gelmiş, yaraya tuz basarcasına, "Kayra'nın yanındaki fıstığın kim olduğunu bilen var mı arkadaşlar?" diye sorup duruyordu.

"Merak etme," dedi Beste, "az sonra Kayra'yla birlikte gelirler, sen de ilk elden bilgilenirsin."

İşte buna dayanamazdım.

Dayanamazdım yaaa, dayanamazdım.

Nasıl bir bahane bulsam da eve kaçsam diye düşünüyordum.

Atakan geldi. "Ava, Selin, az sonra voleybol oynayacağız, Kayra'nın misafiri de bize katılacak, ona göre."

"Ona göre ne?" diye diklendi Ava.

"Canım, yani sizler de az sonra gelin diye söylüyorum."

"Gelmezsem n'olacak?"

"Haydaaa, kızım sen bugün ters taraftan mı kalktın? Sadece voleybol oynayacağız diye haber veriyorum," dedi ve ekledi, "her zaman yaptığımız gibi."

"İyi, iyi," dedi Ava.

Atakan da başını iki yana sallayarak uzaklaştı.

"Şunlara bak," diye söylendi Ava. "Yeni bir kız belirmesin ufukta. Hemen feleklerini şaşırıyorlar. Ona göre'ymiş! Yani, aman gecikmeyin, sayın misafirimize ayıp olur sonra, demek istiyor."

"Ay, Ava, ben eve gitmek istiyorum."

"Aaa, bu saatte mi?"

"Ne voleybolu, ne Kayra'yı, ne de yeni arkadaşını çekecek hâlim var."

"Gidelim o zaman, kimseye hesap vermek zorunda değiliz."

"Yok, yok, olmaz. İkimiz birden olmaz. Sen kal, ben bi şey uydurup gideyim. Midem ağrıyor filan derim."

"Nedenmiş canım, anca beraber kanca beraber."

"Yok! İnan o zaman hiç olmaz. Ben yavaşça kaybolurum ama senin yokluğun çok belli olur. Hem sen kal da, bu kız kim, neyin nesi bi öğren bakalım."

"Ha, bak o zaman olur. Tamam canım, çok istiyorsan, hazır onlar denizdeyken sen kaybol."

"Sağ ol Avacığım."

"Sen de sağ ol kanka."

Koşar adım plajdan uzaklaşıp kendimi eve attım. Zaten nerdeyse öğlen olmak üzereydi, dikkat çektiğimi sanmıyorum.

Allahtan teyzem de yoktu ortalarda.

Hemen kendimi odama attım, yatağıma uzandım.

Ve düşünmeye başladım

Baksana neler söyledi Ava.

Eğer dedikleri doğruysa.

Bu durumda Kayra beni gerçekten beğeniyor.

Hatta hatta –seviyor bile diyebiliriz.

Ve ben, salak, bunu anlamadım.

İyi ama kardeşim, insan bir parçacık olsun belli etmez mi!

Ben her davranışını, her tatlı sözünü Ava'ya yönelik oyunun bir parçası olarak aldım. Aksini düşünmek aklımdan bile geçmedi.

Giderek ondan hoşlanmaya başlamamı öylesine bastırmışım ki, kendi duygularımın bile farkına varamadım. Ne zaman ki benden uzaklaştı, işte ancak o zaman bu kıt akıllı, kavrama özürlü arkadaşın uyanmaya başladı.

Alooo...

Demek Ava'yı işletme oyunu, aslında beni tavlama oyunuymuş.

Bunu düşünmek bile beni mutlu ediyor.

Demek o beni böylesi planlar yapacak kadar beğeniyor, ya da (hadi yazalım) seviyormuş.

Ve ben de giderek ona bağlanmışım, onu sevmeye başlamışım.

Ve ikimiz de karşılıklı oyun oynamaktan, gerçek duygularımızı saklamaktan işin aslını ıskalamışız.

Böyle güzel bir şeyi ıskalamışız yaaa.

Ve şimdi o bana dargın.

Ama...

Hemen de bir teselli bulmuş kendine, n'aber.

Buna ne diyeceğiz peki?

Biz bi şeye bozulduk mu, hemen gidip ilk gördüğümüz adamla takılmıyoruz herhâlde.

Hayret bi şey.

Neyse, bakalım Ava ne bilgiler toplayacak.

Bu kız, neyin nesi.

Ava'nın durup durup ona, sürpriz yumurta demesi de çok komik.

Üfff, bu hayatta hiç mi bir şey doğru dürüst gitmez!

Şurda İstanbul'a dönmeme zaten ne kadarcık bir zaman kaldı. Onu da böyle kıvranarak, saklanarak mı geçireceğim?

Ne diyelim...

Kader utansın!

Bugünlerde herkesin dilinde Tarkan konseri.

Varsa Tarkan, yoksa Tarkan.

Tek değişik konu...

Beste'nin görücü meselesi.

Hani o da olmasa, yüzüm hiç gülmeyecek.

Dün biz Zeynep Hanım'ın evindeyken, baktık bu koştura koştura geliyor.

"Seni görmek ne güzel," dedi Sude. "Sebebini öğrenebilir miyiz? Önemli bir durum var gibi."

"Zaten ben de onun için uğrayayım dedim."

"Hazır uğramışken, otur şuraya, çocukların çizimlerini dosyalarına yerleştiriver."

"Selam verdik, borçlu çıktık desene."

"Benim yiyecekleri hazırlamam lazım. Ava'yla Selin'inse çocukların başından ayrılmamaları gerek. Neyse ki Kanat, erkek çocuklara sahip çıkıyor da..."

"Ooo," dedi Beste gözlerini süzerek, "o yakışıklı abi yine burada mı? Ne iş?"

Sude, her zamanki gibi dümdüz tavrıyla, Beste'nin imalı manalı sözlerini anlamazdan gelerek "Evet, sağ olsun, bize çok yardımcı oluyor," dedi.

"Gözümüz çocuklarda, kulağımız sende," dedi Ava. "Hadi anlat."

"Neyi anlatayım?"

"Kızım, herhâlde bizim güzel yüzümüz için koştura koştura buraya gelmedin. Kesin önemli bir durum var."

"Evet," diye inledi Beste.

"Şunu anlatacak mısın?" diye üsteledi Ava. "Bak birazdan atıştırmalıkları bizim küçük canavarlara sunacağız ve ortalık savaş alanına dönecek, o nedenle ne anlatacaksan, elini çabuk tut."

"Ne kadar da duyarlı arkadaşlarım varmış," diyerek sitem etti Beste.

"Sen ona bakma," dedim. "Seni dinliyoruz."

"Sağ ol Selinciğim, anlatayım o zaman."

Üçümüz de kulak kesilmiştik.

"Şu anda evimiz, az önce Ava, savaş alanı dedi ya, aynen öyle."

"Nasıl yani?"

"Bir kere annemle babam konuşmuyorlar, çünkü çok kötü kavga ettiler."

"Yaaa..."

"Babaannem annemle konuşmuyor."

"Eyvahlar."

"Babamla babaannem konuşuyor ama onların da aralarının pek iyi olduğu söylenemez."

"Sebep?"

"Ne olabilir ki?" dedi Beste. "Bana görücü gelmesi sorunu elbette."

"Sahi," dedi Sude, "daha önce de sözünü etmiştin. Ciddiye alınmayacak kadar uçuk bir teklifti. Herhâlde ailen vazgeçti ya da nazik bir biçimde babaannenle arkadaşının önerisini geri çevirmişlerdir, diye düşünmüştüm."

"Nerdeee..." dedi Beste.

"Ama baban böyle bir şeyi onaylayamaz. O, okumuş, kültürlü bir beyefendi."

"Aslında babam hiç taraftar değil, onun derdi babaannemi kırmamak. Evlilik, bu yaştaki gençler için zaten söz konusu olamaz. Ama gelsinler, bir çayımızı içip gitsinler, böylece annemle o yaşlı arkadaşını da kırmamış olalım, diyor."

"Peki, annen ne diyor?"

"İşte babam böyle konuşunca annem çıldırıyor. Bu devirde, hele de yaşı böyle küçük çocuklar söz konusuysa, nasıl böyle düşünebilirsin, diye bağırıyor babama. Babam da, ben bunu sırf büyükleri kırmamak adına yapalım diyorum, yoksa ben de karşıyım, diyor ve bu tartışma sürüp gidiyor. Annem, çocuk gelinler konusu ortadayken, tüm aklı başında insanlar bunun mücadelesini verirken, ben kendi kızımı asla böyle bir duruma sokamam, diyor. Babam, yahu, kaç kere söyleyeceğim, seninle aynı fikirdeyim ama annem arkadaşına söz vermiş bir kere. Sırf onu utandırmamak adına gelsinler diyorum, diyor, ama annem kapıları çarpıp onu dinlemiyor bile."

"Babaannen ne yapıyor bu fırtınalar koparken?"

"Odasına kapandı, kimseyle konuşmuyor."

"Ama geri adım da atmıyor anlaşılan," dedi Ava.

"O da, arkadaşıma nasıl gelmeyin, derim. Çok kırılır. O, benim altmış yıllık dostum. Ben de onun hatırına kabul ettim zaten, diyor."

"Hay Allah, ne zor durum."

"Ne demezsin."

Birden kıkırdadı Ava, "Selin, eğer kızmazsan, aklıma bir şey geldi, söyleyebilir miyim?" dedi.

"Söyle bakalım."

"Bizim aile içinde hep şaka konusudur, Selin'in annesiyle babası–"

"Eyvah," dedim, "ne söyleyeceğini biliyorum."

"Eee?" dedi Beste merakla.

"Serra teyzeyle Özgür enişte nasıl tanışmış, biliyor musun?"

"Nasıl?"

"Görücü usulüyle."

"İnanmıyorum," dedi Beste. Ağzı açık kalmıştı.

"Sahi mi Selin?"

"İster inan, ister inanma –sahi! Tabii bunların diline düşmek de ayrı bir mesele."

Sude hemen atıldı. "Besteciğim, şöyle. Serra teyzem üniversiteyi bitirmiş, Özgür enişte de öyle ve o çoktan çalışmaya başlamış bile. Tam olarak bilemiyorum ama teyzem o aralar ya çalışıyormuş ya da üniversite son sınıftaymış. Ve anlatılanlara bakılırsa Serra teyzemin de çok cins bir babaannesi varmış."

"Yaaa..." Beste'nin bir dinleyişi vardı ki, bu kadar olur.

"O babaannenin de aynı seninkinin olduğu gibi has bir arkadaşı varmış. Tabii Serra teyzemi de iyi tanıyormuş. Bunlar aralarında anlaşmışlar ve o hanım, torununu ikna etmiş."

"Şöyle," diye söze girdim, "babam sırf kendi babaannesini susturup bu konunun kapanması için, pekâlâ, o kızla tanışırım ama benim koşullarımda, demiş. O da, Serra'yla tanış da, nasıl tanışırsan tanış, demiş."

"Peki, neymiş babanın şartları?"

"Ben kendim gidip kapısını çalacağım ve doğrudan neden geldiğimi söyleyeceğim. Böylece tanışmış olacağız, demiş."

"Yani öyle büyüklerle seremoni filan yok."

"Hayır, kesinlikle yok."

"Peki, sonra?" Beste masal dinleyen çocuklar gibi bakıyordu bana.

Hayret bi şey! İnsanlar bu tür öyküleri ne kadar da seviyor.

"Onun üzerine babam olduğu gibi, yani öyle şıklaşmadan, üstünde kotu, tişörtü gidip annemin kapısını çalmış. Annem de öyle. Yani süslü filan değil! Anneme dosdoğru, bizim büyükanneler tanışmamızı istemişler. Şu tanışmayı gerçekleştirelim de, onlar huzura ersinler, bizi de kendi hâlimize bıraksınlar, demiş. O, öyle konuşunca annem bi rahatlamış, bi rahatlamış. Ve bunlar yemeğe çıkmışlar. Ankara'da salaş bir yere gitmişler. Orada, gerçekten, dostça sohbet etmişler, bu duruma gülmüşler filan."

"Peki evlenmeleri?"

"O, çok daha sonra. Babam aslında annemi görür görmez tutulmuş. Annemi görünce, işte hayalimdeki kız, dedim, diye anlatıyor hep."

"Vay be... Peki annen?"

"Annem o sıralar bir başkasıyla görüşüyormuş."

"Yaaa..."

"Anlaşılan babam sabırla beklemiş, onun peşini bırakmamış ve sonunda evlenmişler. İşte Ava'nın dalga geçtiği görücü hikâyesi böyle bir öykü. Yani, Doğruluk payı var."

"Ama," dedi hemen Sude, "hem Serra teyzem hem de Özgür enişte ileri yaşlardalarmış. Okullar, üniversiteler bitmiş. Kocaman iki yetişkin insan. Bu, sadece tanıştırma amaçlı. Arkadaş grupları arasında tanışma gibi bir şey. Öte yandan Beste'nin durumu bambaşka. Bence annesi haklı, büyükleri kırmama adına da olsa kabul edilemez. Daha reşit bile değiliz bizler."

Ve –çocuklar sökün etti. Başlarında da Kanat abileri.

"Buyrun," diye seslendi Sude, "yiyecekler hazır, buyurun bakalım."

"Hadi ben gidiyorum," dedi Beste. "Kafanızı şişirdim."

"Ne demek efendim," dedi Ava ona sarılarak. "Her zaman bekleriz."

Ve –bir de baktım bahçe kapısında Kayra!

Yanında da...

O kız!

Gerek plajda, gerek akşamüstleri hep büyük bir ustalıkla onlardan uzak durduğum için henüz tanışmamıştık.

Ama şimdi...

Kayra, kızı takmış koluna, buraya gelmişti. Gözüme sokarcasına.

"Sakın bozuk atma," diye kulağıma fısıldadı Ava. "O seni çıldırtmak için böyle yapıyor, inan bana."

"Hoş geldiniz," sesleri arasında yanımıza geldiler.

"Melisa'ya çalışmalarımızı göstermek istedim," dedi. Sonra onu Kanat'la ve nihayet benimle tanıştırdı.

Melisa, "Kayra senden çok söz etti, birlikte ne çok işler yapmışsınız," dedi.

"Evet," dedim, "ama sadece ikimiz değil, tüm bu arkadaşlar hep birlikte çalıştık ve şimdi de, sağ olsun, Kanat bize yardımcı oluyor."

Kayra'nın yanında olmasa, gerçekten tatlı bir kız, diyebileceğim bir tip.

Güzel ve sıcak.

"Günler nasıl geçiyor? Daha önce Çeşme'ye gelmiş miydin?" diye sordu Ava.

"Aşağı yukarı beş yıl önce bir gelmiştik, Çeşme o zamandan beri çok büyümüş sanki. Günler de," dedi Kayra'nın koluna girerek, "Kayra sayesinde çok güzel geçiyor. Sabahtan akşama geziyoruz, bu gece de Alaçatı'ya gideceğiz mesela."

"Rehberin iyidir," dedi Sude gülümseyerek.

O da Kayra'ya baktı hayran hayran. "Evet, gerçekten de çok şanslıyım."

Şansın batsın!

"Nerede kalıyorsun?"

Şaşırmış gibi Ava'ya baktı Melisa.

"Tabii ki Kayra'larda."

İşte bu kadarı da fazlaydı artık. Hadi artık gidelim dercesine eşyalarımızı toplamaya başladım.

Sonuçta bunların jetonu düştü de, "Sizleri daha fazla meşgul etmeyelim," dedi Sayın Bay Kayra ve ekledi, "Çocuklar, şu aralar sizlere yardımcı olamıyorum, kusura bakmayın."

"Sen misafirinle ilgilen," dedi Sude. "Biz idare ederiz."

Hıh, sanki o olmasa dünya dönmeyecek, yerinde durup kalacak.

Yardımcı olamıyormuş, kusura bakmayacakmışız.

Güle güle bayım, güle güle.

Gidiniz!

Ve de gelmeyiniz!

Sizin için ağlayacak değiliz hiçbirimiz.

Sude'nin telefonu çaldı. Ava açtı, yüzünü gözünü oynatarak "Tamam," dedi, sonra Sude'ye seslendi, "Kıvanç arıyor."

Sude, gayet sakin, "Şu anda meşgulüm onu daha sonra ararım," demez mi!

Ava büyük bir keyifle, "Seni daha sonra arayacakmış," dedi ve de eliyle zafer işareti yaptı bana.

Biz ikimiz bi keyiflendik, bi keyiflendik.

Anlaşılan bizim Sude, Kıvanç'a marş marş çekecek gibi.

Sonuçta eşyalarımızı topladık, üstelik bu kez eve kadar taşımamıza Kanat yardımcı oldu.

Veee –bak burayı dikkatle dinle sevgili arkadaşım.

Bizim evin önüne gelince, Kanat, Sude'ye, "Sırma teyze evdeyse, ona bir merhaba demek isterim," demez mi!

Biz şapşallar, bakakaldık tabii.

"Annemi tanıyor musun?" diye sordu Sude, o da şaşırmıştı.

"Aslını istersen ben değil, annemlerle tanışıyorlarmış. Yıllar önce komşuymuşuz," dedi ve Sude'ye tatlı tatlı gülümseyerek "Belki de seninle bahçede oynamışlığımız bile olabilir," diye ekledi.

İşte budur!

Adam iş ediniyor, sorup soruşturuyor, Sude'nin kimin nesi, kimin fesi (yine selam anneanneciğim) olduğunu öğreniyor. Ve gelip merhaba diyeceğim ayağına, bizim Sude'nin gözüne girmeyi başarıyor. (Herhâlde yani...)

Öteki kasıntıysa, kız istediği ve bunu açık açık söylediği hâlde, bucak bucak kaçtı.

Kaçtı da ne oldu.

Hep bana, hep bana dersen, hep benim istediğim olsun, dersen, işte böyle açıkta kalırdın. İyot gibi.

Bir başka deyişle –dımdızlak!

N'aber!

"Anne," diye seslendi Sude. "Bak burada seni görmek isteyen biri var."

"Yaaa, kimmiş bakayım o," diyerek teyzem çıkageldi.

"Kanat," diyerek tanıştırdı Sude. "Biz eskiden onlarla komşuymuşuz."

Kanat atıldı. "Çok eskiden, Şantiye evlerinde..."

"Aaa, tabii," dedi teyzem. "Biz de orada oturmuştuk, hem de epeyce bir süre."

"Babam, İlhan Lütem, annemin adıysa Güler."

"Aman Allahım, ne diyorsun!" Teyzem bir heyecanlanmıştı ki... "Onlar bizim çok sevgili dostlarımızdı. Baban üniversitede hocalık yapıyordu o zamanlar, annense dünyanın en tatlı kadını. Şimdi buradalar mı?"

"Evet."

"Nasıl olur, hiç karşılaşmadık."

"Aslında biz, babamın görevi nedeniyle, uzun yıllar Amerika'daydık. Emekli olunca döndük ve yazı yine eskiden olduğu gibi Çeşme'de geçirmeye karar verdiler. Böylece buraya geldik."

"Peki, sen bizi nasıl buldun?"

"Kardeşlerimi Sude'lerin oyun grubuna götürmüştüm," diyerek bu kez kardeşlerinden söz etti ve ekledi, "Sude'yi görünce, onu tanıyormuşum gibi, daha önceleri görmüşüm gibi bir hisse kapıldım."

Yanımda duran Ava beni dürttü ve anlamlı bir bakış attı, *yersen* dercesine. Gülmemek için başka tarafa baktım.

"Arkadaşlarıma sordum, onu tanımayan yok," derken hayranlıkla bakıyordu Sude'ye. "Sırma Hanım'la Deniz Bey'in kızı Sude diyerek bu kez anneme sorunca, o da aynı sizin gibi çok şaşırdı ve çok sevindi. Ve eğer onlarla karşılaşırsan mutlaka kendini tanıt, dedi."

Teyzem, "Bana hemen annenin telefon numarasını ver, onu arayayım, bir araya gelelim, eski günleri konuşalım," dedi. Sonra Kanat'ın kardeşlerine baktı. "O zamanlar bu güzel çocuklar yoktu, bir tek sen vardın. Sen şimdi nerede okuyorsun?"

"İzmir'de. Lise sondayım."

"Çok sevindim Kanatçığım. Ne iyi ettin de gelip kendini tanıttın. Annenle babana sevgilerimi ilet lütfen."

Böylece Kanat müthiş bir hava yaratmayı başarmış olarak, kardeşlerini alıp gitti.

Onun arkasından teyzem övgüler yağdırdı.

"Bak, ne medeni bir çocuk. Kimisi yaban gibi kaçar büyüklerden. Oysa Kanat geldi, kendini tanıttı, bu sayede biz de eski arkadaşlarımızdan haberdar olduk. Zaten annesiyle babası da çok efendi, saygın kişilerdir. Güler'i arayacağım. Eski dostlarla bir araya gelmek her zaman hoş oluyor."

Ava'ysa Sude'ye bakıp bakıp sırıtıyordu. Sonunda Sude ona öyle bir bakış attı ki, bu, toparlanmak zorunda kaldı.

Baş başa kaldığımızdaysa Ava, "Bak, ben diyorum ki, bu Kanat'ın ortaya çıkmasıyla, Kıvanç'ın suyu iyice kaynadı. Sen ne dersin?" dedi.

"Bence, Kıvanç'ı, Kanat olsun olmasın şutlayacak. Neler söylüyordu geçen gün hatırlasana."

"Evet, ve bence çok da iyi olacak."

Akşam, odamda, keşke şu karmakarışık durumda G. A. burada olsaydı da, ona danışsaydım, diye geçirdim içimden, bir kez daha.

Şimdi bak bu da çok garip.

Artık onun fotoğrafına bakarken, çok çok sevdiğim, hayranlıkla andığım bir abimmiş duygusu içine giriyorum. Hani bazı arkadaşlarımın çok sevdikleri, hayran oldukları ağabeyleri var ya, ağabeylerini her söylediği en doğru, yaptıkları en güzel. Mesela, bizim Lale, abisine hayrandır. Hep bize anlatır, durur. Eralp aşağı, Eralp yukarı. Gerçi, Eralp abi de hayran olunmayacak gibi değil. Hem gerçek bir entelektüel, hem müthiş bir denizci. Adam tekneyle, tek başına dünyayı dolaştı, okyanusları aştı. İşte şimdi ben de, sanki böyle bir abim varmış gibi hissediyorum G. A.'nın fotoğrafına bakarken. Keşke burada, yanımda olsa da, bana yol gösterse, diye düşünüyorum.

Kayra'yla ne garip bir durum yaşıyorum, baksana. *Yanlışlıklar Komedyası* diye bir oyun var ya, bizim durum da aynen öyle.

Başka şeyler hissedip başka türlü davrandık.

Karşılıklı birbirimize rol yaptık.

İkimizin de çıkıp doğruyu söyleyecek yürekliliği yoktu.

Öte yandan, düşününce, ikimiz de haklıydık böyle davranmakta.

Ben G. A.'ya tutkundum ve gözüm kimseyi görmüyordu. Kayra da bunu biliyormuş, baksana. Tabii o durumda beni beğendiğini nasıl söylesin? Gerçekten de umut yoktu o aralar.

Ama sonra yani şu Çeşme'ye ikinci gelişimde, ben değişmeye başladım. Önce, biz sadece arkadaşız, diye düşünüyordum. Duygularım değişmeye başlayınca da, bu kez, insan arkadaşına o gözle bakmaz, gibi bir düşünce...

Kayra'ya belli etmeme çabası.

Biz sıkı arkadaşlarız havaları.

O da bu duruma bakıp cesaret bulamadı tabii.

Ve geldik bu noktaya.

Şimdi de ortaya bu Melisa çıktı.

Acaba Melisa'yla aralarında ne var?

Evlerinde kalacak kadar yakınlar anlaşılan.

Ya da belki sadece arkadaşlar ama Ava'nın dediği gibi hava atıyor. Öte yandan, sadece arkadaşlarsa da, o kız öyle güzelken, yine de tehlike var demektir.

Bak bana...

Arkadaşız, arkadaşız derken, iş nerelere vardı.

Ava da sağ olsun, destek olacağına, üstüme üstüme geliyor.

Bu arada Sedat abi de ne zaman prova yapacağız diye sorup duruyor.

Hiç tadım yok oysa.

Atakan, "Neden voleybola gelmiyorsun?" diyor.

Biz burada nelerle uğraşıyoruz, o ne diyor.

Üfff yaaa...

Üfff.

"Şıkıdım! Şıkıdım!"

Beste karşımıza geçmiş, oynuyordu.

"Şıkıdım! Şıkıdım!"

"Kızım, bu ne neşe?"

"Şıkıdım! Şıkıdım!"

"Aaa," dedi Öykü. "Valla buna bi şeyler olmuş."

"Söylesene Beste," dedi Sude. "Neler oluyor?"

"Bilin bakalım. Şıkıdım! Şıkıdım!"

Bizi alsın mı bir gülme!

Ama Beste hiç oralı değil, şıkıdım'layıp duruyor.

"Dur bakayım," dedi Ava, "bu senin görücü işiyle mi ilgili?"

"Evvet efendim," dedi ve şıkıdım'lamaya devam etti.

"Şimdi bu kız bu kadar sevindirik olduğuna göre..."

"Evde işler yoluna girdi, annenin dediği oldu."

Başını hayır anlamında sallayan Beste, "Şıkıdım! Şıkıdım!" dedi.

"Evdekiler bu konuyu artık tartışmamaya karar verdiler, herkes herkesle barıştı."

Yine başını, olumsuz dercesine sallayıp şıkıdım'a devam etti Beste.

"Bunlardan başka sevinilecek bir durum düşünemiyorum," dedi Sude.

"Ya da," dedi Ava, gözleri birden parladı. "Yoksa..."

"Söyle be Ava," dedi bu kez Öykü.

"Ya da senin görücüler geldiler veee sen müstakbel yavuklunu beğendin!"

"Daha neler," diye isyan etti Sude.

"Aaa, galiba sahi, baksanıza bir şey demiyor."

Ama...

Beste başını iki yana salladı. "Bilemediniz, sevgili arkadaşlarım bilemediniz."

"E, hadi sen de söyle artık. Neler oluyor, ne bu neşe, bu sevinç?"

Sonunda karşımıza geçip bağdaş kurdu.

"Bu sabah bir telefon."

"Eee..."

"Arayan," durdu, laf aramızda, tam efekt yaratıyordu Beste, "babaannemin aziz dostuydu."

"Yaaa..."

"İş ilginçleşiyor."

"Neden arıyormuş? Neden arıyormuş?"

"Bi susarsanız, anlatacak."

"Çok çok üzgünmüş babaannemin arkadaşı çünkü bizi ziyarete gelemeyeceklermiş."

Bu sözler üzerine kıyamet koptu.

"Oleeey!"

Ava'ysa ayağa kalkmış, "Şıkıdım, şıkıdım," diyerek oynamaya başlamıştı bile.

"Otur Ava," dedi Sude, "herkes bize bakıyor."

"Aman sen de. Sanki herkesin işi gücü bitti de bizi kolluyorlar, bunlar ne yapıyor, diye. Herkes denizinde, yüzmesinde."

"İyi, iyi," dedi Sude. "Şimdi otur da Beste'yi dinleyelim."

"Sonra?"

"Meğer onların evinde de bizim evdekine benzer bir kıyamet kopmuş. Torununun annesi, bu devirde, hele hele bu yaşta böyle şey olur mu, kesinlikle razı değilim ve hiçbir yere gitmiyorum, demiş."

"Bir alkış da Beste'nin yavuklusunun annesine gelsin arkadaşlar."

"Ne yavuklusu be Ava, saçmalama!"

"Aaa, şuna bakın," diye gülmeye başladı Ava, "hemen de ciddiye aldı."

Sude, Ava'ya ikinci kez kötü bir bakış atıp "Sonra ne oldu?" dedi Beste'ye.

"İşte bu iki hanım telefonda uzun uzun dertleşmişler. Biz hemen evlensinler demiyoruz ki, sadece iki temiz aile çocuğunu tanıştıralım, diyoruz. Bu gençler de hemen karşı çıkıyor. Kısmetse olur, değilse de zaten olmaz, ille de olsun diyen yok ki, şeklinde tezlerini savunuyorlarmış. Annem, aynı lafları tekrar tekrar duymaya artık tahammül edemediğim bir telefon görüşmesiydi, dedi."

"Babaannen konuşurken annen de yanında mıymış?"

"Hayır, ama hem sevgili babaanneciğim, hem de arkadaşı ağır duydukları için avaz avaz konuşurlar. Böylece evde kim var kim yok, onları dinlemek zorunda kalır."

"Desene bu iş böylece kapandı."

"Evet, Selinciğim, şükürler olsun, kapandı."

"Ama," dedi Ava, "ben yine de senin şu yavuklunu merak ettim."

Bu lafın üstüne bir avuç kum alıp Ava'ya fırlattı Beste. Ava da karşılık verdi. Böylece bir kum savaşı sonucunda hepimiz denize koştuk. Bir güzel yüzdük.

Çıktığımızdaysa o keyif uçup gitti.

Neden dersen...

Bir kere kasıntı Kıvanç Bey gelmiş, şezlonguna yerleşmişti.

Bu, biiir.

Sonra sayın Bay Kayra, yanında *misafiri*, onun karşı köşesini tutmuştu.

Güzel bir kız görmesin, feleğini şaşıran Murathan'sa hemen damlamış, Melisa'nın neyin nesi olduğunu anlamaya çalışıyordu.

Konu yine Tarkan konseriydi.

Kim gidiyor, kim gitmiyor.

Kim kiminle gidiyor, izin meselesi filan.

Kıvanç, "Gideriz yaaa," dedi, hem de yattığı yerden. "Bu kaçmaz."

Yalaka Öykü, "Ayyy, ne güzel olur. Hep Tarkan konserine gitmek istemişimdir ama hiç uyduramadım. Bu kez kesin gideceğim," diye atıldı.

Bunları söylerken de yan yan Kıvanç'a bakıyor.

"Hep beraber gidelim, o zaman," dedi Kıvanç. Öykü kurnazı oltayı atmış, Kıvanç salağıysa oltaya gelmişti.

Sude'den hiç ses çıkmayınca, Kıvanç şöyle bir doğruldu, lütfeder gibi, "Gidiyoruz, değil mi Sude?" diye sordu.

"Bilmiyorum," diye omzunu silkti Sude, "annemlerle konuşmam gerek."

"Amaaan, bu da," dedi Öykü. "Hepimizin annesi babası var. Sen de pek sessizsin yani. Biraz da isteklerini dile getir. Küçük çocuklar değiliz artık."

Şuna bakar mısın!

Nasıl da ortalığı karıştırmaya çalışıyor.

Bu konunun Kıvanç'la Sude arasında tartışma konusu olduğunu bile bile yapıyor hem de.

Boğabilirdim onu o anda.

"Bu, Sude'nin bileceği iş," diyerek Beste girdi araya. Tabii o durumun farkında olduğu için bizim salak oğlanlar gibi değil. Kızın çevirdiği numaraları anlıyor.

"Elbette onun bileceği iş de, ben Sude için üzülüyorum, onun için böyle söylüyorum. O da bizimle gelsin, hep beraber eğlenelim, diye. Yoksa bana ne?"

Al işte!

Yine zeytinyağı gibi suyun üstüne çıkmıştı. Bu arada Kayra da pek hevesliydi konser konusunda. Misafiri buradayken bu konserin oluşu, ne kadar da iyi olmuşmuş!!!

Biletler nereden alınıyormuş?

Meğer *misafiri* Melisa, Tarkan hayranıymış. Acaba, bir de imzasını alabilirler miymiş?

Sus be, diye bağırmak geliyordu içimden, bi sus...

Kayra'yı hiç bu kadar geveze görmemiştim. Resmen çenesi düşmüştü bunun.

Ya da yanında güzel bir kız var diye feleğini şaşırdı.

Tıpkı Murathan gibi.

Atakan, Ava'yla bana dönüp "Sizin hiç sesiniz çıkmıyor. Konsere gitmeyi düşünmüyor musunuz?" diye sordu.

Sonunda biri bizi hatırlamıştı.

Birbirimize baktık Ava'yla.

Ava, "Bilmem," dedi.

Çenesi düşük Kayra'ysa bana dönüp "İstersen bizimle gelebilirsin Selin," dedi.

De-mez-mi!

"Tabii sen de Ava," diye ekledi bi de...

O an yüzünün orta yerine bir yumruk indirebilmek için neler vermezdim.

Şuna bak, adam sadaka veriyor sanki. Böylesi bir tekliften sonra gideceğim varsa da gitmem.

Ölsem gitmem!

"Ne dersin?" diye bir de sorusunu yinelemez mi.

"Aslını istersen," dedim, "ben Tarkan'a pek de bayılmıyorum. Onun için bu konser benim için bir şey ifade etmiyor."

Tabii bu –bozuldu.

Öyle ya, hepsi oturmuş, o muhteşem konsere nasıl gideceklerini abartarak konuşurken biri tutup, beni ırgalamaz abi, diyor.

Aslında Tarkan'a bayılırım ve konserine gitmeyi de çoook, hem de pek çok isterim. Ama böyle sadaka gibi, ayrıca *yeni gelinimizin* dibinde.

Asla... asla...

İşte bugün o öylesine berbat günlerdendi.

Üstelik kendimi eve attığımda, kurtuldum şunlardan diye düşünürken, Atakan aradı.

Dikkat! Dikkat!

Artık bir durum olduğunda beni Atakan arıyor, Kayra değil.

Bunu da dikkatinize sunarım efendim.

"Sedat abi aradı, akşamüstü saat beş gibi, Rüyam Cafe'de buluşup prova yapacakmışız."

"Ne? Hemen bugün mü?"

"Daha önce konuşup gününü kararlaştırmıştınız ya?"

Hay Allah, hay Allah, nasıl da aklımdan çıkmıştı. "Tamam, kızları toplarım, geliriz," dedim, bozuntuya vermeden.

Sonra bi telaş, Beste'yi, Öykü'yü, aradım, Sude'yle Ava'yı bilgilendirdim.

Sude, "Ben gelmesem olmaz mı?" dedi. "Hiç tadım yok."

"Sanki benim var," dedim, "ama mecburuz, mevsim sonunu bu konserle bağlayacağız diye karar aldık. Sedat abi de hazırlık yapmış, şimdi gitmezsek çok ayıp olur."

"Doğru," dedi Sude, pek keyifsizdi.

Nasıl keyifsiz olmasın, Kıvanç sözde onun erkek arkadaşı. Sude'nin gidip gitmeyeceği belli olmadığı hâlde, onun önünde Öykü'yle konsere gitme planları yapıyor!

Bundan daha beter bir durum olabilir mi.

Ava'yla dertleşiyorduk da, "İkinizin de durumu iç açıcı değil," dedi.

Ne kadar doğru.

Ava hiç böyle teselliye falan girişmez, dosdoğru durum neyse onu söyler.

Küt diye.

Aslını istersen, ben de boş teselli sözcüklerinden hiç hoşlanmam.

Bi işe yaramıyor ki.

"Biliyor musun kanka," dedi, "bu sabah senin Kayra'ya verdiğin cevabı çok beğendim."

Sonra beni taklit ederek "Aslını istersen ben Tarkan'a pek de bayılmıyorum. Onun için bu konser benim için bir şey ifade etmiyor," dedi ve ekledi, "Resmen, bu da sana kapak olsun, yaptın."

"Yaptım, değil mi?"

"Hem de ne biçim! Onlar konser de konser diye havalarda uçarken, balonlarını patlatıverdin."

Keyiflenmiştim.

Bak işte, bu tür sözler insanın hoşuna gidiyor. Gerçek teselli budur.

Oh! İyi etmişim, diyor, ferahlıyorsun. Hele bir de kankan olayı onaylamışsa, aynen senin gibi düşünüyorsa...

Akşamüstü tam kadro Rüyam Cafe'deydik. Sude gitarı, ben flütüm, Ava davuluyla. Geri kalanlar da zaten koromuzdu. Sedat abi şakalar yapıyor, bizleri gaza getirmeye çalışıyordu. Ama biliyor musun arkadaşım, geçen seferki gibi coşkulu değildik.

Neden acaba?

O zaman nasıl da hevesle hazırlanmış, provalara koşmuştuk. G. A. bizi alkışlamış, kafeye davet etmişti.

Nasıl da keyifliydik.

Haaa, bir de şu var tabii.

Sayın Bay Kayra, yine, bak altını çiziyorum, yine, *misafir*'ini koluna takıp gelmişti provaya.

Bak şimdi, bu bizim provamız, öyle değil mi? Öyleyse o kızı buralara taşımanın âlemi ne?

Soruyorum sana, âlemi ne?

Ava, "Seni deli etmek için yapıyor," diyor ama ben emin değilim.

Tamam, diyelim benden yüz bulamadı, düş kırıklığına uğradı.

İyi de...

Hemen bir teselli buldu.

Buna ne diyeceğiz peki?

Şimdi de bunu benim gözüme gözüme sokuyor.

Neyse, provayı iyi kötü bitirdik ve sonra evlere dağıldık. Diyorum ya bugün ber-bat bir gündü.

Çok sevdiğim Çeşme'den bile soğuyacağım neredeyse.

Her gün o kızı, Melisa'yı Kayra'nın yanında görmekten usandım.

Ne zaman gidecek bu mahluk?

Bu koşullarda...

Ne denize gitmek istiyorum ne kumda voleybola ne de gece duvar üstü sohbetlerine.

İstanbul'a döneceğim günleri saymaya başladım.

O kadar yani...

Ufaklıklarla programımız bugün sona erdi ve gerçekten çok güzel bir gün oldu.

Bunu da Sude'ye borçluyuz.

Doğruya doğru.

Öyle güzel fikirlerle ve küçük ayrıntılarla yaptı ki bunu, herkes bayıldı.

Bir kere katılan küçüklerin ailelerini bugün son gün diye davet etti. Asya'yla Sungur'un, Derin'in, Alp, Murat ve Şevval'in anneleri, kiminin babaları da ve elbette yakışıklı abi Kanat, tam kadro gelmişlerdi.

Beste, Öykü ve Sude aşçılıklarını sergileyip kekler ve kurabiyeler yaparak bayağı zengin bir büfe hazırladılar. Hımmm, tam şapırtlık yiyecekler vardı.

Sonra Sude tutmuş, çocukların yaptıkları resimlerin en güzellerini seçmiş ve bunları bahçedeki koca ağacın dallarına asmış, hem de rengârenk kurdelelerle. Öyle hoş ve neşeli bir görüntüydü ki, her gören, ay, ne hoş, diyordu. Bir de üşenmemiş, her çocuğa birer süslü dosya hazırlayıp içlerine bu haftalarda yaptıkları el işlerini, boyama, resim gibi çalışmaları koymuştu ya, işte bu dosyalar gün sonunda, çocuklara alkışlar arasında verildi.

Pek gururlandı ufaklıklar.

Annelerse bu minik töreni hiç beklemediklerinden hem şaşırmış, hem de mutlu olmuşlardı.

Ve...

Çok önemli bir ayrıntı.

Kanat da bizden biriymiş gibi koşturdu. Hem çocuklarla ilgilendi, hem yiyecek servisinde yardımcı oldu. Ama her nasılsa hep Sude'nin yanındaydı!!! Ava da işin farkındaydı, bir onlara bir bana bakıp kaşlarını oynatıyordu. İyi ki Sude görmedi, yoksa sıkı bir azar yerdi.

Ve günün sonunda, Kanat, aileler ayrılmadan, "Bir dakikanızı almak istiyorum," diyerek öne çıktı.

"Sizler gibi ben de buraya kardeşlerimi uzun yaz öğleden sonralarında sıkılmasınlar ve yararlı işlerle oyalansınlar diye getirdim. Nitekim, gerçekten de faydalı çalışmalar yaptılar, bu arada eğlendiler, hoş vakit geçirdiler. Öyle ki, buraya gelen herkes, gelecek yıl aynı etkinliğin, bu kez, hemen yaz başında gerçekleşmesini istiyor."

Kanat'ın bu sözleri, onu destekleyen alkışlarla kesildi.

Devam etti Kanat. "Şimdi ben, kardeşlerimi getirip götürürken öğrendiğim bir gerçeği sizlerle paylaşmak istiyorum."

Birbirimize baktık hemen. Ne söyleyecekti acaba? Böyle bir konuşma yapacağından hiç söz etmemişti.

"Bu çalışmayı yapan arkadaşlarımız ve evini onlara açan Zeynep Hanım'la Ali Bey meğer bunu çok anlamlı bir amaç için yapıyorlarmış. Kazandıkları para, o amaç için kullanılacakmış."

Bu sözler üzerine annelerden mırıltılar yükseldi.

"Amaç, Çeşme barınağına yardımmış. Sokağa terk edilmiş, hasta, bakımsız daha çok hayvana bakılabilsin diye bu çalışmayı yapmışlar.

"İşin kolayını seçip doğrudan bağış toplama yoluna gitmemiş, emeklerini ortaya koymuşlar. Çalışıp para kazanmışlar ve şimdi bu parayı barınağa bağışlayacaklar. Ben işin bu yüzünü bilmeden getirdim kardeşlerimi ama gerçek amacı öğrenince çok etkilendim. Ve sizlerin de bu duyarlı çalışmadan haberdar olmayı isteyeceğinizi düşünerek bu bilgiyi aktarmaya karar verdim," dedi ve ekledi, "Hepsi bu."

Alp'in annesi, İpek Hanım, "Sana teşekkür ediyorum Kanat," dedi. "İyi ki bizi bilgilendirdin. Bu çalışmaya emek veren kızlarımıza, delikanlılarımıza ve evini açan aileye çok teşekkür ediyorum. Büyük bir alkışı hak ediyorlar."

Anında, gerçekten büyük bir alkış koptu.

Bizlerse şaşkındık, şaşkın.

Bu kez Murat'ın annesi, Meral Hanım söz aldı. "Aynı senin söylediğin gibi, umarız gelecek yaz başında aynı etkinlik gerçekleştirilir, biz de çocuklarımızı getiririz. Çünkü hem eğlendiler, hem de çok yararlandılar. Ben de emeği geçenlere yürekten teşekkür ediyorum ve buradan dostlarıma seslenmek istiyorum. Bu güzel çabaya bizler de, ama az ama çok destek verelim."

"Verelim, verelim!" sesleri yükseldi.

"Ve sadece biz değil, eşimizi, dostumuzu da barınağa bağış yapmaya çağıralım."

Onun sözleri de alkışlarla karşılandı.

Hepimiz öyle mutluyduk ki.

Biliyor musun arkadaşım, iyi işler yapmak insanı gerçekten mutlu ediyor.

Ama, helal olsun şu Kanat'a. Yaptıklarımızı ne de güzel anlattı ve o sayede şimdi barınağa daha çok bağış yapılacak.

Zeynep Hanım'la Ali Bey bizi kutladıktan sonra çıktılar. Bir yere davetlilermiş. Çocuklar da, bizlerle vedalaştıktan sonra, aileleriyle evlerine döndüler. Kanat'ın kardeşleri anne babalarıyla giderken, Kanat bizimle kaldı.

Böylece, bir süre sonra biz bizeydik. Oturduk ve bu güzel günü konuştuk.

"Sağ ol Kanat," dedi Sude. "Senin o anlamlı konuşmayı yapman, barınak için gerçekten yararlı oldu.

"Yaptıklarınız ve çabanız bilinsin istedim. Örnek olsun, fikir versin diye. Ayrıca, gerçekten takdir edilecek bir emek koydunuz ortaya."

Ay, ne güzel sözlerdi bunlar.

Beste'yse, "Ben de en çok, gelecek yaz hemen yaz başı başlarsınız, değil mi, bizim bızdıklar çok sevdiler, demiyorlar mı, işte o an mahvoluyorum. Bütün yorgunluklar uçup gidiyor," dedi.

"Hem de nasıl."

Bir süre daha bu çizgide konuştuktan sonra yavaş yavaş toparlandık. O ara Kanat, Sude'ye döndü.

"Tarkan'ın konseri varmış, duydun mu?"

"Duydum," dedi Sude. O kadar.

Kanat, "Ben gitmeyi düşünüyorum, sen de gelmek ister misin?" dedi ve yine tatlı tatlı baktı Sude'ye.

Sude bir bocaladı. "Bilmem ki, annemler, izin..." filan gibi laflar etti.

"Ben Sırma teyzeden izin istesem sanırım hayır demez. Ayrıca eğer kardeşlerin de gelmek isterlerse sevinirim çünkü ben benim bızdıkları götürüyorum. Onlar çok sıkı birer Tarkan hayranı."

O-hooo, bakar mısınız, adam bizi maaile davet ediyordu. Ava'yla bakıştık, Ava başparmağıyla, işte budur, dercesine işaret çekti.

İyi de bizim Sude teknik olarak hâlâ Kıvanç'ın kız arkadaşı. Ama sadece ve sadece teknik olarak.

Başka bi şey yok.

Öte yandan, böyle maaile gidince de kimse bi şey diyemez, öyle değil mi?

Arkadaşım, bu Kanat da az değil hani. Bak nasıl da bizim kızı tavlamanın yollarını biliyor. Aslında kim olsa bayılır Kanat'a. Hem yakışıklı, hem cana yakın, hem yardımcı.

E, daha ne...

İşte bu tür düşünceler içinde ve de Kanat yine yanı başımızda ve de yine sepetlerimizi taşıyarak evimize doğru yürürken sayın Bay Kayra ve evet, bildiniz sayın seyirciler, Bayan Sürpriz Yumurta, karşıdan geldi.

"Hay Allah, geciktik değil mi? Oysa şu son buluşmada olmayı ne kadar da istiyordum."

"O-hooo kanka," dedi Ava, "geçmiş olsun! Çok şey kaçırdın, çok. Öyle güzellikler yaşadık, öyle paralar topladık ki..."

Kayra'nın gerçekten canı sıkılmıştı, yüzünden belli oluyordu. Ava devam etti, "Kanat da süper bir konuşma yaptı sağ olsun ve bütün bu çabanın barınak için olduğunu anlattı. Bunu öğrenen aileler gerçekten etkilendiler. Bize alkışlar, tebrikler kıyamet... Ve de asıl amacımız için bol bol bağış yaptılar."

Kayra'nın yüzü asılmıştı.

Barınak onun için önemliydi.

Oh, oh! Canıma değsin.

Sen gezdir bakalım o *misafir*'ini.

"Hay Allah," dedi yine Kayra.

"Dost acı söyler kanka," dedi Ava. "Performansın pek bir düşük bu günlerde. Toparlansan iyi edersin."

Vay be, dedim içimden.

Asıl Ava, *al bu da sana kapak olsun*'u muhteşem bir biçimde gerçekleştirmişti. Sessizce yanımızdan ayrıldılar, biz de yolumuza devam ettik.

Kanat, Sırma teyzemle konuşamadı çünkü teyzem evde yoktu. Ama o, "Önemli değil, yine geleceğim, hadi sizlere iyi akşamlar," dedi ve gitti.

Sude çok sessizdi.

Yemekte, teyzemle Deniz enişteye günümüzü anlattık. Hem onlardan, hem de anneannemden övgüler aldık. Daha sonra annemi aradım, ona da yaşadıklarımızı anlattım. Tabii hemen çok duygulandı, benimle gurur duyduğunu filan söyledi. Sonra, "Gelme vakti yaklaşıyor, Çeşme'den ayrılacağın için üzülüyor musun?" diye sordu.

"Kuzinlerimle, teyzemlerle çok güzel günler geçirdik ama artık evimi, sizleri özledim, dönmeyi dört gözle bekliyorum," deyince bi sevindi, bi sevindi.

"Sahi mi?" diye sorup duruyordu.

Bu annem de bi tuhaf.

Ne var bunda bu kadar sevinecek?

Şu son olaylardan sonra gerçekten de İstanbul'a dönmeyi istiyorum.

Yemekten sonra teyzem bize, 'Başladığın İşi Bitirme Ödülü' verdi.

Bil bakalım ne?

Tabii ki dondurma.

Ailevi kutlama nesnemiz.

Yine çeşit çeşit almış.

"Çıkacaksanız hemen getireyim," dedi ama hiçbirimizin sesi çıkmadı.

"Ne o, bu akşam program yok mu?"

"Yok," dedi Sude yavaşça.

"Sizlerin?"

Birbirimize baktık.

"Bizim de yok."

Teyzem bir kahkaha attı. "Yaşlanıyor musunuz yoksa?"

Ve ekledi, "İyi o zaman, acele etmeden, tadını çıkararak yeriz dondurmalarımızı."

Anneannemle Deniz eniştemin de katıldığı güzel bir aile sohbeti yaşadık. Arada sırada bayağı iyi geliyor. Fazla olunca bayıyor da, arada sırada iyi. Bir süre sonra onlar yatmaya gittiler, biz hâlâ terasta oturuyorduk. O sırada Sude'nin telefonu çaldı.

Çaldı, çaldı, çaldı.

"Kızım açmayacak mısın şu telefonu?"

"Konuşmak istemiyorum."

"Kim arıyor ki?"

"Kıvanç."

"Haaa... İyi de açmazsan hep arayacak. Bari aç, şimdi konuşmak istemiyorum, sonra ararsın ya da ben seni ararım de, işi bağla."

Bunun üzerine Sude gerçekten de telefonu açtı.

Dinledi, dinledi.

Kıvanç'ın sesi bize kadar geliyordu.

Sonunda, "Ben diyeceklerimi dün akşam dedim. Bunu böylece kabul edersen, senin için de, benim için de en iyisi. O nedenle lütfen beni arama çünkü bundan sonra telefonumu açmayacağım," dedi ve kapattı.

Bizim ikimizin de ağzı açık kalmıştı.

"Neler oluyor?" dedi Ava.

Dayanamayıp sordum ben de.

"Sen onunla dün akşam konuştun mu? Ne zaman? Nerede?"

"Öyle ya," dedi Ava, "biz seni onunla böylesine bir konuşma yaparken görmedik."

Şöyle bir gülümsedi Sude.

"Evet, dün akşam konuştum Kıvanç'la. Sizler hep birlikte takılırken Kıvanç'a gel seninle bir boy yürüyelim, söyleyeceklerim var, dedim. Önemli olduğunu da belirttim ki, zahmet edip yerinden kalksın. Yoksa o, orada pek mutluydu."

"Bak sen, biz de hiçbir şeyin farkında değiliz. Ayakta uyuyormuşuz be Selin."

"Sessizce ayrıldık ve zaten konuşmamız da uzun sürmedi."

Susmuş, onun anlatmasını bekliyorduk.

Sonunda, "Bize anlatmayacak mısın?" dedi Ava, usulca.

"Neden anlatmayayım ki," diyerek içini çekti Sude ve başladı konuşmaya.

"Ben öyle söyleyince kalkıp bana katıldı. Bir süre sessizlik içinde yürüdük, bir türlü lafa giremiyordum. Sonra, kendimi zorladım, fırsat bu fırsat, sakın erteleme dedim kendime ve bizim ilişkimiz yürümüyor, sen de bunun farkındasın, deyiverdim. Küt diye!"

"Vay be Sude. Peki, o ne dedi bu laflara?"

"Ben öyle bir şeyin hiç farkında değilim, bence ilişkimiz çok iyi gidiyor, dedi."

"Adama bak," dedi Ava, "hiçbir şeyin farkında değil demek ki."

Sude acı acı güldü, "O, ne benim üzüldüğümün, ne de beni nasıl kırdığının farkında. O denli ben odaklı ki, etrafındakiler hakkında durup düşünme zahmetine katlanmıyor. İşin kötüsü bu durumunun farkında bile değil. O nedenle, Kıvanç'la konuşmaktan hep kaçtım. Beste, konuş onunla, seni üzen hâllerini, durumları ona açıkla, deyip duruyordu. Ama ben bunları dile getirsem de, Kıvanç'ın beni anlamayacağını biliyordum, işte bu nedenle onunla konuşmaktan hep kaçındım."

"Ama dün gece konuştun."

"Evet," dedi Sude, "ilişkimizin kesinkes yürümeyeceğini anladığım için, bunun beni fazlasıyla yıprattığını düşündüğüm için, konuşup bu işi bitirmeye karar verdim."

"İdare ederim, nasıl olsa araya kış girecek, zaman geçecek, bu da böylece yok olup gidecek, diyordun."

"İşte bu mazeretler hep onunla yüzleşmemek içindi ama oturup iyice düşününce yüz yüze konuşmanın daha dürüstçe bir davranış olacağına karar verdim."

"Bize bir şey söylemedin ama..."

"Avacığım, son dakikaya kadar ben de ne yapacağımı bilmiyordum ki. Dün akşam birden... Hele de bu Tarkan konseri lafları... Bu tutumlar... O duyarsız konuşmalar... sürüp gittikçe –artık bu ilişkiyi sürdüremeyeceğimi anladım ve yanına gidip seninle konuşmam lazım, deyiverdim."

"Çok da iyi etmişsin be Sude. Peki, o aslında biz iyiydik filan dediğinde, sen ne cevap verdin?"

"Belki senin için iyi gidiyor ama benim için hiç de iyi gitmiyor, o nedenle bunu burada bitirmeliyiz, dedim."

"Ve de bir oh çektin."

"Hem de nasıl."

"Peki, Kıvanç ne dedi?"

Ama bu Ava'nın da yaptığı olmaz ki. Peş peşe soruyor, bırak da kız anlatsın. Hani hep Ava'yı azarlıyor diye Sude'ye kızıyoruz ya, ama bazen de kıza hak vermiyor değilim. Bu konu Sude için üzücü, hem de çok üzücü, bırak ister yavaş ister hızlı anlatsın kız.

"Sen bunu Öykü'ye taktığın için yapıyorsun, öyle değil mi, dedi bana; inanabiliyor musunuz."

Ava dizine bir yumruk atarak "Ne sinir bir tip," diye söylendi.

"Öykü sadece bir ayrıntı diye anlatmaya çalıştım ona. Önemli olan, bana değer vermemen. Ben bunun farkına vardım ama sen hâlâ farkında değilsin. Değer vermemişim de ne yapmışım, örnek ver, dedi."

"Hele bak, nasıl da hesap soruyor."

"Evet," diyerek devam etti Sude. "Mesela, dedim, ailemden bucak bucak kaçman beni üzüyor. Ben tüm arkadaşlarımı aileme rahatlıkla tanıştırabilmek isterim. Ayrıca bu, benim bir etkinlik için izin isterken de, daha rahat olmamı sağlıyor. Arkadaşlarımı bilir ve tanırlarsa onlar da rahat oluyorlar ve izin veriyorlar ama tanımadıkları biriyle şuraya gideceğiz deyince, bu pek kolay olmuyor, benim ailem böyle. Sen bu anlayışı gösteremedin. Sonra, gece on birde eve dönmem konusu da hep aramızda tartışma nedeni oldu. Orada da anlayışlı davranmadın; bütün gün zaten beraber oluyoruz, akşam on bire kadar da öyle. Daha fazlasına izin yok, artık bunu mesele etmenin anlamı ne. Ne işe yarıyor beni üzmekten başka, dedim."

"Peki, o ne diyor, sen bunları anlattıkça?"

"Hiç ses çıkarmadan dinliyordu. Öykü meselesine gelince, dedim, aramızda bir şey yok diyorsun ama ben gittikten sonra siz saat birlere kadar baş başa takılıyordunuz. Ne var bunda, dedi. Belki elle tutulur bir şey yok ama bu beni rahatsız ediyor, yetmez mi, dedim. Hem kendini benim yerime koy; ben, sen gittikten sonra uzun saatle başka biriyle gecenin bir vakti sohbet etsem ve bu seni rahatsız ettiği hâlde, bundan vazgeçmesem, sen ne hissederdin? Bi düşün ama gerçekten düşün, dedim."

"Ne dedi? Ne dedi?"

"Hiç! Hiçbir şey demedi, öyle düşünüp kaldı."

Dayanamadım. "Artık kafasına dank etmiş olmalı."

"Ben de şu anda aynı şeyi söyleyecektim kanka," dedi Ava.

"Ve konuşmaya başladım ya, artık devam ettim. Mesela dedim, şu son Tarkan konseri meselesi. Orada da aynı şey. Sen gitmek istiyorsun, Öykü de bayılıyor gitmeye ve neden sonra aklına gelip bana soruyorsun ama konuşmalara bakınca, ben geleyim gelmeyeyim çoktan karar verilmiş gidilmesine. Öykü'yü de alarak hem de, dedim. İyi ama, diye karşı çıktı. Öykü kendi teklif etti, ben de geleyim, diye. Ne deseydim, gelme mi?

"Valla kusura bakma ama isteyen pekâlâ bir yolunu bulup, bu tür tekliflerden kurtulur. Ya da en azından, o kişiye o cesareti vermez, dedim."

Sude bunları anlatırken, o an, ne geldi aklıma biliyor musun arkadaşım? Bu Öykü bir seferinde Kanat'a da yıvışmıştı da, Kanat nasıl kestirip atmıştı. O da kuyruğunu kıstırıp gitmek zorunda kalmıştı. Sude çok haklıydı. Yüz vermezsen kimse sana yaklaşamaz. Ama Öykü'nün bu hâlleri bal gibi de hoşuna gidiyordu Kıvanç Bey'in.

Sude anlatmaya devam ediyordu. "Peki, madem bu bir sorun hâline geldi, ben de konsere gitmem, dedi Kıvanç, büyük bir özveride bulunurmuşçasına. Bu sözler üzerine, buna hiç gerek yok, dedim. Sen konsere git, dilediğinle de takıl çünkü artık bunlar beni hiç ilgilendirmiyor. Ben şunu anlamış bulunuyorum ki, biz seninle olamayız. İkimizin olaylara bakışı, arkadaşlıktan beklentileri çok farklı. Onun için bu iş burada biter, diyelim ve herkes kendi yoluna, onu ne mutlu ediyorsa o yöne gitsin.

"Yine, bir şeyler söylemeye, kendini savunmaya çalıştı. Bak, dedim, sen haklı, ben haklı, gibi bir tartışmaya girmeyelim, bunun hiçbir anlamı yok. Ben seni yargılamak için konuşalım demedim. Sana anlatmaya çalıştığım, bizim farklı karakterlerde olup anlaşamayacağımızı düşünmem. Sen öylesin, ben böyle. O nedenle daha fazla birbirimizi kırmadan, üzmeden bu arkadaşlığı sonlandırmanın ikimiz için de iyi olacağını açıklamak istedim. Mesele bu kadar basit."

"Ne dedi bu laflar üzerine?"

"Mesele bu kadar basit, ha, diye başını salladı, haksızlığa uğramış biri gibi. Ben de, evet, bu kadar basit, dedim ve ekledim, hadi arkadaşların yanına dönelim, ne oldu bunlara diye merak etmesinler. Ve olabildiğince hızlı adımlarla yine sizlerin yanına geldik. Böylece bu iş dün akşam bitti ve biliyor musunuz çocuklar, bir yandan üzgünüm, ne de olsa duygusal bir bağ vardı. Öte yandan..." durdu bir an, "müthiş bir ferahlama duygusu içindeyim."

"Seni ne kadar bunaltmış ki, böyle hissediyorsun şimdi."

"Evet Selin, gerçekten de öyle. Meğer ne çok bunalmış, ne çok sıkılmışım."

Zavallı Sude, pek hüzünlü, pek solgundu.

Ava, "Çocuklar bir tur daha dondurmaya var mısınız?" dedi.

Kim dondurmaya, hayır diyebilirdi ki?

Ava, Sude'yi neşelendirmeye çalışıyordu. Dondurmamızı kaşıklarken Ava, kaşlarını oynatarak "Kanat abimiz de senden gözünü alamıyor, bilmem farkında mısın?" dedi.

"Aman Ava, şimdi hiç kimseyi görecek hâlim yok. Ne yeni biri, ne bi şey. Sadece ve sadece kafamı dinlemek istiyorum."

"Tamam canım, haklısın da... öylesine söyledim," derken, bir yandan da bana cin cin bakıyordu.

Kendimi tutamadım, gülmeye başladım.

"Ne gülüyorsun?"

"Senin bu çöpçatanlık merakına da ne diyeyim."

"Ne varmış çöpçatanlığımda? Gördüğümü söylüyorum sadece."

"Bazen de pek net görmüyorsun galiba."

"Bak Selin, kızdırma beni. Aslında, gayet doğru görmüşüm de siz yüzünüze gözünüze bulaştırmışsanız, ben n'apiim?"

"Siz neden söz ediyorsunuz Allah aşkına?" dedi Sude.

Aynı anda, ikimizden de aynı ses yükseldi, "Hiiiç."

Gülmeye başladı Sude. Eh, o gülünce biz de makaraları koyuverdik.

Ya işte, bugün de böyle bir gündü arkadaşım.

Çok sevinçliyim biricik sırdaşım, çok.

Neden mi?

Çünkü…

Az önce kızıcığımla konuştum ve o –Çeşme'nin tüm cazibesine karşın, burayı yani evini, bizleri özlediğini söyledi ve şöyle dedi.

"Dönmeyi dört gözle bekliyorum."

Kulaklarıma inanamadım.

Öylesine sevindim.

Bizi özlemiş, bizi seviyor, diye düşündüm ve nasıl mutlu oldum.

Sonra durup düşündüm.

Küçücük sözler bunlar nihayetinde.

Oysa nasıl da önemli.

Bizleri asıl mutlu ya da mutsuz eden işte bu küçücük sözcükler ya da eksiklikleri.

- Seni özledim.
- Seni seviyorum
- Şunun için sana teşekkür ederim.
- Geçen gün böyle böyle dedim, aslında öyle demek istememiştim, çok özür dilerim.
- İyi ki varsın hayatımda.

İşte bunlar.

Gerçek ve asıl mutluluk bu tür sözcükleri sevdiklerimizden duymakta yatıyor.

Ve o mutluluğu yaşatmak ne kadar kolay.

Oysa...

Biz ne yapıyoruz? Bunları içimizde duyuyor, hissediyoruz ama dile getirmeye üşeniyoruz. Sevdiklerimiz, beynimizi okuyabilirmiş gibi davranıyoruz.

Selin'in bu sözlerini duyup çok mutlu olduğum o an, hemen kendi annemi düşündüm. Acaba ben de annemi mutlu edecek sevgi sözcüklerini yeterince kullanabiliyor muyum?

Onun benim için ne denli vazgeçilmez olduğu öyle büyük bir gerçek ki, söylemeye ne gerek var diye mi düşünüyorum yoksa.

İşte burada durup sormalıyım kendime.

En son ne zaman ona bu duygularımı yansıtır bir şeyler söyledim acaba?

Sanırım anneler gününde verdiğim armağanla birlikte yaz dığım kartta duygularımı anlatmıştım. Ve o, kartlarımızı nasıl da saklar. Özel bir kutu içinde, bizlerden gelen kartlar, Selin'in yıllar öncesinden o çocuksu çizimleri, şimdilerde gönderdiği kartlar...

Sanırsın bir hazine var o kutuda. Aslını istersen benim de var öyle bir kutum. Selin'in bana yazdıklarını saklıyorum, atmaya hiçbir zaman kıyamadım. İkinci sınıfta, işte benim annem diye yazıp çizdiği resmi bile saklıyorum.

Neden böyle yapıyoruz?

Çünkü onlar, mutluluğumuzu yaratan *sevgi sözcükleri.* Onları yeniden okurken, annemin de, benim de yüzümüze sıcacık bir gülümseme gelip oturuyor.

Mutlu oluyoruz, mutlu.

Ve ben, annemin duygularını, kendim anne olduktan sonra çok daha iyi anlıyorum. Hani o hep güldüğümüz her annenin çocuğuna söylediği sözler geliyor aklıma.

"Anne olunca beni anlayacaksın."

Meğer doğruymuş.

Dolayısıyla...

Anneme sevgi sözcükleri konusunda daha dikkatli olacağım.

Bir başka deyişle, ona olan derin sevgimi içimde saklamayıp söyleyeceğim; içimde o tür bir sevgi kabarması yaşadığımda bunu ona yansıtacağım.

Ayrıca, yıllar uçup gidiyor.

Daha sonra pişmanlık duymamak için sevgi sözcüklerini bol bol kullanacağım.

Aynı düşünceler kızım için de geçerli. Hatta ona olan sevgimi vurgulamam daha da önemli. Çünkü o yetişmekte olan bir fidan. Sevgi sözcükleri o gencecik insan için bir can suyu, hayat damarı. Sevildiğini bilerek büyümek öyle büyük bir fark yaratıyor ki.

Orada sorun şu. Öylesine onu iyi yetiştirme telaşındayım ki, bazen durup acaba sevgimi ona ulaştırabiliyor muyum diye düşünüyorum. Ne kadar çok sevildiğini biliyor mu acaba?

Ve bu konuda beni düşündüren son nokta. Kızıma sevgi sözcükleri kullanmanın sevdiklerini ne kadar mutlu ettiğini ve bunun ona neler neler kazandıracağını anlatmalıyım.

Bu gencecik yaşta, bu önemli konunun bilincinde olabilirse, ne çok mutluluk verebilecek ve karşılığında ne çok mutluluk alabilecek!

Bizlerin boynuna sarılıp öpse ya da elbette yeri geldiğinde, seni seviyorum gibi bir laf etse, onu sevenleri ne kadar mutlu edebileceğinin farkında olabilse. Ve bunun karşılığında tüm sevdiklerinden misli misli karşılık alabileceğini bilebilse. Ne müthiş bir kazanç olur onun için.

Üstelik bunun farkına yıllar sonra, deneme yanılma yoluyla değil, şu gencecik yaşında, hayatının başında varabilse, hayata ve mutluluklara kaç adım önde başlamış olacak.

Çünkü... Ailelerine bu tür mutluluk vermeyi bilebilenler, aynı duyguyu dostlarına da yansıtabiliyorlar. Dolayısıyla, o mutluluk ve sevgi yine dönüp onları buluyor. Bir sevgi çemberi oluşuyor âdeta.

İşte bütün bunları biricik kızıma nasıl anlatsam acaba?

Düşünmeliyim.

Bir sevgi sözcüğünden çıkıp nerelere geldik. Ama çok önemli bir konu.

Evet, ne diyordum. Bu günüm biraz dert dinleme günü gibi geçti.

"Bana bir uğrasan," demişti Esin.

Atölyesine gittiğimde çaylar hazırdı, yanında da kaşar peynirli simitler. Hem de ısıtılmış. Şu kaşar peynirli simit ve çayın yerini ne tutabilir ki.

Melis'le Dilek çoktan gelmişti. Toprak son anda telefon etmiş, çocuklardan biri ateşlenmiş, gelemiyormuş. Bizler o dönemi atlattığımızdan, "Merak etme, çabuk toparlar," gibi teselli sözcükleri sıraladık.

"Eee?" dedi Melis. "Bizi çağırdığına göre söylemek istediğin bir şey var sanırım."

"Var," dedi Esin, fısıldarcasına.

"Hayır mı, şer mi?"

"Valla şer diyemem ama, hayır da diyemeyeceğim kesin."

"Peki, nedir?"

"Sorun –Selçuk."

"Ooo!" diye bağırdı Dilek. "Kulübümüze hoş geldiniz."

"Niye?" dedim, "Ulaş da mı sorun yaratıyor?"

"Hem de nasıl," dedi sonra Esin'e döndü. "Lafını bölmüş olmayayım, lütfen devam et tatlım."

"Evet Esin," dedi Melis. "Nasıl bir sorun bu?"

"İşi bırakacağını söylüyor."

"Ne?"

"Delirmiş mi bu adam?"

"Bu devirde millet işsiz. Selçuk'sa işi bırakmak mı istiyor?"

Bütün bu çıkışları duymamışçasına devam etti Esin. "Evet, işi bırakacağını söylüyor."

"Peki neden?"

Önce bir derin derin içini çekti Esin, sonra anlatmaya başladı.

"Aslında epeyce bir zamandır keyifsizdi ama ben üstünde durmuyordum. Sonra giderek sinirli olmaya başladı, ne söylesem tersleniyordu. Sonunda, bir gün oturdum yanına, neyin var senin, dedim. Bir şeyim yok, diye kaçmaya çalıştı. Hayır, dedim, bir derdin var ve bunu açık açık anlatmıyorsun. Anlatmamakla da kalmıyor, bana karşı kırıcı davranıyorsun. Lütfen nedir derdin, söyle de, ben de bileyim, sana yardımcı olayım."

"İşte Esin farkı!" diye bağırdı Dilek. "Şu konuşmaya bakar mısınız? Hiç böyle konuşan bir eş olamadım gitti."

Gülüştük.

"Sonra? O ne dedi bu söylediklerine?"

Melis lafın dağılmasını hiç sevmez.

"Onun üzerine anlattı. Malum, Selçuk'la yaş farkımız var. Aynı durum çalıştığı yerde de geçerli. Üstelik işe yeni alınanlarla bu fark iyice belirginleşiyor, anladığım kadar. Onun anlattığına göre bu genç yöneticiler, Selçuk'a, senin dönemin geçti, o fikirler çöpe atıldı muamelesi yapıyormuş. Artık bilmem, belki onlar iyi niyetle düşüncelerini söylüyorlar, tartışıyorlar, Selçuk ise alınganlık yapıyor. Orasını bilemiyorum."

"Nasıl yani?"

"Mesela, bazı bölümlerde savurganlık olduğunu ve bunu bütün bir yıla vurduğunda ortaya bayağı bir kayıp çıktığını söylüyor. Firmanın iyiliği için bunu toplantıda dile getirdiğinde, bazılarının bıyık altından güldüklerini ve sözlerinin ciddiye alınmadığını anlatıyor. Beni, modası geçmiş bir ihtiyar gibi görüyorlar, diyor."

"Peki, genel müdür bir şey dememiş mi?"

"İşte onu asıl üzen de bu olmuş zaten. O toplantıdan sonra genel müdürle görüşmek istemiş, o ise çok meşgul olduğunu söyleyerek bir süre randevu vermemiş. Sonunda buluşmuşlar. Beni doğru dürüst dinlemedi bile, diyor. Sürekli önündeki kâğıda bir şeyler karalıyormuş. Sonunda, Selçuk Bey, hassasiyetiniz için size teşekkür ederim ama eğer bizler böyle ufak tefek kayıplar için zaman harcarsak, asıl işlerimiz yapamayız. Başka bir diyeceğiniz var mı, demiş. Selçuk'un deyişiyle, kısa kes, dercesine. Selçuk da, vaktinizi aldığım için özür dilerim, deyip odadan çıkmış."

"Yaaa..." dedi Melis, düşünceli. Hepimiz üzülmüştük.

"Vahşi kapitalizmin insanları getirdiği noktaya bak," diye patladı Dilek. "İş yeri değil, insan öğütme merkezleri mübarek. En genci, en yeniyi al, kullan, fırlat at. Yeniden daha genci, daha iyiyi al, onu da kullan, at. İşte böylesi bir döngü."

"Selçuk diyor ki," diye anlatmaya devam etti Esin, "elbette yeni tempoyu, gençleri anlıyorum, artık işler ışık hızıyla ilerliyor ve öyle olmak zorunda. Ama bir yönetici durup tecrübenin sesini de dinlerse, ne kaybeder."

"Ne kaybetmesi," dedi Dilek, "tam tersine, kazanır be, kazanır."

"Selçuk da gidip istifa mektubunu müdürün önüne koymuş."

"Deme!"

"Çok acele etmiş be Esin."

"Peki, sonra ne olmuş?"

"Müdür, Selçuk Bey, istifa mektubunu almıyorum, biraz daha düşünmek istersiniz diye bence siz izin alın. Dinlenin ve umarım bu sürede işinize dönmeye karar verirsiniz," demiş.

"Ohhh, şükürler olsun," dedi Dilek bu kez.

Melis çıkıştı ona. "Sen de bir öyle konuşuyorsun, bir böyle."

"Hiç de değil."

"Az önce vahşi kapitalizm diyerek iş ortamını yerden yere vuran kimdi?"

"Canım, ne alaka?"

"Ne demek ne alaka, söyle de anlayalım."

"Tamam, iş hayatı giderek zorlaşıyor, bazıları için gaddarlaşıyor ama Selçuk yaşta bir adamın evde boş boş oturması da bir başka felaket," dedi, bir kahkaha attı ve ekledi, "Hele de karısı için."

İşte bu lafa hep birlikte güldük.

"Peki, şu anda durum ne?"

"Şu anda Selçuk evde."

"Eyvahlar..."

"Hay Allah."

Ve yine Melis söz aldı. "Peki, durumu nasıl ve sen nasılsın?"

"O sürekli televizyon izliyor."

"Yaaa."

"Ama gerçekten izlediğini sanmıyorum. Televizyonun karşısına geçiyor, öylesine bir yer açıyor, gözlerini dikiyor ve saatlerce orada öylesine oturuyor."

"Bu hiç de hayra alamet değil."

"İşte, ben de böyle düşünüyorum."

"Peki, ne yapmayı düşünüyorsun?"

"İşte bende bunun için sizlerle bir konuşayım istedim. Akıl akıldan üstündür. Hadi siz düşüne durun, ben çayları tazeleyeyim," dedi Esincik.

O içeri gidince Melis, "Bu kızın da kaderi. Hiç dertleri bitmiyor. Tam çocukları büyüyüp çıktı, kaprisli Berrak Hanım, Allaha şükür evlenip gitti derken, tam oh diyecekken, şimdi de iş sorunu çıktı. Reva mı bu?" diye fısıldadı.

Dilek'se gözlerini kısmış, düşünüyordu.

Çaylarla gelen Esin sordu. "Eee, ne öneriyor, benim akıllı arkadaşlarım?"

Melis, "Bence bırak bir iyi dinlensin ve evde iyice sıkılsın," dedi.

Kahkahalar, kahkahalar.

"Evet," diye devam etti Melis, "o zaman iş yerinde alınganlık yapmayıp, işine devam etmenin daha doğru olacağının farkına varır."

"Size," dedim, "güzel bir moral gezisi düzenleyeyim. Al kocanı, şöyle bir gezin, tozun, eğlenin. Bir anlamda yenilenin. Böylece yeniden işe gitme hevesi doğsun."

"Hiç de fena teklif değilmiş," dedi Dilek ve ekledi, "Ben de Ulaş'la benzer bir durum yaşadım ama şükürler olsun bizimki sizinkinin boyutlarına varmadan çözüldü. Sonuç –işe devam."

"Anlaşıldı," dedi Esin. "Yani üçünüz de Selçuk'un işine devam etmesi taraftarısınız."

"Evet," dedik bir ağızdan. Ve ben ekledim, "Oradakilerden daha yaşlı olabilir ama şu birikimi ve enerjisiyle evde oturması da çok yazık olur. Öte yandan bir değişim yaşıyoruz, önlenemez bir değişim. Bunu da kabullenmek zorundayız."

Esin, "Bir derdim daha var," dedi ama gülümsüyordu.

"Vah canım arkadaşım, ne çok da derdin varmış meğer."

"Dinliyoruz."

"Cengiz'in hâlâ bir kız arkadaşı yok," der demez kıyamet koptu. Gülenler mi istersin, Esin'e laf çakanlar mı.

"Sen ne tuhaf kaynana adayısın öyle," dedi Dilek kahkahalarının arasında. "Benim bildiğim erkek anaları, sevgili oğulcuklarının civarında dişi sineğin bile uçmasına izin vermezler."

"Hiç de öyle düşünmüyorum. Oğlumun, Cengiz'imin sevimli bir genç kızdan hoşlanmasını, ona duyarlı bir biçimde davranmayı öğrenmesini, o duyguları tatmasını istiyorum. Bunlar gençliğin en hoş tarafı. Bu güzellikleri yaşayamayanlar, hayatın önemli bir yüzünü ıskalamış oluyor, duygu dünyaları gelişmiyor, doğru dürüst erkekler olamıyorlar. Oysa ben oğlumun bir kadını mutlu edebilecek düzeye ulaşmasını istiyorum. Böylece ileride eşini mutlu edebilen, dolayısıyla kendi de mutlu olan güçlü bir erkek olmasını istiyorum. Gerçek anlamda güçlü erkek, pazu gücüyle değil, duygusal gücüyle, aklıyla, dürüstlüğü ve kültürüyle kendini ortaya koyabilendir ve ben de oğlumun böylesi bir erkek olmasını istiyorum."

"Helal olsun sana!" diye bağırdı Dilek. "Benim Kuzey'le Güney'i büyütürken senin bu sözlerini yazıp duvara asacağım."

"Özellikle de şu son yıllarda genç kızlarımıza, kadınlarımıza saldırılar, ölümler akıl almaz boyutlarda," dedi Melis.

"Hele de o hafifletici sebeplerle bu katillerin cezalarını indirmiyorlar mı, deli oluyorum."

Bir sessizlik çöktü hepimizin üstüne. Bu tür olaylar herkesi öylesine karamsarlığa sürüklüyor ki…

"Bakın," dedim, "sizlere içimizi açacak bir haber."

"Aman, söyle de yüzümüz gülsün," dedi Melis.

"Üstelik tam sana göre Melisçiğim."

"Yaaa, bak işte şimdi çok merak ettim. Hadi anlat."

"Hatırlıyor musunuz, hani bize Özgür'ün Almanya'daki bir akrabasının kızı gelmişti. Adı Aysun'du."

"Aaa, tabii," dedi Melis, "nasıl hatırlamam. Çok tatlı bir kızdı. Bir de bir delikanlı vardı, ona pek hayran gibiydi ama delikanlının adını çıkaramadım şimdi."

"E, pes valla Melis," dedim. "Sendeki bu hafıza inanılır gibi değil."

Dilek, "Aysun'u ben de hatırladım ama o delikanlı? İşte orda film koptu," dedi.

"İşte ben de ona şaşıyorum ya," dedim. "Hadi Aysun'u anımsadı ama onun Rüzgâr'a yangın olduğunu bile hatırlıyorsun. Gerçekten inanılmazsın."

"Kaçmaz kızım bu gözlerden böyle olaylar," diye böbürlendi Melis ve devam etti, "Peki ne olmuş Aysun'a? Yoksa evleniyor mu?"

"Resmen dilim tutuldu Melis, ben sana ne diyeyim."

"Yoksa onu da mı bildim?"

Esin, "Bu haber tam Melis'lik deyince bir evlilik haberi olması pek doğal aslında," dedi gülerek. "O herkesi evlendirmeye bayılır."

"Peki kiminle evleniyormuş? Yoksa o delikanlıyla mı?"

"Ben sustum," dedim. "Resmen sustum."

Melis'in kahkahaları peş peşe patlıyordu. "Ay yoksa onu da mı bildim, ermişim ben kızlar, ermiş."

Esin dönmüş bana bakıyordu. "Sahi Serra, söyle nedir işin aslı?"

"Melis bırakmadı ki anlatayım."

"Hadi, anlat, anlat."

"Daha geçen gün bir telefon. Açtım, arayan Aysun. Tabii çok sevindim. İşte nasılsın, ne yapıyorsun filan hoş beş ettikten sonra, Serra Abla, dedi, çok önemli bir haberim var, ilk sana söyleyeyim istedim. Ben merak içinde bekliyorum, nedir bu önemli haber diye. Biz, dedi, Rüzgâr'la evlenmeye karar verdik. Öyle bir, ne, diye bağırmışım ki... Evet, dedi, şimdilik ay sonunda burada nişanlanacağız, daha sonra ben eğitimimi bitirince de evleneceğiz. Çok ama çok şaşırmıştım ama çocuklar, ben o yıllarda bunları birbirlerine yakıştırmıştım, bunu içimden geçirmiştim ama Aysun lisedeydi daha, Rüzgâr da üniversitede. O nedenle, bunun lafı olmaz diye kendime de kızmıştım."

Melis atıldı. "Ama onun gözü Rüzgâr'daydı."

"Evet, çok hayrandı ona, hem de umutsuzca hayrandı. Ama işte yıllar geçti, Aysun liseyi bitirdi, şimdi üniversitede, Rüzgâr'sa çoktan üniversiteyi bitirip işe girdi."

"Demek bu yıllarda görüşmeye devam etmişler."

"Aslında ben ayrıntıları bilmiyorum ama bir kere Aysun'un babası, kızının bir Türk'le evlenmesini istiyordu. Bu arada Rüzgâr'ı tanıdı ve onu çok beğendi. Rüzgâr da Almanya'ya gidip geliyordu. Babasının ısrarıyla Aysun'lara da uğruyordu. Demek ki, giderken gelirken, kızımız da büyüyünce, işler değişti. Aysun zaten hayrandı Rüzgâr'a ve bu iş de böylece bağlandı. Nişan haberini bana verirken nasıl mutluydu Aysun, anlatamam."

"Çok iyi," diye içini çekti Melis. "Allah mesut etsin. Sevdiğiyle evlenmek gibisi var mı?"

İşte günümüzü bu güzel haberle bağladıktan sonra evlerimize dağıldık.

İstanbul'a dönme vakti yaklaşıyor.

Müjde'den süper selfie'ler geldi.

Her gittiği şehirden, o şehrin özel bir yerinde selfie'ler çekip yollamış bize. Londra'dan, Paris'ten, Roma ve Madrid'den.

Bu arada babasının ısrarıyla annesi de tedavi görmeye başlamış. İzmir'de bir psikoloğa gidiyormuş.

"Şunu zamanında yapsalardı da, kızı bu kadar üzmeselerdi ya," dedi Sude.

"Umarım iyice tedavi olur, yarım yamalak bırakmaz. O kadının sağı solu belli olmaz çünkü."

"Sanmam Beste, babası bu kez işi sıkı tutuyormuş." Sonra bana döndü Sude, "Selin, bugün öğleden sonra, bir ara, Zeynep Hanım'a uğrayacağız, sakın bir yere kaybolma, e mi?"

"Hayırdır?"

"Ava! Sana inanamıyorum. Daha yeni konuşmadık mı, elimize güzel, küçük bir çiçek alıp Zeynep Hanım'a teşekküre gideceğiz diye. Hepimiz... Hepimiz, dedim, alooo..."

"Aman, tamam! Bağırma öyle! Duyduk herhâlde!"

"Duyman yetmiyor. Unutma!"

"Bu koşullarda unutmak mümkün mü?"

"İyi, o zaman."

"Peki, paralar barınağa teslim edildi mi?"

"Edildi," dedi Ava. "Beste hesapları toparladıktan sonra Kayra'ya teslim ettik. O da barınağa gitmiş, İbrahim abiyle, barınağı yöneten kişiyi bulmuşlar ve ona vermişler. Koca adam sevincinden az kalsın oynayacaktı, dedi Kayra. Ve –hepimizle tanışmak istiyormuş. Kayra'ya, arkadaşlarını al gel, onlara hiç olmazsa bir çay ikram edeyim, demiş."

"Tamam, gideriz."

"Ama ne güzel bir iş çıkarttık, değil mi arkadaşlar," dedi Ava.

"Hem de ne biçim," diye destekledim kankamı.

"Aaa, şu gelen Sedat abi değil mi?"

"Evet, evet, bize doğru geliyor."

"Eyvah! Bir prova daha demesin sakın."

"Yok daha neler. Pek güzel çalıyoruz ya işte."

Sedat abi sıcak kumların üstünde hoplaya zıplaya geliyordu. Sonunda bize ulaştı.

"Sedat abi, ayağına bi şey geçirseydin ya."

"Sizi görünce hemen gidip konuşuvereyim dedim. Benim kroklar da taa öbür tarafta, üşendim. Ama ayaklarım da haşat oldu, laf aramızda. Neyse, bakın şimdi..."

"Sedat abi, bari şu havlunun üstüne gel," dedi, en düşüncelimiz Sude.

"Sağ ol canım," diyerek geçip havlunun üstüne yerleşti.

"Şimdi biz son bir müzik dinletisi düşünüyoruz ya..."

"Evet," diyerek kafaları salladık.

"Sağdan soldan şöyle bir öneri geldi. Önümüz 30 Ağustos. 30 Ağustos büyük bir coşkuyla kutlanıyor, sizin mini konserin de çok beğenileceğinden eminiz. Neden bu kez Alaçatı meydanındaki o Köşe Kahve'nin orada yapmıyorsunuz, diyorlar."

Birbirimize baktık.

Baksana şöhretimiz nerelere ulaşmış!

Vay be...

Ava hemen sırıtmaya başlamıştı.

Sevindirik olduk hepimiz.

"Eee, ne diyorsunuz," dedi Sedat abi.

Sude, "Saat kaç gibi olur bu, malum bizim aileler..." dedi.

"Akşamüstü. Zaten daha sonra fener alayı olacak."

"Ah, sahi mi?" dedim. "Bayılırım fener alayına."

"Evet," dedi Sedat abi, "biz akşamüstü dinletimizi gerçekleştiririz, sonra da bayraklarımız ve Ata'mızın posterleriyle fener alayına katılırız."

"Yaşasın! Yaşasın!"

"Tarkan konseri de 30 Ağustos gecesi olacakmış."

"Öyleyse bizim konser, bütün bunlardan önce olacak," dedi Beste.

"Evet, böylece hem biz etkinliğimizi daha rahat bir ortamda sergileyebileceğiz, hem de sizler akşam ne yapmak istiyorsanız, onu yapabileceksiniz. İsteyen Tarkan konserine, isteyen fener alayına katılabilecek."

"İsteyen de önce konsere, oradan da fener alayına katılabilir bu durumda. Harika," dedi Öykü.

Ona yüksek fikrini soran varmış gibi.

Gıcık!

Kıvanç Bey Hazretlerine gelince, hâlâ plajımızı şenlendirmemişlerdi. Acaba son durumu Öykü'ye söyledi mi?

"İyi öyleyse, tamam mıyız?" diye sordu Sedat abi. "Herkese uygun mu?"

"Uygun!" diye bağrıştık.

Eve döndüğümüzdeyse bizi bir başka sürpriz bekliyordu.

Teyzem, "Çocuklar, haberiniz olsun, yavaş yavaş hazırlanmaya başlıyoruz çünkü 30 Ağustos'u burada kutladıktan sonra, Selin'i İstanbul'a yolcu edip biz de İzmir'e dönme kararı aldık," dedi.

"Üfff yaaa..."

Sude'yle Ava, "Acelemiz ne anneciğim?" diye ikisi iki yandan karşı çıktılar.

Ben –tarafsız kaldım!

"İyi ama," dedi teyzem, "sonsuza dek Çeşme'de kalamayacağımızı çoktan kabullenmiş olmanız gerek. Her yıl aynı tartışmayı mı yaşayacağız?"

"Okullar taa eylül ortasında açılıyor."

"İyi de küçük hanımlar, bu evi kapatıp, İzmir'deki evi açmamız gerek. Sizlerin odalarının temizlenmesi gerek. Bütün bunlar zaman alıyor. Okul alışverişi ve hazırlıkları da ayrı bir konu."

Sevgili kuzinlerim duymasın ama ben bu durumdan acayip memnundum doğrusu. Bir kere Kayra'nın *misafir*'inden kurtulacaktım. Son zamanlarda ne plajın, ne duvar üstü sohbetlerinin, ne de başka durumların hiç mi hiç tadı kalmamıştı ki.

Öğleden sonra Sude'nin seçtiği mavili yeşilli küçük seramik saksı ve içindeki çiçekle Zeynep Hanım'ın kapısını çaldık. Her zaman olduğu gibi bizi Boncuk Göz'le Serra karşıladı. Hepimizi karşısında gören Zeynep Hanım şaşırdı.

"Size teşekkür etmek için beş dakikalığına uğrayalım, dedik," dedi Sude.

"Çocuklar, ne kadar naziksiniz," diyerek bizi buyur etti Zeynep Hanım. Aslında tam takım değildik, Kayra ve Öykü yoktu.

İki adet arıza.

Gelemeyeceklerini duyunca bi sevindim ki.

Meğer Zeynep Hanım ve ailesi de 30 Ağustos sonrasında İzmir'e döneceklermiş.

"Bakalım Boncuk Göz bizim İzmir'deki evi beğenecek mi?" dedi Zeynep Hanım.

Boncuk Göz'se vedalaşacağımızı anlamış gibi dibime gelip oturdu. Ben de onu okşadım, durdum. Gıdısını, o yumuşacık kulaklarını.

Bir süre sonra Sude, "Biz artık gidelim," dedi, bunun üzerine ayaklandık. Bizim Sude, protokol şefi gibi mübarek. Yaza görüşmek üzere diyerek, evin yolunu tuttuk.

Akşam biz yine çıkmayınca, teyzem dalgasını geçmeyi ihmal etmedi tabii. Hiç bu fırsatı kaçırır mı!

"Vah, vah, vah" dedi. "Bunlara olanlar olmuş, olanlar olmuş."

Gece...

Odamın sessizliğinde...

G. A.'nın fotoğrafına baktım uzun uzun. Takvimden bir güne daha çarpı koydum.

Koydum ama.

Bunu koyarken, ne işe yarayacaksa, diye düşünmekten kendimi alamadım.

Çünkü G. A. artık benim için hayran olunacak bir abi.

Meğer bütün söylediklerinde haklıymış.

Ama yine de, onu ilk aşkım olarak hatırlayacağım.

Onu hiç unutmayacağım, kesin.

Bu yaz Çeşme'den ilk ayrılışımda ne çok acı çekiyordum.

İçim yanıyordu âdeta, içim.

Şimdi yine Çeşme'den ayrılıyorum. Bu yaz Çeşme'den ikinci ayrılışım.

Ve bu kez de hüzünlüyüm.

Acayip hüzünlü.

Neden bu kadar içim sıkılıyor acaba?

Bunu söylemesi benim için zor olsa da, sebebi –Kayra herhâlde.

İyi de ben ona *arkadaşım*, hatta giderek *kankam* gözüyle bakıyordum.

Peki, ne oldu da işler böylesine değişti?

Hâlâ anlamaya çalışıyorum.

Hem, insan kankasını sevebilir mi?

Arkadaş, arkadaştır.

Gerçi Ava, pek çok arkadaşlık giderek sevgililiğe dönüşebiliyor, demişti. Ben de ona, o zaman asıl senin Kayra'yla sevgili olman gerek deyince, "Oha!" diye bağırmıştı bana. "Biz onunla Sude'yle ben gibiyiz, kızım."

Zaten her şey Ava'nın yüzünden.

Yok, seni şöyle beğeniyor.

Yok, ben gözümle gördüm sana nasıl baktığını.

Yok, aslında sen de onu beğeniyorsun; bal gibi de beğeniyorsun ama kendi kendinin beynini yıkamışsın bi kere, o bin yaşındaki adamla ilgili.

Sonra...

Hani o Ava'yı kandırmak için birbirimize ilgi duyuyor gibi yapıyorduk ya, o dönemler çok tatlıydı benim için. Bunu sırf Ava'yla dalga geçmek için yapıyorum, diyordum kendi kendime ama... itiraf etmeliyim ki, Kayra'nın yolunu da gözlemiyor değildim.

Onun bana ilgisi, hemen gelip yanıma oturması çoook hoşuma gidiyordu.

Meğer Ava haklıymış, meğer o beni gerçekten beğeniyormuş. Kahretsin!

Ama ben de bilemezdim ki.

İnanamadım ki...

Bunlar Ava'nın hayalleri, dedim.

Kayra da sırf dalgasına böyle davranıyor, gülelim, eğlenelim diye, dedim.

Ve bu arada sırf gururumu kollamak adına bir laf ettim.

Üfff be, dedim, daha ne kadar sürecek bu?

Ve –iyi halt ettim.

Ama –nerden bilebilirdim!

Nerden bi-le-bi-lir-dim!

Sonuçta...

Onu kaybettim.

Öte yandan, o da *kaybolmaya* pek hazırmış yani.

İnsan, bi anlamaya çalışmaz mı!

Niye öyle söylüyorsun, demez mi!

Şimdi şu yazdıklarıma baktım da, aynı şeyleri tekrar eder bir hâlim var.

Ama –duygularımı anlamaya çalışıyorum.

Bu tür duyguları daha önce yaşamamıştım ki.

Kafamda öyle çok soru var ki.

Ayrıca arkadaşım, senden başka derdimi rahatça açabileceğim kim var ki.

Üfff, bilmiyorum, bilmiyorum.

Bildiğim tek şey, canımın çok, çok, çok sıkkın olduğu.

Ben bu Çeşme'den hiç keyifli ayrılmayacak mıyım?

Sabah yine kös kös denize gittik.

Sonra kös kös eve döndük.

Kös kös yemeğimiz yiyorduk ki...

Bir ses.

"Rahatsız etmek istemem ama..."

Bahçe kapısı açılmıştı.

Kanat, terasa, bize doğru geliyordu.

"Aaa, Kanat bu," dedi Sude.

Teyzem ayağa kalktı, "Gel, Kanat, buyur otur," dedi hemen.

"Yemeğinizi böldüm, özür dilerim."

"Yok canım, biz çoktan bitirmiştik de, malum, sofra sohbeti devam ediyordu. Gel otur, sana da bir tabak hazırlayayım."

"Ben yedim," dedi Kanat, "gerçekten..."

"O zaman bir kahvemizi içersin artık ya da biraz meyve alırsın. Dünyada bırakmam, bilmiş ol," diyerek Kanat'ı zorla oturttu masa başına.

"Annenle buluşup uzun uzun eski günlerimizi konuştuk, arayı kapattık anlayacağın. Nasıllar?"

"İyiler, hem annemin, hem babamın selamı var."

"Sağ olsunlar. Biz de yavaş yavaş gidiş için hazırlık yapmaya başladık."

"Bizimkiler de öyle," dedi Kanat.

"E, ne de olsa göç zamanı," filan diyerek teyzemle Kanat bayağı bir sofra muhabbetine giriştiler. Biz de kediler gibi pürdikkat, o ne dedi, bu ne dedi, dercesine bir ona, bir buna bakıp duruyorduk.

Derken Kanat, "Sırma teyze," dedi, "duymuşsunuzdur, 30 Ağustos'ta Tarkan konseri var."

"Afişleri gördüm."

"İşte biz o konsere gidiyoruz, daha doğrusu küçük kardeşlerim ve ben. Bizim ufaklıklar Tarkan hayranı."

Teyzem sesini çıkarmadan dinliyordu.

Bizse, bu sözler nereye varacak diye bekliyorduk. Aslında nereye varacağını gayet iyi biliyorduk da, Kanat bu işi nasıl kotaracak diye, asıl onun derdindeydik.

"Eğer izin verirseniz Sude'yi ve tabii Ava ve Selin'i de davet etmek istiyordum. Hep beraber gideriz diye düşündüm."

Ava şöyle bir oley çekecekti ki, annesiyle göz göze gelince sus pus oldu.

"Çok naziksin Kanatçığım," dedi teyzem. "Ne güzel bir düşünce."

Yemin ederim o an, teyzemin gözlerinde muzip bir ışık çaktı. Şöyle bir gülümsedi sanki *yemezler* dercesine. Ama, artık bana mı öyle geldi, yoksa gerçekten durum bu muydu, bilemem.

"Sen yanlarında olduktan sonra bence hiçbir mahzuru yok," dedi ve bizlere, özellikle de Sude'ye bakıp "Siz ne düşünüyorsunuz kızlar," diye sordu.

"Allah diyoruz!" diye bağırdı Ava. Onun bu tepkisi üzerine kahkahalar yükseldi ve ortam yumuşayıverdi.

Sude, "Memnuniyetle gideriz," dedi. Ve –Kanat'ın yüzü güldü. Hem de ışıklı, ışıklı. Eh, bu noktadan sonra bana da laf düşmüyordu herhâlde. Zaten kimse de bana bir şey sormamıştı.

"Gideyim artık," dedi Kanat, ikram için teşekkür etti ve geldiği gibi uçarcasına gitti.

O vakte kadar ağzını açmamış olan anneannem, "Bu delikanlı hayatta çok başarılı olacak," dedi.

"Neden öyle dedin anneanne?"

"Çünkü yol yordam biliyor Selinciğim. Yol yordam biliyorsan, nerede nasıl davranacağını, nasıl konuşacağını biliyorsan –kazanırsın. Bilmiyorsan, haklı davanı bile kaybedebilirsin."

Baş başa kaldığımızda Ava, "Bu çok iyi oldu, çok," deyip duruyordu. "Şimdi Kıvanç efendi, bizim Sude'yi bu yakışıklıyla konserde görünce ne biçim moraracak."

"Bak sana bi şey söyleyeceğim ama kesinlikle aramızda."

Merakla baktı yüzüme.

"Ben bu konsere gelmiyorum."

"Nedenmiş o?"

"Bak, sakın ısrar etme. Gelmek istemiyorum yaaa, işte o kadar."

"Sen gitmezsen, ben de gitmem."

"Hoppalaaa..."

"Hoppala'sı moppala'sı yok."

"Lütfen Ava. Bana zorluk çıkarma. Gerçekten."

"Peki, nerden çıktı şimdi bu konsere gelmeme?"

"Aman! Ben Tarkan'a bayılmıyorum, iki saat onu çekemem."

"Yemezler canım. Ben gerçek nedeni istiyorum senden."

"Üfff yaaa..."

"Bekliyorum."

Karşımda, o meşhur hesap sorar tavrını takınmış, ayağını pat pat yere vurarak cevabımı bekliyordu.

"Bak eğer bana yardımcı olacaksan, gerçek nedeni söylerim."

Bir durdu. Düşünüyordu.

Sanki durumu kafasında tartıyor gibiydi.

"Tamam," dedi sonunda, "bu kadar kararlıysan, geçerli bir nedenin olmalı. Anlat, dinliyorum."

"Geçen gün, hani Tarkan konserinden ilk kez söz edilen o gün, kim gidiyor, kim gitmiyor filan konuşuluyordu ya..."

"Hani şu bizim Sude'yi, Kıvanç'ı kesin şutlamaya iten günden söz ediyorsun, değil mi?"

"Evet, aynen o günden söz ediyorum. İşte tam yok gidiliyor, yok kim kiminle gidiyor filan denirken, bu senin Kayra..."

"Neden benim oluyormuş?"

"Canım senini kankan ya, o manada."

"Haaa, pekâlâ, devam."

"O da sevgili *misafir*'ini götüreceğinden söz ediyordu. Melisa da, ne kadar şanslıyım, bu konsere denk düştüm gibi, işte böyle böyle konuşurken Kayra bana dönüp istersen seni de götürebiliriz, demez mi!"

"E, ne var bunda?"

"Senin bugün kafan basmıyor galiba."

"Neyi anlamam gerekiyor, bunu bana bir ufalar mısın?"

"Bak şimdi! Yanında *misafir*'i, onu konsere götürecekmiş. Bu konuşuluyor uzun uzun, aman da ne güzel, ne hoş. Derken –bana dönüp, istersen seni de götürebiliriz, diyor. Sadaka verir gibi. Vah, vah, şu garibanı da evde bırakmayalım, sevabımıza alalım yanımıza, dercesine."

Ava hâlâ boş boş bakıyordu.

"Anlasana!" diye haykırdım sonunda.

"Ay, bağırmasana öyle!" diye bu kez o bağırdı. "Adam seni de götürelim, demiş, ne kötülük var bunda."

Saçımı başımı yolacak hâle gelmiştim.

"Erkek kankalarla vakit geçire geçire, senin de kavrayış yeteneğin sıfırın altına düşmüş. Tebrik ederim! Yani sen buradaki durumu kavrayamadınsa..." Öfkemi içimde tutmaya çalışarak devam ettim, "ne diyeyim ben sana."

Karşılıklı kötü kötü bakışarak sustuk.

Sonra Ava derin bir nefes aldı ve, "Şunu mu anlamam gerekiyor? Kayra seni de konsere davet etmiş ama sen onun bunu seni aşağılamak için yaptığını düşünüyorsun," dedi.

"Aynen öyle."

"İyi de abi, niye bunu yapsın ki?"

"Haydaaa, yine mi başa döndük," dedim ve ekledim, "Her ne hâl ise, (duy sesimi anneanneciğim, yine senin sözcüklerin) ben bu konsere işte bu nedenle gitmek istemiyorum. Sen öyle anlıyorsun, ben böyle anlıyorum. Sonuçta, ben gitmek istemiyorum! Onun için de senden bana yardımcı olmanı ve türlü çeşitli ısrarlar karşısında, o, Tarkan'a bayılmaz, onun için gelmedi demeni, saygılarımla rica ediyorum. Anlaştık mı?"

"Konuyu hâlâ kavrayamamış olmama karşın –anlaştık."

Durdu, durdu, "Kızma ama alınganlık yapıyor olmayasın?" dedi.

"Ne alınganlığı ya Ava. Şu pozisyona bakar mısın. Yanında sevgilisi, gözüme gözüme sokarcasına. Ve ettiği laf, seni de götürelim istersen."

"Öyle bakarsan, sen haklısın."

"Ya nasıl bakacaktık?"

Derken kıs kıs gülmeye başlamaz mı!

"Ne gülüyorsun? Nedir o kadar komik olan?"

"Sakın kızma ama sen benim kankaya iyice tutulmuşsun be kardeş."

"Alakası yok. Hiiiç alakası yok."

"Peki, nedir bu şiddet, bu celal?"

Omzumu silktim.

"Sinirime dokundu, o kadar."

Gözlerini içi gülerek baktı bana.

"Diyosun."

"Evet, öyle diyorum, hadi artık beni rahat bırak."

"Tamam, tamam kızma."

Böylece, Sude, Kanat ve Ava üçlüsüyle bir arada bulunmaktan da kendimi kurtarmış oldum.

Şimdi bi gözünün önüne getir.

Bir yanda Kayra ve bizim *yeni gelin*, öbür yanda Sude, yanında taze kavalye Kanat ve de Ava (hadi o kız kardeşi) ve de -ve de- ben!

Olacak iş mi!

İşte ben bunu Ava'ya anlatamıyorum.

Kafası basmıyor yaaa, resmen basmıyor.

Hâlâ, alınganlık mı yapıyorsun acaba, diyor.

Hayret bi şey yaaa.

Hayret bi şey.

Çeşme'deki son günler yine berbat geçerken.

Ve ben İstanbul'a dönmek için artık saatleri sayıyor duruma gelmişken...

Bak neler oldu.

Dilini yutacaksın arkadaşım, dilini.

Çünkü...

Ben şu anda dilimi yutmuş vaziyetteyim.

Bak şimdi.

30 Ağustos bayramı geldi. Bizim sokağı bi göreceksin, gelincik tarlasına dönmüş durumda.

Bayraklar.

Düz bayraklar ve Ata'mızın kalpaklı fotoğrafının basılı olduğu bayraklar.

Sadece bizim sokak mı, her yer, inan, her yer bayraklarımız ve Atatürk posterleriyle donatılmış vaziyette.

Olamaz böyle bir coşku.

Anneannem, "Halk bu büyük bayramı kendi kutluyor artık. Kimsenin ona söylemesine gerek yok, ki makbul olan da budur zaten," dedi.

Sabah plajda, denizdeki teknelerde, her yerde Türk bayrakları dalgalanıyordu. Kimisi de yüzünü boyamış, kırmızı beyaz, ay yıldızlar yapmışlardı yanaklarına.

Diyorum ya, acayip bir coşku.

Çok hoştu yaaa, çok hoş.

Akşamüzeri Sedat abi bizi toparladı ve ver elini Alaçatı.

Köşe Kahve'nin olduğu meydan.

Tabii yine her yer kalabalık.

Ay yıldızlı tişörtlerle dolaşanını mı istersin, Ata'mızın portresinin basılı olduğu tişörtlerle gezinenini mi. Küçük çocuklarsa ellerinde kâğıttan küçük bayraklar.

Yerimizi aldık. Bizi böyle, ellerimizde müzik aletleri, sıralanır görünce, birer ikişer dönüp bakmaya başladılar.

Kalbim küt küt atıyordu.

Gerçi daha önce, plajda yaptığımızda da heyecanlanmıştım ama ortam salaş olduğu için hata yapsan da plajın o gürültülü havasında kaynar giderdi.

Ama burası.

Çok daha ciddi bir durumdu.

Neyse.

Entarisi Ala Benziyor diye başlarken...

Bir alkış koptu.

Şarkımızı daha ilk andan onaylamışlardı.

Nakarat bölümündeyse, biz, *şekerli misin vay vay, fıstıklı mısın* diye giriş yapınca, bütün orada olanlar, kafelerde oturanlar, kafe çalışanları el çırparak tempo tuttular, nakarata katılıp bizlerle birlikte söylediler. Kocaman bir koroyla tamamladık şarkımızı. Ve alkışlar, alkışlar.

İki şarkımız daha vardı, onları da aynı coşkuyla söyledik. Ve eğilerek dinleyicilerimizi selamlıyorduk ki, genç bir adam, "İlk şarkıyı bir kez daha dinlemek ve sizinle birlikte söylemek istiyoruz gençler," dedi. Sonra kalabalığa dönüp "Değil mi arkadaşlar!" diye bağırdı.

Bunun üzerine kalabalık, "Bi daha... Bi daha..." diye el çırpmaya başladı. Öyle duygulandım ki, utanmasam ağlayacaktım. Sedat abinin bile yüzü kıpkırmızı olmuştu heyecandan.

Böylece, *Entarisi Ala Benziyor* türküsünü bir kez daha, bu kez hep beraber söyledik ve onlar bizi, biz de onları alkışlayarak küçük dinletimizi sonlandırdık.

Tabii Kayra bütün bunları kaçırmıştı.

E, *misafir* eğlemek kolay mı!

O arada baktım Ava, elinde telefon hararetli hararetli bi şeyler anlatıyor. Kalabalığın uğultusunda ne dediği anlaşılmıyordu. Yanına yaklaştığımda, "Oğlum, sen neler kaçırdığının farkında mısın? Biz burada tarih yazdık be, tarih. Sen daha oralarda dolaş dur," dediğini duydum. Anlaşılan Kayra'yı azarlıyordu.

"Ne uğraşıyorsun şununla?" dedim. "O hayatından memnun, misafirini gezdiriyor."

"Kızın kulağına su kaçmış da, ağrıyormuş da, onu doktora götürmek zorunda kalmış da... Yoksa kesin gelecekmiş. Onu anlatıyor iki saat."

"O mu seni aradı?"

"Evet. Ben ne diye onu arayayım ki?"

"Niye arıyormuş?"

"İşte, ne yapıyorsunuz, nasıl gidiyor. Ben de gelecektim de falan da filan."

"Amaaan, boş ver," dedim ben de.

Sedat abi bizleri teker teker evlerimize bıraktı. Yolda çok güzel şeyler söyledi.

"Sizleri gerçekten kutluyorum çocuklar. Çok başarılı bir mini konser yaptık."

"Sen önümüze düşmesen, ne bunu düşünebilir ne de gerçekleştirebilirdik," dedi Sude.

Doğruya doğru.

Her şeyi Sedat abi düşünmüş, bizleri çalıştırmış ve bu dinletileri gerçekleştirmemizi sağlamıştı.

"Ama sizler de, neme lazım demediniz, ben şimdi tatildeyim, uğraşamam demediniz."

Eh, bu da doğruydu.

Böylece birbirimizi öve öve evlerimize vardık.

Konser vakti gelmişti.

Kanat, iki yanında iki küçük kardeşi, ufukta göründü. Bizimkiler de terasta beklemedeydi zaten. Ava'yla karar vermiştik, benim gitmeyeceğimi son anda söyleyecektik ki, ev halkıyla boğuşmak zorunda kalmayayım.

Ve –sadece Tarkan'a bayılmıyorum'la kimseyi uyutamayacağımızı, üstelik bunun şüphe uyandıracağını düşünerek duruma bir mide ve baş ağrısı eklemenin akıllıca olacağına karar vermiştik. Kendini iyi hissetmiyor, eh, zaten Tarkan'a da bayılmıyor, şeklinde bir savunmayla, olası ısrarları püskürtme planıydı bu. Nitekim benim gitmeyeceğim ortaya çıkınca, en büyük tepki teyzemden geldi.

"Aaa, olur mu ama Selinciğim, neden gitmiyorsun?"

"Kendimi iyi hissetmiyorum teyzeciğim, midem bulanıyor, başım da çatlayacakmış gibi ağrıyor."

"Ateşin mi var?" diye telaşlandı bu kez.

"Hayır, hayır, yok," dememe aldırmadan gelip elini alnıma koydu. Olmadığını görünce rahatladı.

Bu arada Kanat'la Sude durmuş, bu mücadelenin sona ermesini bekliyordu.

Ava, "Anne yaaa, kızın üstüne gitmesene," dedi. "İyi olsa gelmez mi?"

"Eh, pekâlâ," dedi teyzem, üzgün gözlerle beni süzerek.

Böylece onları yolcu ettik.

Ohhh, ben de bi rahatladım, bi rahatladım.

Ama.

Bu rahatlama uzun sürmedi.

Bu kez teyzem, "Biz Ertem'lere havai fişek gösterilerini seyretmeye gideceğiz, onun evinden çok güzel görünüyor. O zaman bizimle gelirsin artık," buyurdu.

Yağmurdan kaçarken doluya tutulma durumları aynen.

Düşün.

Bir dolu teyze, amca.

Üstelik hiç tanımadığın teyzeler, amcalar.

Tam bir karabasan.

"Sağ ol teyzeciğim ama gerçekten evde kalıp dinlensem daha iyi olacak."

"Ama olur mu canım, herkes bir yerde, sen böyle burada bir başına..."

"Aşk olsun teyzeciğim, bunun nesi bir başına. Hepiniz bir iki saate kadar dönüp geleceksiniz. Ben de o arada biraz televizyon, biraz iPad, kendimi iyi etmeye çalışacağım."

"Eminsin yani?"

"Eminim."

Böylece onlar da gitti.

Ohhh, sessiz, sakin bir evde olmak ne güzeldi.

Çıktım terasa, iPod'umdan bir müzik ayarladım kendime, seni de aldım kucağıma bi şeyler yazayım, diye.

Birden.

Tık - tık - tık.

Biri karanlıklardan minik taşlar atıyordu sağıma soluma.

Önce bi korktum, ne yalan söyleyeyim.

Öyle ya, evde tek başımaydım.

Sapığın teki mi dadanmıştı acaba?

"Kim var orda?!" diye bağırdım, korkusuzmuşum gibi.

Ve...

Bizim parmaklığın arkasından bir kafa belirdi.

"Benim, ben."

Bu ses.

Tanıdık bir ses.

Yoksa?

Olabilir mi acaba?

Şeklinde bir sürü soru kafamda peş peşe belirdi o an.

Derken...

Bir çift cin cin bakan göz, dağınık sarı saçlar ve –Kayra!

Ayağa fırladığım gibi terasın ucuna ulaştım.

"Kayra?"

"Evet, benim, ben."

"Sen ne yapıyorsun bu saatte burada?"

"Gördüğün gibi senin dikkatini çekmeye çalışıyorum."

"Yok yaaa... Aman ne komik. Başka işin yok mu senin?"

"Terslenmesene."

"Nasıl terslenmem. Zaten gelmişsin gecenin bir saatinde, o da yetmezmiş gibi taşlar atmalar, bilmem ne..."

"Ya, bi susar mısın?!"

"İyi! Sustum!"

O, aşağıda, parmaklıkların orda, ben terasın ucunda, öyle, birbirimize bakıp duruyorduk.

Sonunda, "Ben geliyorum," dedi ve koşar adım gelip terasa atladı. Sonra da geçip karşımda durdu.

"Bu ne bu, şimdi?" dedim.

"Ne kadar da konukseversin öyle," dedi ve ekledi, "Biraz konuşalım diye geldim."

"İyi!" dedim. "Konuş bakalım ne konuşacaksan."

Şuna bak ya, dercesine başını salladı.

"Hem senin konserde olman gerekmiyor mu?"

Öylece durmuş, bana bakıyordu.

Devam ettim. "Yeni kız arkadaşını nasıl bırakırsın? Biraz ayıp olmuyor mu?"

"Bi sus be Selin, bi sus!" diye bağırdı.

Bayağı da kızgın bakıyordu bana.

"Bi kere o benim kız arkadaşım değil. Bilmeden kendi kendine sonuçlara varıyorsun."

"Ya neyin oluyor, söyle de bilelim. Ama Allahı var, pek yakışıyorsunuz birbirinize."

"Selin!"

"Tamam, tamam, sustum. Hadi söyle ne söyleyeceksen."

"Bak, önce bi otur şuraya," dedi ve beni yavaşça koltuğa doğru itti, sonra da karşıma geçip oturdu.

Heyecanlıydı. Söze nasıl başlayacağını bilemeyen biri gibi. Sonra birden konuşmaya başladı.

"Melisa benim kız arkadaşım filan değil, o benim..."

Kulaklarımı açmış, öyle bir dinliyordum ki.

"Kuzinim –teyzemin kızı."

Ne diyordu bu?

Kafam o kadar, *Melisa, Kayra'nın sevgilisi* fikrine takılı kalmıştı ki, birden ne dediğini anlayamadım.

Resmen anlayamadım.

"Sen ne dedin? Melisa neyim oluyor, dedin?"

Kavrayışı sonsuz kıt birine anlatır gibi sözcükleri tane tane söyleyerek tekrar etti.

"Melisa benim teyzemin kızı. Bu yaz bir haftalığına bize geldi."

Ne diyeceğimi bilemedim, susup kaldım.

İyi de, niye bunu bizlere söylememişti?

Ne tuhaf bir durumdu bu.

Öte yandan, Kayra pek sıkıntılı görünüyordu.

Sanki bir şeyler söylemek istiyor ama bunu nasıl yapacağını bilemiyor bir hâli vardı.

"Zor da olsa bu noktada bir şeyi itiraf etmem gerek," dedi. Bana değil, sürekli oynadığı parmaklarına bakıyordu.

Bense meraktan ölmek üzereydim.

"Melisa'nın kuzinim olduğunu mahsus söylemedim. En başta sen olmak üzere, herkesin başka türlü bir izlenim edinmesini, onun benim kız arkadaşım olduğunu zannetmesini istedim."

Artık dayanamadım.

"Ama neden?"

"Çünkü sana çok kırılmıştım."

O an ne diyeceğimi bilemedim. Sustum sadece. Ama neden söz ettiğini de tahmin edebiliyordum.

Devam etti Kayra.

"Sana çok kırılmıştım ve tam da o sırada Melisa çıkageldi. Aslında gelmesi hiç hesapta yoktu ama tatil programlarıyla ilgili birtakım aksilikler olmuş, teyzem de onu bize göndermiş. Onu karşımda görünce beynimde bir şimşek çaktı. Melisa'yı bir tanıdığımızın kızı gibi tanıtıp ve de sanki onunla aramız çok iyiymiş gibi yaparsam, hem kırılan gururumu onaracak, hem de senden intikam alacaktım. Nitekim sen ve Ava sinirlendikçe ben bu oyunu sürdürdüm," dedi bana bakarak gülümsedi.

"Hele de seni kızgın görmek beni öyle keyiflendiriyordu ki. Öte yandan, bir süre sonra bu oyun keyif vermemeye başladı. Yaptığımın yanlış olduğunu düşünüyor, bunu nasıl düzeltirim, diye çareler arıyordum. Ben bunları düşünürken ailem ani bir karar almış. İstanbul'da hemen yapılması gereken bazı önemli işler nedeniyle yola çıkmam ve bu arada Melisa'yı da teyzemlere teslim etmem gerekiyormuş. Hiç beklenmedik bir durumdu bu ama yapılması da şarttı.

"Durum bu olunca telaşa kapıldım. Senden böyle ayrılmak istemiyordum. Düşündüm, düşündüm, sonunda seninle konuşup her şeyin doğrusunu anlatayım dedim. Bundan sonra da hiç yüzüme bakmazsa, haklıdır, ne yapsa yeridir der, katlanırım, diye düşündüm. Ama en azından sana her şeyi açık açık anlattığım için, dürüst davranmaya çalıştığım için içim rahat olacaktı."

Bütün bunları anlattıktan sonra başını kaldırmış, bana bakıyordu.

Ne diyebilirdim ki.

Şaşkındım.

Ben öyle suskun kalınca ayağa kalktı.

"Çok özür diliyorum," dedi alçak sesle ve benden hâlâ ses çıkmayınca kapıya doğru adım atıyordu ki, "Dur bi dakika Kayra," dedim.

Nasıl bunu dedim, ben de şaştım.

Çünkü bilinçli değildi, düşünüp de söylememiştim. Öylesine ağzımdan çıkıvermişti. Ve devam ettim.

"Madem açık açık konuşmak istedin, o zaman ben de sana bazı sorular sormak istiyorum. Aramızda anlaşılmadık bi şey kalmasın." (Ve de arkadaşım, bu da hayatımda yaptığım en büyük akıllılıktı.)

Benim bu sözlerim üzerine yüzü sevinçle parlayıverdi sanki. Hemen gelip karşıma oturdu.

"Sen bana neden kırıldın?"

Şöyle bi baktı. "Üfff ya, ne zaman bitecek bu oyun, dedin ya, işte o sözler çok gücüme gitti."

"Neden?"

"Çünkü..." dedi, kıvranırcasına yerinde kıpraştı, sonra da, "ama önce bir şeyi daha itiraf etmem gerekiyor," deyiverdi.

"Ne de çok itiraf edecek hâllerin varmış," dedim ve de gayet ciddi ekledim, "Dinliyorum."

"Benim derdim Ava'yı işletmek değildi," durdu, bu kez yüzünde muzip bir ifade belirdi, "sana yaklaşmak, seninle olmak için Ava'yı işletelim masalını uydurdum."

"Yani Ava'yı işletmek aslında beni işletmek gibi bir şey oluyor bu durumda?"

Boynunu büktü, zavallı pozlarında.

Ama arkadaşım, çok da şekerdi o suçlu, suçlu bakışıyla.

"Sonra?"

"Sonra," diye devam etti, "bir süre sonra sanki sen de hoşlanmaya başlamıştın bu beraberliğimizden. En azından ben öyle algılıyordum. Çok mutluydum çünkü yaz başından beri gözüm sendeydi."

"Hem de yaz başından beri, öyle mi?"

"Evet! Artık yalan yok, oyun yok, numara yok."

"Demek Ava haklıymış söylediklerinde," diye mırıldandım.

"Zaten Ava'ya hep söylüyordum."

"Ne diyordun ki?"

"Şu senin kuzini bana yapsak diyordum şakayla karışık. O da, ne güzel olurdu, akraba olurduk filan diye dalgasını geçiyordu. Ama hep böyle şakalaşır gibi konuşuyorduk."

"Peki, sonra ne oldu?"

"Ne olacak, ben tam Selin de artık bana ısındı, oldu bu iş diye düşünürken, sen tuttun o lafları ettin. E, ben de bozuldum tabii. O kadar vakit geçirmişiz bir arada, hem de güzel vakit geçirmişiz. Ben ümitlenmişim; sen tut böyle böyle, de. Aldatılmış gibi hissettim kendimi. Tam o sırada Melisa çıkagelince, ben de sırf sana inat olsun diye, senden intikam alırcasına, onunla aramızda bi şeyler varmış havalarına girdim."

İkimiz de susuyorduk.

Kayra her şeyi açık açık anlatmıştı. Sonra, birden konuştu.

"Şimdi de ben sana soracağım, sen de bana aynen benim gibi açık açık cevap vereceksin."

Ne diyebilirdim, o benim sorularımı yanıtlamıştı.

"Tamam, sor."

"Ava'yı işletme meselesi sırasında ben, giderek birbirimizden hoşlanır olduk izlenimi edindim. Sanki sen de benimle vakit geçirmeyi seviyor gibiydin. Ben bu düşüncemde yanılıyor muyum? Benimle birlikte olmak hoşuna gidiyor muydu?"

Cevabımı gayet iyi biliyordum da, açık açık söylemesi...

"Hadi ama Selin," dedi, iyice yaklaşmıştı bana. O kadar ki nefesini yüzümde hissediyordum. "Lütfen! Bak ben senin her sorduğuna cevap verdim," dedi ve yineledi sorusunu.

"Sen de benden hoşlanıyordun, değil mi?"

"Evet," diye fısıldadım.

"Allah!" diyerek bir sıçrayışı var, bu kadar olur.

Kendimi tutamadım, onun bu hâline gülmeye başladım.

Uzanıp elimi avucunun içine aldı. "Yanlış duymadım, değil mi? Sen de benden hoşlanıyorsun."

"Evet," diyebildim yine zar zor.

Ne zormuş duygularını açık etmek.

Bu kez dizimin dibinde, yere oturdu.

"Peki, o zaman ne demeye bana o lafları ettin, üfff ya, bilmem ne..."

İçimi dökme fırsatı elime geçti diye bu kez ben konuştum.

"Ava hep söylüyordu Kayra seni beğeniyor filan diye ama pek inanmıyordum çünkü Ava ikimizi bir araya getirme peşindeydi. Yani bu daha çok onun düşüncesi diye bakıyordum olaya. Bir de biz seninle konuşurken, bizden sevgili olmaz, biz arkadaşız diyorduk. Sonra sen bana, zaten sen benim tipim değilsin, bile dedin."

Hemen atıldı. "Ne yapayım, öyle demeseydim Ava'yı kandırma oyunu bile gerçekleşemeyecekti."

"İşte bu durumda ben de seni beğendiğimi belli etmemek, senin peşindeymişim izlenimini vermemek için abi, bu kız bana askıntı oluyor, dedirtmemek için öyle söyledim."

"İyi de ben hiç öyle düşünmüyordum ki, tam tersine ben senin peşindeydim."

"Ne bileyim öyle düşündüğünü, her davranışını Ava'yı kandırmak için diye alıyordum."

"Selin be, sen de iyiden safmışsın!" demez mi bana.

"Bana bak..."

"Özür dilerim, özür dilerim," dedi hemen.

Nasıl da tatlı bakıyor.

Tıpkı Kanat'ın Sude'ye baktığı gibi.

Sonra durdu, durdu, "Hayatımın en mutlu anını yaşıyorum şu anda," dedi gözleri ışıl ışıl.

"Var mısın, deniz kenarına bi yürüyelim? Fener alayı da var, ortalık çok şenlikli. Ayrıca, bu da benim son gecem."

"Dur bi dakika, Melisa'yı ne yaptın?"

"Ne yapacam, Beste'lere teslim ettim."

"Peki, beni burada bulacağını nerden bildin?"

"Ava'ya telefon ettim, nerdesiniz, Selin de sizinle mi, diye."

"Var ya, âlemsin Kayra."

"Annem yarın yolcusun dediğinde nasıl panikledim bilemezsin. Senden böyle ayrılmayı hiç içime sindiremiyordum. Seni bulup her şeyi anlatmak, senin de ne gibi duygular içinde olduğunu, buradan ayrılmadan bilmem gerekti," dedi. Sonra derin bir nefes aldı. "Şu an o kadar rahatlamış bi durumdayım ki."

"Bu kez Ava'yı kandırmak için değil," diyerek elimden tuttu. "Haydi son kez deniz kenarına yürüyelim."

Uçuyordum, sevinçten uçuyordum.

Ne büyük bir üzüntüden ne büyük bir sevince geçişti bu.

El ele, sessizlik içinde yürüdük bir süre. Aslında ikimizin de söylemek istediği öyle çok şey vardı ki. En azından benim için öyle.

Ama... Tıkanıp kalmıştık sanki.

O ıssız sokaklarda, el ele yürümek ve neden el ele yürüdüğümüzü bilmek sanırım yeterliydi o an için.

Plajda 30 Ağustos coşkusu devam ediyordu.

Fener alayından dönenler...

Bir başka köşede kocaman bir ateş yakmış, etrafına çember olmuş, gitar eşliğinde şarkılar söyleyenler...

Minicik kâğıt fenerleri dalgalara emanet edenler...

O fenerlerin suyun yüzünde binbir pırıltıyla dalgalanışı...

Sanki bütün bunlar aynı zamanda bizim şerefimizeydi.

Bir kutlamaydı.

Böylesi bir geceyi ömrüm oldukça unutmayacağım kesin.

Kumların üstüne oturmuş, bütün bu güzellikleri izliyorduk.

Kayra kolunu omzuma atıp yavaşça beni kendine doğru çekti.

Ben de başımı onun omzuna dayadım.

Öyle doğal geliyordu ki böyle davranmak.

Dalgaların o yumuşak hışırtısı...

Yıldızların pırıltısı.

Suyun üstünde yüzen kâğıt fenerler.

Bir başka güzellik vardı bu gecede.

Gökyüzü bile bir başka laciverttti sanki.

Zaman uçup gitmişti.

"Artık dönsek," dedim. "Teyzem gelip de evde beni bulamazsa kriz geçirir."

Ve yine o sokakları el ele yürüyerek eve geldik.

Terasın ışıkları yanıyordu, demek daha kimse gelmemişti. Derin bir nefes aldım. O an ev halkıyla uğraşacak durumda değildim.

Bir an karşı karşıya durduk.

"İstanbul'da görüşeceğiz, değil mi?" dedi Kayra.

"Görüşeceğiz," dedim.

"Konuşacak öyle çok şeyimiz var ki," diye ekledi.

"Ne demezsin," dedim, gülüştük.

Gerçekten de konuşacak pek çok şeyimiz vardı.

"Sana iyi yolculuklar," dedim.

"Sana da," dedi ve sonra tam ben dönüp içeri girmek üzereyken, kolumdan tutup beni kendine doğru çekti, eğildi bana doğru.

Ve –dudaklarımdan öptü.

Daha doğrusu, yanağımla dudağımın arasında bir yere dudaklarını değdirdi.

Eh, bu da pekâlâ bir öpücük sayılabilir.

İlk öpücüğüm!

Öyle heyecanlandım ki, yüzüne bakamadım bile.

"Hadi, iyi geceler," deyip içeri koştum.

Sonra, parmaklarımın ucunda salona geçtim. Işıkları yakmadan dışarı baktım, ne yapıyor diye.

Çok kısa bir süre evin önünde durdu, sonra ellerini cebine sokup yürümeye başladı. Bir ara küçük bir taşa, topa vurur gibi yaptı, zıpladı ve yoluna devam etti. Keyfi yerindeydi yani.

Rüyadaymışçasına odama çıktım.

Hemen kapımı kapattım.

Şu an hiç kimseyle konuşmak istemiyorum.

Hissettiklerimle baş başa olmalıyım.

Duygularımı düşünmek istiyorum.

Bu gece yaşadıklarımı bir kez daha, bir kez daha zihnimde yaşamak istiyorum.

G. A.'nın fotoğrafına baktım.

Nasıl da yakışıklıydı.

Ama artık ona Gizli Aşkım değil, Selim abi demek geliyor içimden.

Şimdi burada olsaydı, ona bütün bu olanları ve duygularımı anlatsaydım, eminim yüzünde o hafif alaycı gülümsemesiyle ben dinler, sonra da, demedim mi sana küçük kız, o delikanlının sende gözü var der, arkasından da eklerdi, sakın kaçırma onu!

İşte arkadaşım, sana anlatacaklarım bunlardı.

Dilini yutacaksın, dilini derken, haksız mıymışım?

Evet, artık ışığı söndürüp yatmak gerek.

Ev halkı gelmeden.

Ama…

Yatmadan evvel Selim abime seslenmek istiyorum.

"Selim abi, galiba ben âşık oluyorum."

TEŞEKKÜR

Son dört kitabımda emeği bulunan Ilgın Sönmez Toydemir, Alev Zeynep Şimşek ve Yeliz Üslü'ye yürekten teşekkürlerimle...